DE
LA GRANDEUR
ET DE
LA FIGURE
DE
LA TERRE.

SUITE

DES

MEMOIRES

DE

L'ACADEMIE ROYALE

DES SCIENCES.

Année MDCCXVIII.

A PARIS,

DE L'IMPRIMERIE ROYALE.

M. DCCXX.

TABLE
DES MATIERES
CONTENUES
DANS CE VOLUME.

PREMIERE PARTIE

TABLE.

TABLE.

a iij

SECONDE PARTIE

TABLE.

L A Grandeur & la Figure de la Terre résultent
des Observations faites dans les Voyages qui ont
été entrepris en divers tems par Ordre du Roi,
pour déterminer, depuis l'extrémité Meridionale de la
France jusqu'à son extrémité Septentrionale, la Ligne
Méridienne qui passe par l'Observatoire Royal de Paris. C'est pourquoi nous diviserons ce Traité en deux
Parties, dont la premiere contiendra les Observations
faites depuis Paris jusqu'aux Pyrénées; & la seconde,
les Observations depuis cette même Ville jusqu'à l'extrémité Septentrionale du Royaume.

DE

DE LA GRANDEUR
ET
DE LA FIGURE
DE
LA TERRE.

✱✱✱✱✱✱✱✱✱✱✱✱✱✱✱✱✱✱✱✱✱✱✱✱✱✱✱✱✱✱✱✱✱✱

PREMIERE PARTIE

*Qui comprend les Observations faites pour déterminer la
Ligne Méridienne de l'Observatoire Royal, depuis
Paris jusqu'aux Pyrénées.*

L'ACADEMIE Royale des Sciences a toujours regardé
comme un objet digne de ses occupations tout ce qui
peut contribuer à la perfection de la Géographie & de la
Navigation.

Auſſi-tôt que les Tables des Satellites de Jupiter furent achevées, & qu'on put prévoir avec exactitude leurs Eclipſes, qui ſervent ſi utilement à trouver les Longitudes des lieux de la Terre ; elle envoya ſous les ordres du Roi dans les quatre parties du Monde, des Obſervateurs, pour déterminer la ſituation des principaux endroits de la Terre, par rapport au Méridien de l'Obſervatoire Royal de Paris, où l'on faiſoit en même-tems les Obſervations correſpondantes.

Par ces obſervations comparées enſemble, on a découvert dans les Cartes, de grandes & dangereuſes fautes, qui ont été corrigées, ce qui rend la Géographie plus exacte & la Navigation plus ſûre.

Pour perfectionner ces deux ſciences autant qu'il eſt poſſible, il étoit encore néceſſaire de connoître exactement la valeur des degrés de la circonférence de la Terre. Car les Géographes, & principalement les gens de Mer, ont beſoin de réduire en degrés la longueur du chemin eſtimée en toiſes ou en lieues, & de convertir réciproquement en toiſes ou en lieues, les degrés de la circonférence de la Terre.

Ce fut pour connoître ce rapport que M. Picard entreprit la célébre meſure de la Terre, qui ſurpaſſe en exactitude tout ce qui avoit été exécuté juſqu'alors ſur le même ſujet, par divers Mathématiciens, tant anciens que modernes.

Il meſura dans ce deſſein l'eſpace qui eſt entre les paralleles d'Amiens & de Malvoiſine, qui comprend environ un degré & un tiers de la circonférence de la Terre. Mais quoique dans ce travail on ait apporté toute la préciſion poſſible, l'Académie Royale des Sciences jugea que l'on pourroit connoître encore avec plus d'exactitude la grandeur des degrés, en meſurant avec le même ſoin & avec de ſemblables inſtrumens, une diſtance beaucoup plus grande que celle qui eſt entre les paralleles d'Amiens & de Malvoiſine. Car l'erreur qui peut ſe gliſſer dans les ob-

fervations de la hauteur des Etoiles, faites aux deux extrémités, fe diftribuant également dans tous les degrés ; plus
l'intervalle eft grand, moins elle eft fenfible pour chaque
degré. Il eft vrai que dans la multiplicité des Triangles que
l'on emploie pour mefurer un plus grand intervalle, il peut
fe glifier quelques erreurs dans l'obfervation des angles,
mais elles ne font pas à beaucoup près fi confidérables
dans les dimenfions de la Terre que dans celles du Ciel :
une feconde d'erreur dans la grandeur d'un angle n'étant
prefque d'aucune conféquence dans les opérations Géométriques, au lieu que dans l'obfervation de la hauteur des
Etoiles, elle caufe fur la furface de la Terre une différence
d'environ 16 toifes.

On fe propofa donc de mefurer en degrés & en toifes
la longueur du Royaume, depuis fon extrémité Septentrionale jufqu'à fon extrémité Méridionale ; & comme cette
mefure fe doit faire fuivant un Méridien, qui eft un grand
Cercle de la Terre, on choifit pour cela le Méridien qui
paffe par l'Obfervatoire Royal de Paris, qui, par les obfervations qui y ont été faites ou qui y ont été comparées, eft
devenu, fans contredit, le plus célébre de toute la Terre.

M. Colbert qui étoit alors Protecteur de l'Académie des
Sciences, ayant repréfenté au Roi l'utilité qui réfulteroit
de cet ouvrage pour la Géographie & la Navigation, M.
Caffini reçut ordre de le commencer, & de décrire la Ligne
Méridienne de l'Obfervatoire du côté du Midi, pendant
que M. de la Hire iroit du côté du Nord continuer les obfervations de M. Picard. M. Caffini fut accompagné dans fon
voyage par Mrs Sedileau, Chazelles, Deshayes, Pernin &
Varin, qui s'étoient exercés long-tems à l'Obfervatoire.

On décrivit en premier lieu, le plus exactement qu'il fut
poffible, la Ligne Méridienne qui paffe par le milieu de
l'Obfervatoire, en fe fervant des obfervations du Soleil,
faites dans le Solftice d'Eté, & de celles des Etoiles fixes.
On mefura avec de grands inftrumens la déclinaifon de
cette Méridienne, à l'égard des objets éloignés du côté du

Midi, & les angles qu'ils font entr'eux à l'égard de l'Obſervatoire. Ayant enſuite tranſporté ces inſtrumens à chacun
de ces objets qui peuvent être vûs les uns des autres, on
meſura les angles qu'ils faiſoient à l'égard de l'Obſervatoire, & on continua ces opérations par des lieux qui ſe
voyoient ſucceſſivement les uns des autres, afin de pouvoir
former une ſuite de Triangles liés enſemble, qui compriſ-
ſent la Méridienne de l'Obſervatoire.

Pour connoître la grandeur des côtés de ces Triangles,
on ſe ſervit d'une baſe de 5663 toiſes, que M. Picard avoit
meſurée actuellement dans la plaine de Longboyau, par
rapport à laquelle on détermina en toiſes la valeur d'un des
côtés de ces Triangles, & on calcula ſucceſſivement les autres côtés, auſſi-bien que la diſtance Orientale ou Occidentale entre les divers lieux où l'on avoit obſervé, & la Méridienne de l'Obſervatoire, & leur diſtance du Septentrion.
au Midi.

Par cette méthode la Méridienne fut continuée l'an
1683, juſqu'à l'extrémité Méridionale du Berry.

Comme la ſaiſon étoit déja avancée, & qu'il auroit été
difficile de continuer ce travail dans l'Auvergne & dans le
Limoſin, à cauſe des neiges qui tombent dans ces pays-là
en grande abondance pendant l'Hiver, & qui rendent
pluſieurs lieux inacceſſibles, M. Caſſini reçut ordre de M.
de Louvois, qui avoit ſuccédé à M. Colbert dans la pro-
tection de l'Académie, de s'en retourner à l'Obſervatoire
pour y attendre une ſaiſon plus favorable.

Pour faciliter la continuation de ce travail, il donna ordre de faire la découverte des lieux qui peuvent être vûs
les uns des autres, au-delà de S. Sauvier vers le Midi. On.
y employa M. Loire, Ingénieur, qui avoit quelque con-
noiſſance de ce pays-là. Il obſerva les angles de poſition de
divers lieux, mais il ſe jetta trop vers l'Orient, ſon voyage
s'étant terminé à Beziers, qui eſt éloigné du Méridien de
Paris de 36000 toiſes, de ſorte que l'on ne put pas profiter de ſes obſervations.

En l'année 1700 le Roi ayant été informé par M. le Comte de Ponchartrain, Protecteur de l'Académie, & par M. l'Abbé Bignon, qui en étoit Président, des avantages que l'on pouvoit retirer de la continuation de ce travail, donna ordre à M. Caſſini de l'aller reprendre où il avoit été interrompu.

Je l'accompagnai dans ce voyage, avec Mrs. Maraldi & Couplet le fils. M. Chazelles qui avoit été du premier voyage, & qui étoit alors embarqué ſur les Galeres, reçut ordre de M. le comte de Ponchartrain de nous venir joindre auſſi-tôt qu'il ſeroit de retour à Marſeille, ce qu'il exécuta, & il nous rencontra ſur la route à Rhodès.

Nous partîmes de Paris le 20 Août de l'année 1700, & nous allâmes droit à Bourges reprendre les opérations qui y avoient été interrompues l'an 1683. Comme la Méridienne de l'Obſervatoire prolongée juſqu'à Bourges paſſe proche de cette Ville, & n'eſt éloignée de la Tour de la Cathédrale que de 2358 toiſes vers l'Occident, on dreſſa un Pilier dans l'endroit où ſon parallele rencontre la Méridienne.

Après avoir reconnu du haut de la Tour les objets dont on s'étoit ſervi dans le premier voyage, & obſervé les angles de poſition qu'ils font à l'égard de cette Tour, nous allâmes à ces objets y faire de ſemblables obſervations, & former par ce moyen de nouveaux Triangles qui ont été continués ſans interruption, juſqu'à l'extrémité Méridionale du Royaume.

Nous rapporterons dans la ſuite de cet ouvrage le détail des opérations qu'il a fallu faire pendant le cours du voyage; il ſuffira de remarquer ici, que lorſqu'on ne voyoit point d'objets remarquables qui puſſent être vûs ſucceſſivement les uns des autres, & dont l'on pût ſe ſervir pour former des Triangles liés enſemble, on élevoit dans des lieux convenables des Arbres ou d'autres ſignaux aſſez grands pour être vûs de fort loin; & comme on avoit prévû que la Méridienne devoit paſſer près du Canigou, qui eſt une des plus hautes Montagnes des Pyrénées, M. le Comte de Ponchartrain donna ordre d'élever une Pyramide sur le sommet de cette Montagne, ce qui fut exécuté, & nous fut très-utile vers la fin du voyage, cette Montagne étant à l'extrémité Méridionale du Royaume où nos Triangles se terminent.

Par la continuation des observations faites depuis l'Observatoire jusques dans le Roussillon, nous avons formé 48 Triangles principaux liés ensemble, qui ont servi à mesurer en toises la longueur de la Méridienne, & à déterminer sa situation par rapport aux lieux où nous avons fait nos observations.

Outre ces Triangles principaux, nous en avons formé plusieurs autres qui ont été employés à déterminer la situation de divers lieux considérables de côté & d'autre de la Méridienne, & à vérifier en diverses manieres les côtés des Triangles principaux, afin de pouvoir s'assurer de l'exactitude de nos opérations.

Les côtés de ces Triangles déterminés en toises, pourront servir de base certaine & juste pour dresser les Cartes particulieres des Provinces qui sont de part & d'autre de la Méridienne, & pour les unir ensemble & en former une Carte générale de la France.

Les derniers Triangles de la Méridienne s'étant terminés dans les Pyrénées, on fut obligé de se détourner du côté de l'Orient, pour chercher dans la plaine du Roussillon un terrain propre pour mesurer actuellement une grande base, qui fût visible des lieux qui avoient déja été déterminés, afin qu'après avoir mesuré sa longueur sur le terrein, on pût comparer cette distance à celle qui résultoit de la suite des Triangles calculés depuis l'Observatoire. Nous choisîmes pour la mesure de cette base la plage de la Mer près de Perpignan, dont la direction est à peu près du Midi au Nord, & nous y mesurâmes, avec beaucoup d'exactitude une base de 7246 toises, terminée vers le Nord par l'Etang de Leucate, & vers le Midi par l'Etang de S. Nazary. Cette bafe eſt plus longue de 1583 toiſes que celle que M. Picard avoit meſurée dans la plaine de Longboyau, ſur laquelle tous les Triangles de la Méridienne ont été calculés, & elle eſt preſque le double de celle qu'il avoit meſurée près de Montdidier pour la vérification des Triangles employés dans ſa meſure de la Terre.

Comme dans cet intervalle de 7246 toiſes la rondeur de la Terre empêchoit qu'un des termes de la baſe ne fût apperçu de l'autre, on les rendit viſibles par le moyen de deux grands arbres qu'on éleva à ces deux extrémités.

Après les obſervations néceſſaires faites aux deux termes de la baſe, & aux autres lieux où l'on avoit formé les derniers Triangles de la Méridienne, d'où l'on découvroit les deux arbres, on détermina par le calcul en pluſieurs manieres la longueur de cette baſe, qui réſultoit de la ſuite des Triangles, & elle fut trouvée la même que l'avoit donnée la meſure actuelle, ce qui peut faire juger de l'exactitude de tout ce grand ouvrage.

Pour ne rien négliger de ce qui pouvoit contribuer à la préciſion de nos opérations, on avoit ſoin d'obſerver le lever & le coucher du Soleil, lorſque cela ſe pouvoit commodément, afin de déterminer par ces obſervations immédiates la ſituation de la Méridienne des lieux où nous étions, & de la comparer à la Méridienne de l'Obſervatoire prolongée par la ſuite des Triangles de la maniere qu'on l'expliquera.

A meſure que nous nous avancions vers le Midi, nous obſervions dans les lieux principaux où nous faiſions quelque ſéjour, la hauteur Méridienne du Soleil & de diverſes Etoiles, pour connoître la latitude de ces lieux, qui, étant comparée à celle de l'Obſervatoire, donne l'arc du Méridien intercepté entre le parallele de l'Obſervatoire & celui de ces différens lieux. Dans le cours du voyage nous employâmes pour ces ſortes d'obſervations un Quart-de-Cercle de 3 pieds de rayon, après l'avoir examiné avec beaucoup de ſoin dans tous les endroits où nous obſer-

vions. Mais lorſque nous fûmes arrivés à Collioure, dans
le Rouſſillon, qui eſt dans les confins de la France avec
l'Eſpagne, nous employâmes un inſtrument de 10 pieds
de rayon, avec lequel nous obſervâmes la hauteur Méridienne de diverſes Etoiles fixes, & principalement de celles qui étoient les plus proches du Zénith, afin d'éviter les
erreurs cauſées par la réfraction, qui eſt peu ſenſible dans
les grandes hauteurs.

Après notre retour à Paris, nous prîmes avec le même
inſtrument la hauteur des mêmes Etoiles fixes que nous
avions obſervées à Collioure, & nous en conclûmes l'arc
du Méridien intercepté entre le parallele de l'Obſervatoire
& celui de Collioure, qui étant comparé à la longueur de
la Méridienne compriſe entre ces mêmes paralleles, meſurée en toiſes, donne la grandeur des degrés de la circonférence de la Terre, dans l'hypothèſe que les degrés d'un
Méridien ſont tous égaux entr'eux.

La meſure de ces degrés comparée à celle qui réſulte
des obſervations de la hauteur des Etoiles, faites dans le
cours du voyage, étoit importante pour connoître s'il y a
quelque inégalité réelle dans la grandeur des degrés d'un
même Méridien à diverſes diſtances du Pôle ou de l'E-
quateur.

L'on ſçait que divers Mathématiciens célébres ont ſuppoſé que la Terre étoit de figure Elliptique. Quelques-uns
ont jugé qu'elle étoit applatie vers les Pôles, enſorte que
l'Equinoxial étoit plus grand que les Méridiens; d'autres
l'ont ſuppoſée plus longue d'un Pôle à l'autre, que ſuivant
l'Equinoxial. Ces derniers avoient fondé cette hypothèſe
ſur diverſes dimenſions de la Terre, faites à différentes hauteurs du Pôle, qu'on ne pouvoit concilier enſemble qu'en
ſuppoſant quelque inégalité réelle dans la grandeur des
degrés d'un même Méridien ſous diverſes paralleles. Le ſeul
moyen qu'il y avoit donc pour décider cette queſtion, étoit
de meſurer une portion d'un Méridien beaucoup plus
grande qu'on n'avoit fait juſqu'alors, & d'obſerver en divers

vers endroits de ce Méridien la hauteur du Pôle, pour pouvoir s'affûrer s'il y avoit un égal nombre de toifes dans chaque degré compris entre cet intervalle.

Ces obfervations comparées à celles que l'on avoit deffein de faire dans la fuite vers l'extrémité Septentrionale du Royaume, peuvent faire connoître s'il y a quelque inégalité fenfible dans la grandeur des degrés d'un même Méridien, toute l'étendue de la France, depuis le Midi vers le Nord, étant de plus de 8 degrés & demi, qui comprennent environ la dixiéme partie de l'arc du Méridien, qui eft entre le Pôle & l'Equateur, qui font les termes dans lefquels cette inégalité peut confifter.

La grandeur de ces degrés ainfi déterminée par des opérations faites dans des pays dont le terrein eft inégal & fort élevé, avoit befoin d'être réduite à celle que l'on auroit trouvée, fi nos mefures euffent été faites au niveau de la Mer; c'eft pourquoi nous avons eu foin de mefurer avec nos inftruments la hauteur des lieux où nous avons obfervé les uns à l'égard des autres, & nous avons continué ce travail jufqu'au bord de la Mer, afin de connoître la hauteur perpendiculaire de ces divers lieux fur la furface de la Mer, & de s'en fervir pour y réduire nos dimenfions.

Nous avons eu par ce moyen la hauteur des Montagnes les plus élevées des Pyrénées, du Languedoc & de l'Auvergne, & entre autres celle du Puy de Dôme que l'on n'avoit pas encore déterminée, & fur laquelle M. Perrier avoit fait la célébre expérience du Baromètre, qui eft rapportée dans le Traité de l'Equilibre des Liqueurs de M. Pafcal.

Ces obfervations du Baromètre faites en des lieux dont la hauteur eft connue fur la furface de la Mer, peuvent fervir à donner quelque idée de la hauteur de l'Atmofphere, & à établir des régles, fuivant lefquelles l'air fe dilate à diverfes hauteurs; c'eft pourquoi nous avons eu foin d'en faire des expériences le plus fouvent qu'il nous a été poffible, & nous avons eu le bonheur d'en faire avec fuccès fur des Montagnes encore plus élevées que celles où l'on en avoit fait jufqu'alors. Ces obfervations, jointes à celles qui ont été faites à des hauteurs moins confidérables, nous ont fervi à établir des régles pour connoître à peu près la hauteur des lieux où l'on fera de femblables expériences, pourvû que ces hauteurs n'excédent pas beaucoup celle des Montagnes où nous avons fait nos obfervations.

Entre ces Montagnes il y en avoit quelques-unes d'où l'on voyoit la Mer, ce qui nous a donné la commodité d'obferver l'inclinaifon apparente de l'horifon de la Mer au-deffous de l'horifon artificiel, & on a comparé ces obfervations à celles que l'on avoit déja faites fur des Montagnes moins élevées, pour examiner les réfractions que les rayons fouffrent en paffant au travers de l'air.

Après avoir achevé les opérations néceffaires pour la prolongation de la Méridienne, & déterminé fa fituation par des opérations Géométriques, nous aurions auffi fouhaité pouvoir l'établir par des obfervations Aftronomiques, & principalement par celles des Eclipfes des Satellites de Jupiter, cette méthode étant la plus exacte que l'on ait employée jufqu'à préfent pour connoître la différence des Méridiens.

Nous fîmes quelques-unes de ces obfervations au commencement du voyage, mais lorfque nous fûmes arrivés aux confins du Royaume, n'ayant pas pû obferver les Satellites de Jupiter, à caufe que cette Planéte étoit dans les rayons du Soleil, nous jugeâmes à propos de nous fervir de la pofition de Sete & de Montpellier, qui avoit été déterminée en 1672. par les obfervations des Satellites de Jupiter faites en ces deux Villes par M. Picard, comparées avec celles que mon pere avoit faites en même tems à Paris.

Il falloit pour cela former de nouveaux Triangles dans le Languedoc, pour y comprendre ces deux Villes, & déterminer leur diftance à la Méridienne de Paris : ce qui nous ayant réuffi, s'eft trouvé s'accorder parfaitement à la différence des Méridiens entre Paris & ces deux Villes déterminée par des obfervations Aftronomiques. Ainfi nous vîmes par-là l'accord de ces deux méthodes différentes dans la détermination de la différence des Méridiens, ce qui étoit important pour la vérification de la Ligne Méridienne de Paris.

Outre les obfervations néceffaires pour déterminer la fituation de Sete & de Montpellier, nous en avons fait plufieurs autres pour établir la pofition de diverfes Villes du bas-Languedoc, & des principaux endroits de la Côte de cette Province, depuis le Rouffillon jufqu'à l'embouchure du Rhône, & nous avons continué ces opérations jufqu'au Mont Ventoux, qui eft dans le Comtat d'Avignon, éloigné de la Méridienne d'environ 120000 toifes. Nous avons auffi déterminé, par une méthode particuliere qui fera rapportée à la fin de cet ouvrage, la fituation d'Avignon à l'égard de la Méridienne; ce qui, joint à la pofition de Lyon établie par les Satellites du Jupiter, fervira à déterminer plus exactement que l'on n'a fait jufqu'à préfent le cours du Rhône, depuis Lyon jufqu'à Avignon.

Nous avons auffi obfervé la hauteur du Pôle de divers lieux qui n'étoient point compris dans les Triangles, & principalement de ceux où nous avons paffé à notre retour. Enfin nous avons fait diverfes autres obfervations, comme d'Eclipfes de Lune & d'Eclipfes d'Etoiles fixes par la Lune, pour ne rien négliger de ce qui peut contribuer à la perfection de la Géographie & de la Navigation, qui étoient l'objet principal de notre voyage.

CHAPITRE PREMIER.

Divers Essais faits pour déterminer la Grandeur de la Terre.

RIEN n'étoit plus important pour la Géographie que de connoître la grandeur de la Terre, & rien ne paroissoit plus difficile à entreprendre. Car comment mesurer cette vaste étendue de continents, dont la surface est couverte d'une infinité de Montagnes qui la rendent inégale, & qui est entrecoupée en tant de manieres par les Rivieres, les Lacs & les Mers qui l'environnent de toutes parts. Aussi Pline admiroit la hardiesse de l'esprit humain d'oser tenter des choses si difficiles; & l'on n'auroit jamais pû y parvenir, si l'on n'avoit essayé de déterminer tout le circuit de la Terre par la mesure d'une de ses parties, ce qu'on a fait, en supposant que sa figure étoit Sphérique.

Cette hypothèse de la rondeur de la Terre, jointe à celle de son détachement du Ciel & de son équilibre dans l'air fut fondée premiérement sur l'observation du mouvement apparent de tous les Astres d'Orient en Occident, & sur la diversité de la constitution apparente du Ciel, dans les voyages faits à peu-près sous le même Méridien vers le Midi & vers le Septentrion.

Cette diversité comparée à la longueur du chemin, donna les premières vûes de mesurer la circonférence de la Terre par l'observation des Astres. Nous n'avons point d'Auteur plus ancien qui soit entré dans le détail de cette méthode qu'Aristote, qui en parle comme d'une chose déja pratiquée de son tems. Voici ce qu'il en dit au chapitre 14 du second Livre *de Cœlo,* où il veut prouver que la figure de la Terre est Sphérique.

Dans les Eclipses de Lune, la ligne qui distingue la partie éclipsée est toujours courbe, & comme la Lune est éclipfée par l'ombre de la Terre , il eft certain que cette apparence eft caufée par la circonférence de la Terre qui eft Sphérique Il eft manifefte outre cela , par l'apparence des Aftres , que la Terre non feulement eft ronde , mais qu'elle n'eft pas d'une grandeur démefurée. Car pour peu de chemin que l'on faffe vers le Midi ou vers le Nord , l'horifon fe diverfifie manifeftement, enforte que les Etoiles qui font fur notre tête font un grand changement , & que ceux qui voyagent vers le Septentrion ne voient pas les mêmes que ceux qui vont vers le Midi. Car il y a quelques Etoiles qu'on voit en Egypte & aux environs de Chypre , qu'on ne voit point dans les pays Septentrionaux , & il y a des Etoiles qu'on voit toujours fur l'horifon dans les pays Septentrionaux , & qui fe couchent en Egypte & en Chypre. C'eft pourquoi il eft évident que la Terre non feulement eft ronde , mais qu'elle n'eft pas d'une grande étendue ; car il n'y arriveroit pas un changement fi prompt & fi remarquable, pour nous être tranfportés à une diftance fi petite. C'eft pourquoi, ceux qui croient que les pays qui font vers les colonnes d'Hercule vont fe joindre à ceux qui font vers les Indes , & que de cette maniere c'eft la même Mer qui leur eft commune , ne paroiffent pas croire des chofes fort incroyables.

Les Mathématiciens, ajoute-t-il , qui tâchent de déterminer la grandeur de la circonférence de la Terre , difent qu'elle eft de 400000 ftades, fuivant la conjecture defquels il eft néceffaire d'avouer que non feulement la maffe de la Terre eft ronde, mais même qu'elle n'eft pas grande par rapport aux autres Aftres.

C'étoient là , fans doute , les fentimens & le langage des Auteurs de cette dimenfion; car, pour Ariftote , bien loin de fuppofer que la Terre eft un Aftre , il réfute aux chapitres précédents les Pythagoriciens d'Italie , qui mettoient la Terre au nombre des Aftres , & lui attribuoient un mouvement autour du centre du Monde d'une maniere à faire l'alternative des jours & des nuits ; ce qu'ils n'auroient pas fait, s'ils n'euffent fuppofé la Terre à peu près de la figure & de la grandeur des Aftres. Cette dimenfion rapportée par Ariftote pourroit donc être attribuée aux Pythagoriciens, auteurs de cette hypothèfe, tels qu'Archítas de Tarente, un des plus illuftres d'entre eux, qui, au rapport de Cicéron, eut pour auditeur Platon, & qui paroît avoir travaillé à la mefure de la Terre, fuivant ces vers d'Horace:

Od. 28. lib. I.
Te Maris & Terræ numeroque carentis arenæ
Menforém cohibent, Archita.

Cette dimenfion eft prefque le double plus grande qu'elle ne fut trouvée dans la fuite par d'autres Mathématiciens, mais elle ne parut pas affez grande dans un tems qu'il y avoit encore des Philofophes, qui après Xénophanés doutoient fi la Terre n'étoit point d'une grandeur immenfe.

Immenfumne patent terræ ima & largior Æther.

Les apparences des Aftres rapportées par Ariftote, fuggerent deux manieres d'entreprendre la mefure de la Terre, qui furent pratiquées dans les fiécles fuivants. La premiere, par les obfervations des Aftres qui paffent par le vertical d'un lieu, & ne paffent point par le vertical d'un autre ; la feconde, par l'obfervation des Aftres qui font à l'horifon d'un lieu, & qui dans le même tems font élevés fur l'horifon d'un autre.

Eratofthènes, fous le Roi Ptolomée Evergéte, pratiqua la premiere maniere. Il fçavoit qu'au tems du Solftice d'Été le Soleil paffoit par le point vertical de la Ville de Sienne, fituée aux confins de l'Ethiopie fous le Tropique du Cancer. Il y avoit un Puits conftruit pour cette obfervation, qui fur le Midi, au jour du Solftice, étoit par dedans tout éclairé du Soleil, & il étoit notoire qu'à 150 ftades à la ronde, les ftyles élevés à plomb fur une furface horifontale ne faifoient point d'ombre. Ayant fuppofé Alexandrie & Sienne fous le même Méridien, il obferva à Alexandrie au jour du Solſtice la diſtance du Soleil au point vertical par l'ombre d'un ſtyle élevé à plomb du fond d'un hémiſphere concave. Il trouva que cette diſtance étoit la cinquantié-me partie de la circonférence d'un grand Cercle ; d'où il conclut que la diſtance entre ces deux Villes étoit la cin-quantiéme partie de la circonférence de la Terre. Ayant ſupputé cette diſtance de 5000 ſtades, il eut toute la cir-conférence de 250. 000 ſtades.

L'ayant partagée également en 360 degrés, il eut pour un degré 694 ſtades, & preſqu'un demi. Mais au lieu de ce nombre, il prit dans la ſuite le nombre rond de 700, ne croyant peut-être pas pouvoir répondre de 5 à 6 ſtades dans un degré.

En multipliant 700 ſtades par 360 degrés; il eut la cir-conférence de la Terre de 252. 000 ſtades, qui eſt la der-niere dimenſion d'Eratoſthènes dont il ſe ſervit ordinaire-ment. Hypparque employa auſſi cette dimenſion, quoiqu'il jugea qu'il falloit y ajouter 2520 ſtades.

Dionyſidore ne fit que prendre pour demi-diamétre de la Terre la ſixiéme partie de ſa circonférence, tirée de la derniere dimenſion d'Eratoſthènes dans la Lettre qui fut trouvée dans ſon tombeau, pour faire accroire qu'il étoit deſcendu au centre de la Terre, & qu'en ayant meſuré la diſtance, il l'avoit trouvée de 42000 ſtades.

Vitruve & Pline réduiſent la meſure d'Eratoſthènes de 252000 ſtades à 31500 milles Romains à raiſon de 8 ſta-des par mille.

Poſſidone, au tems de Pompée le Grand, entreprit de meſurer la circonférence de la Terre par la ſeconde ma-niere, qui eſt celle des obſervations horiſontales.

Il apprit que l'Etoile Canopus à Rhodes ne faiſoit que paroître à l'horiſon, & ſe couchoit auſſi-tôt, & qu'à Ale-xandrie qu'il ſuppoſa ſous le même Méridien, elle s'élevoit ſur l'horiſon de la quarante-huitiéme partie de la circon-férence du Ciel, c'eſt-à-dire de 7 degrés & demi qui ré-pondent à une ſemblable partie de la circonférence de la

Terre , & suppofant la diftance entre ces deux Villes de 5000 ftades , il eut toute la circonférence de la Terre de 240000 ftades. C'eft la première dimenfion de Poffidone , rapportée par Cléomédes, auteur du même fiécle , qui ajoute qu'il la faut diminuer fi l'intervalle en ftades ne fe trouve pas fi grand.

Strabon, qui écrivit fa Géographie fous Augufte & fous Tibere , attribue à Poffidone la dimenfion de la circonfé-rence de la Terre de 180000 ftades, qui font en raifon de 500 ftades au degré. On étoit en peine d'en fçavoir le fon-dement, le voici. Ce même Auteur témoigne dans un au-tre endroit qu'Eratofthènes avoit mefuré la diftance entre Rhodes & Alexandrie par des inftruments , & qu'il l'avoit trouvée de 3750 ftades. La prenant pour la quarante-hui-tiéme partie de la circonférence de la Terre , fuivant Poffi-done , elle réfulte de 180000 ftades. Cette dimenfion peut donc s'appeller la derniere de Poffidone dans laquelle on employa fa dimenfion en degrés, & celle d'Eratofthènes en ftades. Elle fut reçûe de Marin de Tyr, Géographe, & d'autres. On l'attribue communément à Ptolémée , parce qu'il s'en fervit dans fa Géographie.

Nous ne rapporterons pas ici ce que l'on oppofe à ces méthodes ; nous remarquerons feulement, comme une chofe qui le mérite, qu'ayant pris précifément le milieu entre les dernieres dimenfions d'Eratofthènes & de Poffi-done, nous avons trouvé dans un degré de la circonfé-rence de la Terre 600 ftades , dans une minute 10 ftades , qui , au compte de Vitruve & de Pline , font un mille & un quart de l'ancienne mefure Romaine. Or le mille mo-derne d'Italie eft égal à un mille & un quart des milles anciens, la diftance de 25 milles que les Anciens comp-toient entre Bologne & Modéne étant eftimée préfente-ment de 20 milles modernes. Le mille moderne d'Italie eft donc de 10 ftades, qui font une minute fuivant la di-menfion moyenne entre celles d'Eratofthènes & de Poffi-done. Le degré de la circonférence de la Terre aura donc

à ce

à ce compte 60 milles Italiques modernes, & 75 milles anciens; la circonférence 21600 milles modernes & 27000 milles anciens. Donnant à la lieue moyenne 3 milles anciens, on aura dans un degré 25 lieues, & dans toute la circonférence 9000 lieues.

Après Eratofthènes & Poffidone, plufieurs ont employé les hauteurs du Pôle dans les dimenfions de la Terre. Les Mathématiciens du Caliphe Almamon, ayant pris dans les campagnes de Singar, les hauteurs du Pôle à deux extrémités éloignées l'une de l'autre de deux degrés du Midi vers le Septentrion, trouverent 56 milles dans un degré, & 56 milles & deux tiers dans l'autre, & jugerent leur mefure plus petite que celle de Ptolémée de 10 milles. Cela eft bien différent de toutes les autres dimenfions qui la font beaucoup plus grande. Le Géographe de Nubie, Auteur du douziéme fiécle, donne 25 lieues au degré.

Cette dimenfion fut confirmée par celle de Fernel. Cet Auteur fe fervit auffi des hauteurs du Pôle pour trouver un lieu qui fût éloigné de Paris d'un degré entier vers le Nord; & ayant jugé que ce lieu étoit à peu près fur le Méridien de Paris, il en mefura la diftance par la révolution des Roues d'un Carroffe, & en ayant rabattu les détours à difcrétion, il la trouva de 56746 toifes.

Snellius, qui furpaffa en exactitude ceux qui l'avoient précédé, fe fervit des hauteurs du Pôle obfervées à Alcmaer & à Bergopfom, différentes entr'elles d'un dégré 11 minutes & demie, & ayant mefuré les diftances par les Triangles, il trouva dans un degré 56946 toifes de 6 pieds du Rhin chacune, & par la différence entre Alcmaer & Leiden, à la diftance d'un demi-degré, il trouva 57020 toifes dans un degré. Il prit pour milieu entre les deux dimenfions 57000 toifes. M. Picard ayant égard à la différence entre le pied du Rhin & le pied de Paris, les réduit à 55021 toifes de Paris.

Le P. Riccioli détermina auffi en plufieurs manieres & avec un grand foin la mefure de la Terre, comme il eft rapporté au long dans sa Géographie réformée, & il trouva la grandeur du degré de 64362 pas de Boulogne, qui font 62650 toises de Paris.

Il rapporte, pour confirmer ses observations, plusieurs essais que mon Pere avoit fait à Bologne & à Ferrare pour déterminer la grandeur de la Terre, mais n'ayant pas eu égard à la réfraction, il la trouva fort différente de celle qui résulte de ses observations, corrigées par la réfraction, qui la font beaucoup plus petite que celle que le P. Riccioli avoit déterminée.

Dans une si grande variété d'opinions touchant la grandeur de la Terre, il étoit nécessaire de la déterminer par une méthode exacte, & dans laquelle il ne restât aucun doute d'erreur, telle que celle dont s'est servi M. Picard dans un espace de 1° 20', & que nous avons pratiquée dans l'étendue de huit degrés & demi de la circonférence de la Terre.

CHAPITRE II.

Des premières connoissances de la Méridienne.

LES premiers qui ont voulu travailler avec exactitude à la description réguliere de la Terre, ont été obligés, comme il a été dit ci-dessus, de la comparer avec le Ciel.

Ils observerent d'abord en divers jours de l'année, le lever & le coucher du Soleil, à l'égard des objets remarquables qui se présentoient sur la circonférence de l'horison sensible lequel étant vû d'un lieu élevé, semble terminer le Ciel & la Terre.

Ils remarquerent qu'aux jours des Solstices, & quelques jours avant ou après, le Soleil se levoit & se couchoit aux mêmes points de l'horison sans aucune variation sensible, ce qui leur donna la facilité de déterminer exactement sur l'horison les points des Solstices.

Ayant pris de part & d'autre un milieu entre le point du lever & le point du coucher du Soleil aux jours des Solstices, ils déterminèrent sur l'horizon deux points fixes opposés l'un à l'autre, par où l'on désigne dans le Ciel un grand Cercle imaginaire perpendiculaire à l'horizon, qui fut appellé *Méridien*, parce que le Soleil y passe tous les jours à midi.

Celui de ces deux points qui est le plus près du Soleil, lorsqu'il passe par le Méridien, fut appellé le point horizontal du midi, & on donna à cette région du Ciel & de la Terre le nom de *Méridionale*. L'autre point, qui lui est opposé dans la circonférence horizontale, fut nommé le point horizontal du Septentrion. Il est du côté, où, de la plus grande partie de la Terre habitable, on voit toutes les nuits les sept Etoiles principales de la constellation de la petite Ourse, qui donnent le nom de *Septentrionale* à cette région du Ciel & de la Terre.

Une ligne tracée sur la surface de la Terre, depuis le point horizontal du Midi jusqu'au point horizontal du Septentrion, prolongée de part & d'autre, est la Méridienne du lieu de l'observation, & de tous les autres par où elle passe.

Elle divise la circonférence de l'horizon en deux parties égales, dont l'une est l'Orientale, où le Soleil & les autres Astres se lèvent, & l'autre l'Occidentale où ils se couchent, & elle distingue les Terres Orientales de celles qui sont Occidentales à l'égard du lieu de l'observation.

Cette distinction des régions de la Terre correspondantes aux régions du Ciel, qui se fait principalement par la Méridienne, est la plus ancienne & la plus nécessaire à la description universelle de la Terre.

Strabon, dans son premier Livre de la Géographie, admire Homère qu'il reconnoît pour le Prince des Géographes, d'avoir sçu distinguer les Ethiopiens qui sont du côté où le Soleil se lève, de ceux qui sont du côté où il se couche, & d'avoir eu connoissance des lieux où le lever

C ij

se joint avec le coucher, qui sont les termes de la Méridienne sur l'horison. Mais Homere avoit sans doute appris
des plus anciens que lui, cette distinction des régions du
Monde, car elle n'étoit pas inconnue aux premiers habi-
Gen. c. 4.
v. 16. tans, comme il paroît par la Genèse, où il est rapporté que
Caïn alla habiter la région Orientale d'Eden.

Dieu même fit remarquer distinctement à Abraham les
quatre régions du monde, en lui montrant la Terre pro-
mise à sa postérité. Il le fit regarder du lieu où il étoit, au
Septentrion, au Midi, à l'Orient & à l'Occident; & après
la sortie de sa postérité d'Egypte, il ordonna qu'autant de
fois que l'on dresseroit le Tabernacle dans le désert, cette
distinction des régions fût observée dans le campement des
douze Tribus, & dans la place qu'il falloit donner aux
Autels, aux Tables & aux Vases sacrés.

Nous n'avons point de description si ancienne d'aucuns
pays que de la Terre-sainte, où ces régions soient marquées
distinctement.

Dieu en prescrivit les limites à Moyse, & lui enseigna
les Villes, les Montagnes, les Mers & les Fleuves qui la
terminoient du côté de l'Orient, de l'Occident, du Midi
& du Septentrion.

Josué observa aussi ces régions dans la description des
Terres qui échurent en partage aux neuf Tribus & demie,
auxquelles Moyse n'en avoit pû assigner.

Dans la révélation que Dieu fit dans la suite à Ezéchiel
du nouveau partage qui se devoit faire entre les douze
Tribus après la captivité de Babylone, il lui marqua aussi
distinctement ces régions; de sorte que l'on peut dire que
cette distinction des régions de la Terre correspondantes à
celles du Ciel, est une invention plus divine qu'humaine.

Cette même distinction des régions fut observée dans
la construction du Temple de Jérusalem. Nous voyons
aussi qu'elle a été imitée dans la construction des premiers
Temples Chrétiens, quand on l'a pû faire commodément,
& même dans la situation de la Maison de Notre-Dame

de Lorette, comme nous l'avons obfervé nous-mêmes après plufieurs autres Mathématiciens.

Les Egyptiens ne fçavoient pas encore bien diftinguer ces régions, quand, au rapport de Diogène Laërce, ils prétendoient que depuis leur premier Roi, le Soleil s'étoit déja levé deux fois à l'endroit où il fe couche, & couché à l'endroit où il fe léve. Ils devoient avoir comparé des obfervations faites en divers tems, ou en divers lieux; ou bien avoir obfervé que le Soleil, par la variation horifontale qu'il fait de l'Hiver à l'Eté, & de l'Eté à l'Hiver, ne retourne pas à fon lever & à fon coucher les jours de l'Equinoxe, précifément à la même marque horifontale après 365 jours, qui étoient leur premiere mefure de l'annéc.

Après même qu'ils eurent appris qu'en quatre de leurs années le Soleil reftoit en arriére de la différence qui convient à un jour, ils ont pû s'appercevoir qu'après ces quatre années & un jour, il avançoit toujours un peu vers le Nord à fon lever du Printems, ce qui leur a donné lieu de juger qu'il devoit toujours avancer de même, & paffer à fon lever au demi-cercle oppofé.

Ce fut peut-être pour s'en éclaircir, qu'ils drefferent les quatre faces de la plus grande Pyramide aux quatre régions du monde, comme l'on trouve qu'elles y font encore dreffées préfentement. Sa face Méridionale étant éclairée du Soleil à fon lever & à fon coucher, pendant l'Automne & l'Hiver, & la Septentrionale pendant le Printems & l'Eté, pouvoit fervir à l'obfervation des Equinoxes, & à trouver la grande année Caniculaire de 1460 années Egyptiennes, pendant lefquelles le lever de la Canicule, après avoir varié dans tous les jours de l'année Egyptienne, étoit fuppofé retourner au même jour.

CHAPITRE III.

Des diverses Méthodes de décrire la Ligne Méridienne.

I.

Méthode de décrire la Méridienne par les Observations du Soleil.

LA Méridienne décrite par la comparaison du lever & du coucher du Soleil aux jours des Solstices, est une des plus simples & des plus exactes que l'on puisse exécuter, lorsque la circonférence de l'horison est réguliere. Mais parce que dans le continent on n'a pas toujours l'horison libre des hauteurs ou des Montagnes qui s'élévent sur la surface de la Terre, on est obligé de se servir souvent de l'horison artificiel, qui corrige l'horison sensible.

On suppose que la surface de l'eau se conforme naturellement par sa fluidité à celle que la Terre auroit sans ses inégalités, & que le fil à plomb y est perpendiculaire, & dirigé au point vertical du Ciel. La surface de l'eau tranquille, de même que celle d'un plan auquel un fil à plomb est perpendiculaire, est donc censée être horisontale, & on s'en sert comme d'un horison artificiel, à l'égard duquel on prend les hauteurs apparentes des Astres.

On éléve sur un Cercle horisontal un Quart-de-Cercle vertical, dont le centre est le même que celui du Cercle horisontal. On divise ce Quart-de-Cercle en 90 degrés, pour observer les hauteurs apparentes du Soleil & des autres Astres sur l'horison, & de leurs distances au Zénith, qui est le point vertical également éloigné de tous les points de l'horison artificiel. Le Quart-de-Cercle étant élevé à plomb sur la Méridienne, sert à prendre les hauteurs Méridiennes du Soleil & des autres Astres. Dans une autre situation déclinante de la Méridienne, sa base marque la déclinaison de la Méridienne sur la circonférence de l'horifon artificiel divifée en degrés de même que le Quart-de-Cercle.

On peut, par le moyen de cet inftrument, trouver la Méridienne, en obfervant des hauteurs égales du Soleil, avant & après midi les jours des Solftices, & marquant en même tems la fituation des deux verticaux fur le Cercle horifontal. Car divifant l'arc de l'horifon artificiel compris entre les deux verticaux en deux parties égales, le point de la divifion fera le point horifontal du Midi exactement aux jours des Solftices.

A l'égard des autres jours de l'année, il faut tenir compte d'une petite Equation qui varie en divers tems, fuivant les régles connues des Aftronomes, & on aura la Méridienne auffi exactement qu'aux jours des Solftices, en prenant des hauteurs égales du Soleil deux ou trois heures avant & après midi, lorfque les hauteurs varient fenfiblement en peu de tems.

Lorfque l'horifon fenfible eft à peu près de la même hauteur dans les lieux où le Soleil fe léve & où il fe couche aux jours des Solftices, on fe fert d'un Quart-de-Cercle qui a au foyer de fa Lunette un fil ho-

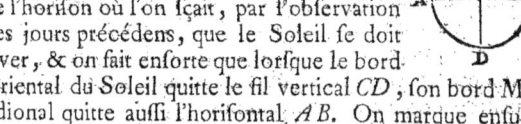

rifontal *AB*, & un fil vertical *CD*; le matin du jour du Solftice on le dirige à l'endroit de l'horifon où l'on fçait, par l'obfervation des jours précédens, que le Soleil fe doit lever, & on fait enforte que lorfque le bord Oriental du Soleil quitte le fil vertical *CD*; fon bord Méridional quitte auffi l'horifontal *AB*. On marque enfuite le lieu où le fil vertical *CD* coupoit l'horifon. Le foir du même jour on place près du lieu où le Soleil doit fe coucher le Quart-de-Cercle à la même hauteur où il étoit le matin, lorfque le Soleil a quitté le vertical. On le dirige de maniere que lorfque le bord Méridional du Soleil arrive au fil horifontal *AB*, fon bord Occidental touche en même tems le fil vertical *CD*; &

ayant obſervé ſur l'horiſon le lieu où tombe le fil vertical
CD, on prend avec un inſtrument horiſontal l'angle qui
eſt entre les deux marques horiſontales du lever & du coucher du Soleil. Cet angle meſure l'arc de l'horiſon entre
le lever & le coucher du Soleil, qui étant diviſé en
deux parties égales, donne le point horiſontal de la Méridienne.

Depuis l'invention des Horloges à pendule, dont il y en
a qui marquent les minutes & les ſecondes, ſans varier
d'une ſeconde en pluſieurs révolutions journalieres des
Etoiles, on peut s'en ſervir pour trouver la Méridienne en
cette maniere.

On dreſſe une Lunette à l'horiſon, à l'endroit où le Soleil ſe léve au jour des Solſtices, & on obſerve à la Pendule le tems auquel les deux bords du Soleil paſſent par
le fil vertical de cette Lunette, pour avoir le tems auquel
le centre du Soleil a paſſé par le fil vertical, & on remarque ſur l'horiſon l'endroit qui eſt coupé par le fil vertical.

On obſerve enſuite avec un Quart-de-Cercle ou avec
quelque autre inſtrument, des hauteurs égales du Soleil,
quelques heures avant & après midi, marquant les mo-
mens de ces hauteurs correſpondantes. Partageant en deux
l'intervalle de tems qui eſt entre deux obſervations faites
à la même hauteur, & ajoutant la moitié à l'heure qui a été
obſervée avant midi, ou la retranchant de celle de l'a-
préſdinée, on a l'inſtant du midi exactement aux jours des
Solſtices, & aux autres jours de l'année avec une petite
Equation connue des Aſtronomes.

On prend enſuite la différence entre l'heure du paſſage
du centre du Soleil par le vertical, obſervée le matin, &
l'heure du midi à laquelle on ajoute cette différence pour
avoir le tems auquel le centre du Soleil doit paſſer le
ſoir par un vertical également éloigné de la Méridienne
que celui du matin. Le ſoir étant venu, on dreſſe la Lunette à l'endroit où le Soleil doit ſe coucher, & on fait
en ſorte que le centre du Soleil paſſe par le fil vertical à
l'heure

l'heure déterminée ci-devant , & on marque sur l'horison
l'endroit où répond le fil vertical. On obferve enfuite
l'angle qui eft entre les deux marques horifontales ; cet
angle étant divifé en deux partiés égales , donne le point
horifontal de la Méridienne.

Cette Méthode eft une de celles qui ont fervi à déterminer la Méridienne qui paffe par le milieu de l'Obfervatoire Royal de Paris.

On peut auffi trouver la Méridienne pour tous les tems
de l'année par une feule obfervation du lever ou du coucher du Soleil , pourvû que l'on connoiffe d'ailleurs la
hauteur du Pôle du lieu où l'on obferve , & la déclinaifon
du Soleil pour le tems de l'obfervation. On obferve pour
cet effet l'endroit de l'horifon où le Soleil fe léve , ou bien
celui où il fe couche , & la hauteur apparente de ce lieu
de l'horifon, qui eft la même que celle du bord fupérieur
du Soleil. Retranchant la Réfraction qui convient à cette
hauteur, on aura la hauteur véritable du bord fupérieur
du Soleil, dont il faut ôter le demi-diamétre du Soleil
connu par les Tables Aftronomiques ou par l'obfervation,
& on aura la hauteur véritable du centre du Soleil , &
par conféquent fa diftance au Zénith. On réfoudra enfuite
par la Trigonométrie , le Triangle fphérique
ZPS, dont les trois côtés font connus ; fçavoir,
la diftance SZ du Soleil au Zénith , le complément PZ de la hauteur du Pôle , & la diftance SP du Soleil au Pôle , qui eft le complément de fa déclinaifon , & par conféquent on aura l'angle Azimuthal PZS, que le Méridien, qui paffe par le
Nord, fait avec le vertical qui paffe par le centre du Soleil
& par l'endroit de l'horifon où le Soleil s'eft levé ou couché. Cet angle eft mefuré par l'arc de l'horifon qui eft
entre le point horifontal du Nord & le lieu où l'on a obfervé le lever ou le coucher du Soleil.

Cette méthode a été pratiquée en divers endroits , pour
vérifier la pofition de la Ligne Méridienne qui réfultoit

de la fuite des Triangles, comme on l'expliquera dans la fuite de cet ouvrage.

Lorfque l'horifon eft libre, on peut fe fervir d'un Cercle horifontal femblable à celui qui eft fur la platte-forme de l'Obfervatoire, & faire les mêmes obfervations que ci-deffus par une régle mobile autour de fon centre garnie d'une Lunette.

Diod. Sic. lib. 1. part. 2. cap. 1, Diodore de Sicile rapporte que les Egyptiens avoient un Cercle d'or de 365 coudées de circonférence & de l'épaiffeur d'une coudée, où étoit décrit entr'autres chofes le lever & le coucher des Aftres, qui fut enlevé dans le tems que Cambyfes & les Perfans fe rendirent les maîtres de l'Egypte. Il feroit plus croyable que ce Cercle étoit de bronze doré, qui pouvoit fervir également au même ufage avec moins de dépenfe, & être employé pour trouver la Méridienne par l'obfervation du lever & du coucher du Soleil.

I I.

Méthode de décrire la Méridienne par l'ombre du Soleil.

L'obfervation du mouvement du Soleil par le moyen de fon ombre eft très-ancienne. Elle étoit en ufage du tems d'Achaz Roi des Juifs, comme il paroît par le miracle arrivé à l'ombre de fon Horloge du tems d'Ezéchias.

On a pratiqué anciennement la méthode de décrire la Méridienne, par le moyen d'une boule placée fur la pointe d'un Obélifque, élevé perpendiculairement fur un plan horifontal, tel que celui qui fut tranfporté d'Egypte, & élevé par ordre d'Augufte dans la place du Champ de Mars, où il fut accommodé à cet ufage par Manilius.

L'Obélifque que Jules-Céfar fit élever dans le Vatican, & qu'il dédia au Soleil, pouvoit avoir fervi en Egypte aux mêmes obfervations. La trace de l'ombre de la boule ainfi élevée, repréfente la trace du Soleil dans le Ciel. Cette ombre, à diftance égale de la Méridienne avant & après midi, eft également éloignée du pied de l'Obélifque qui

répond au Zénith , de sorte que marquant deux points , l'un
avant & l'autre après-midi, où l'ombre se trouve à la même distance du point horisontal qui est placé perpendiculairement au-dessous de l'Obélisque , & divisant l'intervalle qui est entre ces deux points en deux parties égales ;
la ligne , qui passe par le point de division & par le point
horisontal qui répond au sommet de l'Obélisque , est la
Méridienne.

L'ombre d'une boule soutenue au centre d'un hémisphere concave , tel qu'étoit celui qui fut employé par Eratosthènes dans les observations Géographiques, étoit encore
plus propre au même usage. Cette ombre reçue dans la
concavité sphérique de l'hémisphere est circulaire , au lieu
que l'ombre d'une boule reçue sur un plan horisontal est
ordinairement ovale. Un plan circulaire horisontal placé
sur une pyramide, fait sur un terrein horisontal l'ombre
circulaire , & est très-propre pour la description de la Méridienne.

La Gnomonique enseigne diverses méthodes pour tracer la Méridienne sur quelque surface que ce soit ; mais la
plus commode pour la Géographie , est celle que l'on décrit sur la surface horisontale ou la moins déclinante de
l'horisontale qu'il est possible.

Lorsqu'on a une Horloge à pendule & un instrument
propre à prendre des hauteurs , on peut déterminer, de la
maniere qu'on l'a expliqué ci-dessus, l'instant du midi par
des hauteurs correspondantes.

Ayant fait cette opération deux ou plusieurs jours de suite, pour sçavoir ce que l'Horloge doit marquer à midi les
jours suivants, on prépare un fil à plomb qui soit assez gros
pour faire son ombre sur le plan où l'on veut tracer la Méridienne , & à l'instant du midi on marque au milieu de la
largeur de l'ombre deux points éloignés l'un de l'autre. Une
ligne droite tirée par ces deux points est la Méridienne.
On peut à la place du fil se servir d'un pan de mur , pourvû
qu'il soit dans une situation verticale.

III.

Méthode de décrire la Méridienne par les rayons
du Soleil.

Pour tracer la Méridienne dans les Temples & dans les Maisons, on se sert de la lumiere du Soleil que l'on fait entrer par une ouverture ronde, par laquelle passent les rayons du Soleil qui se terminent au plan horisontal, & y forment l'image du Soleil.

La trace que cette image décrit par son mouvement, représente celle que le Soleil parcourt dans le Ciel. En suivant pendant quelque tems aux jours des Solstices la trace du bord Septentrional, & celle du bord Méridional du Soleil, & la marquant sur le pavé horisontal une ou deux heures avant & après midi, on trouve dans cette trace deux points également éloignés du point, où la perpendiculaire, tirée du centre de l'ouverture, tombe sur le plan horisontal, l'un avant & l'autre après midi. Ayant divisé l'intervalle qui est entre ces deux points en deux parties égales, on tire par le point de division & par le point vertical une ligne droite qui est la Méridienne.

C'est par cette méthode que fut tracée, il y a plus de 60 ans, la Ligne Méridienne de Saint Petrone de Bologne dont la longueur est de 210 pieds, que nous avons examinée 40 ans après par d'autres méthodes très certaines, & que nous avons trouvée précisément dans la même direction, ce qui s'accorde à l'hypothèse la plus communément reçue, qui est que la Méridienne ne change point de situation sur la surface de la Terre.

M^{rs}. Bianchini & Maraldi ont tracé depuis quelques années par ordre du Pape, dans les Thermes Dioclétiennes, qui servent à présent d'Eglise aux Chartreux de Rome, une Méridienne semblable pour y faire les observations des Equinoxes, & s'en servir pour régler le Calendrier Ecclésiastique.

I V.
Méthode de décrire la Méridienne par les Etoiles.

Quoique l'on trouve aisément la Méridienne par le moyen du Soleil, dont le mouvement apparent d'Orient en Occident résulte du mouvement journalier & du mouvement annuel, on la peut aussi décrire par les observations des autres Astres, dont le mouvement apparent résulte aussi du mouvement journalier qui leur est commun avec le Soleil, & d'un mouvement qui leur est particulier.

Cette diversité du mouvement particulier cause une différente équation de la Méridienne. Celle de la Lune, dont le mouvement propre est beaucoup plus considérable que celui des autres Planétes, est la plus sensible de toutes. Pour les autres Planétes, elles sont sujettes à des inégalités différentes, auxquelles il faut avoir égard dans l'Equation de la Méridienne.

Comme ces inégalités sont plus difficiles à déterminer, on n'emploie ordinairement ces Planétes que lorsqu'il ne paroît point d'autre Astre que l'on puisse observer.

La Méridienne tracée par l'observation des Etoiles fixes, n'a pas besoin d'Equation, parce qu'elles parcourent exactement un parallèle à l'Equinoxial, & qu'elles n'ont point de variation horisontale ni Méridionale qui soit sensible, non seulement d'un jour à l'autre, mais même pendant toute l'année; car suivant les observations qu'on en a fait jusqu'à présent, elles ne font qu'en 6300 années la variation horisontale que le Soleil fait dans l'une des quatre saisons de l'année.

La plus grande partie des Etoiles fixes se lévent & se couchent, mais il n'y a que les plus grandes que l'on puisse voir à l'horison, où il y a ordinairement des vapeurs, qui les offusquent & les dérobent à la vûe jusqu'à une certaine hauteur. Il y a une grande partie de celles qui sont du côté du Nord, qui ne se couchant point, sont visibles pendant toute la nuit.

Parmi les Etoiles qui font toujours fur l'horifon, celles qui, par leur révolution journaliere, approchent le plus du point du Nord qui eft à l'horifon, donnent une grande commodité pour la décrire exactement.

Dans le tems de l'année que celle de ces Etoiles, qu'on a choifie pour l'opération, approche de l'horifon vers le minuit, on en prend la hauteur plufieurs fois le foir avec un Quart-de-Cercle à Lunette garnie de fes fils, marquant le tems de ces hauteurs à une Horloge à pendule qui a été réglée auparavant; le matin fuivant on obferve avec le même inftrument, le tems auquel l'Etoile paffe aux mêmes hauteurs que le foir précédent, & on marque l'heure de ces obfervations.

On compare les heures des hauteurs égales, prifes avant & après le paffage de l'Etoile par le Méridien, & l'on prend le tems du milieu pour celui du paffage de l'Etoile par le Méridien.

Le foir du jour fuivant, ayant pris quelques-unes des hauteurs égales à celles du foir précédent, & les comparant enfemble, on a l'efpace de tems qui s'eft écoulé à la pendule pendant une révolution entiere des Etoiles fixes; l'ajoutant à l'heure du paffage de l'Etoile par le Méridien déterminé la nuit précédente, l'on aura l'heure que l'Etoile doit paffer par le Méridien dans la révolution fuivante. On fe difpofe à l'obferver vers ce tems-là, de forte qu'à l'inftant que l'Etoile paffe par le Méridien, elle fe trouve fur le fil vertical de la Lunette du Quart-de-Cercle qu'on laiffe dans cette fituation.

Le jour étant venu, fi par la Lunette laiffée dans cette fituation, l'on découvre une partie de l'horifon fenfible, on obfervera quelque marque vifible qui fe rencontre dans le fil vertical, que l'on prend pour le point horifontal du Nord par où paffe la Méridienne du lieu d'où l'on obferve. Mais fi l'Etoile eft trop élevée fur l'horifon à fon paffage par le Méridien, pour qu'on puiffe voir l'horifon dans la même ouverture de la Lunette, alors on baiffe verticale-

ment le Quart-de-Cercle , & on obferve le lieu où le fil
vertical coupe l'horifon.

C'eft par cette méthode que nous avons vérifié plufieurs
fois la pofition du Pilier, dreffé à Montmartre fur la Méridienne qui paffe par le milieu de l'Obfervatoire Royal ,
comme on le marquera dans la fuite.

On décrit auffi la Méridienne par les digreffions des
Etoiles fixes qui tournent autour du Pôle fans fe coucher.
On place pour cet effet au centre d'un Cercle horifontal ,
tel que celui qui eft fur la Platte-forme de l'Obfervatoire ,
deux fils, dont l'un eft vertical dans une fituation fixe , &
l'autre eft horifontal, mobile autour de la circonférence de
ce Cercle. Vers le Solftice d'Hyver, lorfque les nuits font
les plus longues , on fuit une de ces Etoiles par le fil vertical, lorfqu'elle approche de fa plus grande digreffion , &
l'on connoît qu'elle s'y trouve , quand la regardant par ce
fil vertical & par le fil horifontal mobile, fa digreffion ne
paroît plus augmenter. On arrête le fil horifontal dans
cette fituation , & 12 heures après , ou un peu auparavant,
la même Etoile étant dans la même digreffion , on l'obferve
de la même maniere par le fil vertical , & par un autre fil
horifontal que l'on arrête, lorfque la digreffion n'augmente
plus. On divife enfuite l'arc qui eft entre les deux fils horifontaux en deux parties égales. La ligne qui paffe par le
point de cette divifion & par le centre du Cercle horifontal, eft la Méridienne.

A la place des fils horifontaux , on peut fe fervir d'une
régle dont un côté paffe par le centre du Cercle horifontal, autour duquel elle eft mobile, & bornoyant l'Etoile par
le fil vertical , & par ce côté de la régle , on marquera les
points de la circonférence du Cercle où elle paffe dans les
plus grandes digreffions de l'Etoile, l'intervalle entre ces
points, divifé par la moitié, donnera le point par où paffe
la Méridienne tirée du centre.

Lorfque l'horifon fenfible du côté du Nord n'a pas d'inégalités confidérables , on peut fe fervir d'un Quart-de-

Cercle placé verticalement, garni de deux Lunettes, dont
l'une soit fixe, & l'autre mobile autour du centre, & puisse
s'appliquer à tous les degrés du limbe. Ayant dressé la
Lunette fixe à l'horison, l'on observe avec la Lunette mobile une Etoile, lorsqu'elle est près de sa plus grande digression, ce que l'on reconnoît lorsqu'elle reste quelque
tems sans sortir du fil vertical, & l'on fait ensorte que
le Quart-de-Cercle soit en cet état dans une situation verticale. Le jour étant venu, on observe sur l'horison l'endroit qui est coupé par le fil vertical de la Lunette fixe.
L'on fait la même opération, lorsque l'Etoile passe de nuit
dans sa plus grande digression opposée, & l'on observe sur
l'horison l'endroit qui est coupé par le fil vertical de la Lunette horisontale. L'intervalle entre les deux points ainsi
marqués sur l'horison, étant divisé en deux parties égales,
on a le point horisontal du Nord par où passe la Méridienne du lieu d'où l'on observe.

Lorsque l'Etoile passe de jour dans sa digression opposée, il faut connoître la hauteur du Pôle du lieu où l'on
observe & la distance de l'Etoile au Pôle, qui est le complément de sa déclinaison, & faire comme le
complément PZ de la hauteur du Pôle est à
la distance PE de l'Etoile au Pôle, ainsi le
Sinus total est à l'angle Azimuthal EZP que
fait aux Zénith le Méridien ZP avec le vertical ZE qui passe par l'Etoile, lorsqu'elle est dans sa plus
grande digression. Cet angle est mesuré par l'arc, qui est
compris entre le point de la Méridienne qui est à l'horison, & le point qui est coupé par le vertical de la Lunette, lorsque l'Etoile est dans sa plus grande digression.
On prendra avec un Cercle horisontal cet arc de l'horison
pour trouver le point du Nord par où passe la Méridienne
du lieu de l'observation.

C'est cette derniere méthode qui a été employée, dans
la mesure de la Terre, à Mareüil, où M. Picard traça une
Méridienne par la digression de l'Etoile polaire.

On

On peut auſſi trouver la Méridienne, par le moyen d'un Quart-de-Cercle vertical, élevé ſur un Cercle horiſontal, en obſervant avec le Quart-de-Cercle vertical des hauteurs égales d'une Etoile avant & après ſon paſſage par le Méridien, & diviſant l'arc de l'horiſon compris entre les deux verticaux, en deux parties égales, la ligne qui paſſe par le centre & par le point de la diviſion, ſera la Méridienne.

CHAPITRE IV.

De l'Utilité de la deſcription de la Ligne Méridienne de l'Obſervatoire, pour la rectification de la Carte de la France.

LA prolongation de la ligne Méridienne de l'Obſervatoire Royal de Paris, juſqu'à l'extrémité Méridionale du Royaume, que l'Académie Royale a entrepriſe par ordre du Roi, étoit néceſſaire pour tirer la Géographie de l'incertitude où la mettent les différends qui ſont entre les Géographes touchant la direction du Méridien de Paris vers la partie Méridionale de la France. Ptolémée, qui détermine la latitude de Paris à 20. minutes près de celle que nous obſervons préſentement, fait paſſer le Méridien de Paris par des lieux de la France, éloignés de pluſieurs degrés de ceux par où les Géographes modernes le font paſſer préſentement. Il détermine la longitude de Paris de 23 degrés & demi, celle de Lyon de 23 degrés 15 minutes, & celle de Vienne en Dauphiné, de Valence, d'Avignon & de l'embouchure la plus Orientale du Rhône de 23 degrés ; de ſorte que, ſuivant cet Auteur, le Méridien de Paris paſſeroit à l'Orient de ces lieux, & iroit terminer à la Mer, près d'une Ville appellée alors *Maritime.* Cette Ville eſt, ſelon les apparences, Martigues, ou Marignane qui ſont proche l'une de l'autre, & dont les noms peuvent être dérivés de *Maritime,* que Ptolémée fait plus Orien-

tale d'un demi-degré que l'embouchure la plus Orientale du
Rhône, à quelques minutes près de la longitude que les
Cartes les plus exactes donnent à ces deux Villes.

Tous les Géographes modernes font paſſer le Méridien
de Paris par des lieux éloignés de ce terme vers l'Occident,
les uns plus, les autres moins.

Ortelius, l'un des plus célébres réformateurs de la Géographie, dans ſon Théâtre du Monde, la fait paſſer avec
Plancius par Lavaur, par Mirepoix, & par les Pays de Foix,
près de l'extrémité Occidentale du Languedoc, de ſorte
qu'il y a environ toute l'étendue de cette grande Province,
entre le terme du Méridien de Paris déterminé par Ptolémée, & celui qui eſt marqué dans les Cartes d'Ortelius &
de Plancius.

On étoit ſi incertain de la direction de la Ligne Méridienne de Paris, qu'en diverſes Cartes données au Public
par un même Auteur, elle paſſe par des lieux fort différens.
Cela ſe voit dans l'Atlas de Mercator, où il y a deux Cartes de Hondius, l'une de l'Europe, où la Ligne Méridienne de Paris paſſe par Mirepoix, & va terminer à la
Ville de Valence en Eſpagne, & l'autre de la France, où
il fait paſſer cette Méridienne beaucoup plus à l'Orient,
vers la partie Occidentale du Rouſſillon.

Les Géographes encore plus modernes, font terminer
le Méridien de Paris plus vers l'Orient. Dans la grande
Carte de la France, publiée par Taſſin en l'an 1660, il
paſſe par Montpellier, & par la Rade qui eſt entre Séte &
Aiguemortes. Pluſieurs autres le font paſſer, les uns plus
proche de Narbonne, & les autres plus près de Carcaſſonne. Il y a même de ceux, qui ſuivent les Mémoires de
l'Académie dans les différences de longitude, entre Paris
& Séte d'un côté, & Bayonne de l'autre, qui différent
encore entr'eux de tout l'intervalle qui eſt entre Narbonne
& Carcaſſonne, nonobſtant le peu de diſtance qui eſt entre
Séte & Narbonne.

Le Méridien de Paris n'eſt pas le ſeul que l'on trouve

préfentement paffer par des lieux fort différens de ceux que l'on a marqués anciennement.

Poffidone, Aftronome & Géographe, dans la recherche de la grandeur de la Terre, trouvoit les Villes de Rhodes & d'Alexandrie, fous le même Méridien. Ptolémée, deux fiécles après, trouva Alexandrie plus Orientale que Rhodes de deux degrés & demi.

Eratofthènes, dans une recherche femblable, trouvoit Alexandrie & Sienne fous un même Méridien. Ptolémée trouva enfuite Sienne plus Orientale qu'Alexandrie d'un degré & demi.

On trouve des différences femblables dans prefque tous les lieux de la Terre, par la comparaifon des Tables Géographiques anciennes avec les modernes.

Cette diverfité, dans la direction des Méridiens, qui fe voit dans les Cartes Géographiques faites en divers tems, ne fe peut attribuer qu'aux manieres fautives dont on s'eft fervi pour les déterminer.

Les nouvelles Cartes des Royaumes font, pour l'ordinaire, dreffées fur des Cartes particulieres des Provinces, faites par divers Auteurs, en des tems différens, & fur diverfes échelles que l'on réduit à la même. On marque le plus fouvent, dans ces Cartes particulieres, la Ligne Méridienne, par le moyen de la direction de l'Aiguille aimantée, dont on fe fert pour en lever le plan & pour les orienter, & l'on n'y marque pas toujours régulierement fa déclinaifon à l'égard de la Méridienne, comme elle eft en ce tems-là ; ainfi il ne faut pas s'étonner, fi les erreurs que l'on peut avoir faites en orientant les Cartes particulieres, venant à fe multiplier dans l'affemblage qu'on en fait pour une Carte générale, y jettent tant d'incertitude fur la direction de la Ligne Méridienne

Il y a des Cartes particulieres de quelques Provinces de la France, où le Méridien qui y eft tracé décline du véritable de plus de 30 degrés ; auffi y a-t-il dans ces Provinces des lieux, où la déclinaifon de l'Aiguille aimantée

est tout-à-fait irréguliere, à cause des Mines de Fer, qui y
font en quantité, qui la détournent de la direction qu'elle
devroit avoir ; c'est pourquoi sans la précaution d'examiner
souvent en différens lieux la déclinaison de l'Aimant, à l'é-
gard de la Ligne Méridienne tracée par les observations
du Soleil & des autres Astres, on ne sçauroit par ce moyen
bien orienter les Cartes.

Il étoit donc nécessaire, pour la rectification de la Carte
de la France, de décrire la Ligne Méridienne de Paris par
une méthode exacte, & qui ne fût pas sujette aux erreurs
dont l'on vient de parler, telle que nous l'avons pratiquée.
Nous avons, pour cet effet, déterminé d'abord sa direction
par les observations du Soleil & des Etoiles, & établi ensuite par des opérations Géométriques, sa situation à l'égard
des Villes & des lieux remarquables qui l'environnent ; ce
qui peut être d'un avantage considérable pour l'Astrono-
mie & la Géographie. Car les observations qui seront dans
la suite faites dans ces Villes, pourront se rapporter aisément au Méridien de Paris. Si l'on a, par exemple, observé quelques Eclipses de Lune ou de Satellites de Jupiter,
en quelque lieu de la Terre éloigné, qu'on n'ait pas pû appercevoir à Paris, mais qu'on ait observé en quelques-unes
de ces Villes, il sera aisé de réduire ces observations au
Méridien de Paris, & de connoître par ce moyen la différence entre le Méridien de ces lieux éloignés, & celui
de l'Observatoire Royal de Paris. Nous avons même déja
profité de cet avantage, par les observations que nous
avons reçues de Montpellier, dont la situation a été déterminée par les Triangles de la Méridienne, & où le Roi a
établi depuis quelques années une Société Royale, dans laquelle il y a des Astronomes habiles qui peuvent profiter de
la beauté de leur climat, pour y faire les observations que
la constitution de l'air ne nous permet pas quelquefois de
faire à l'Observatoire Royal de Paris.

CHAPITRE V.

*Observations Aftronomiques, faites pour déterminer les
points de l'horifon par où paffe la Méridienne
de l'Obfervatoire.*

AVANT que d'entreprendre de prolonger la Ligne
Méridienne, qui paffe par le milieu de l'Obfervatoire
Royal de Paris, il étoit néceffaire de déterminer fur l'horifon, le plus exactement qu'il étoit poffible, les points du
Midi & du Nord qui font fur cette Méridienne. Du côté
du Midi, l'horifon eft terminé par le Village de l'Hay, &
du côté du Nord par Montmartre, où M. Picard avoit
déja fait placer un Pilier, pour marquer précifément le
point du Nord. On jugea donc devoir vérifier la fituation
de ce Pilier à l'égard de la Méridienne, par diverfes obfervations du Soleil & des Etoiles fixes.

Parmi les Etoiles fixes, la Chévre, après le grand Chien,
eft la plus claire de toutes les autres, & fe voit commodément par la Lunette en plein jour, le matin & le foir.
C'eft une de celles qui ne fe couchent point fous l'horifon
de Paris, parce que fa diftance au Pôle eft à préfent moindre que la hauteur du Pôle, d'environ 4 degrés & demi.
Ainfi le Cercle de fa révolution journaliere dans fa partie
inférieure, approche du Pilier qui eft à Montmartre de 4
degrés, à l'égard de l'Appartement de la Terraffe inférieure
de l'Obfervatoire, d'où ce Pilier paroît élevé d'un demi-
degré fur l'horifon.

Au mois de Juin de l'année 1683, on fe difpofa à faire
les obfervations de cette Etoile, néceffaires pour vérifier la
direction de la Méridienne. Cette Etoile paffoit alors par
le Méridien dans la partie inférieure de fon Cercle fur les
onze heures du foir, de forte que l'on pouvoit aifément
prendre des hauteurs correfpondantes avant & après fon

paſſage par le Méridien, pour en déterminer le moment.

Après l'avoir déterminé par des obſervations exactes, répétées pluſieurs jours de ſuite, l'on dreſſa ſur une petite machine parallactique, une Lunette mobile autour d'un centre ſur un Cercle vertical. Ayant placé cette Machine au milieu de la fenêtre Septentrionale de l'Appartement inférieur de l'Obſervatoire, on dirigea cette Lunette au Pilier de Montmartre, enſorte que le fil vertical qui eſt à ſon foyer répondît au Pilier, & on éleva la Lunette à la hauteur à laquelle la Chévre devoit paſſer par le Méridien.

Le 22 Juin 1683 la Chevre paſſa par le fil vertical de la Lunette à $10^h\ 47'\ 20''\frac{1}{4}$

Suivant les hauteurs correſpondantes, priſes avant & après le paſſage de cette Etoile par le Méridien, elle auroit dû paſſer par le Méridien à $10^h\ 47'\ 20''.$

La différence eſt un quart de ſeconde de tems, ou 3 ſecondes 45 tierces de degré, dont le Pilier qui eſt à Montmartre ſeroit plus Oriental que la Méridienne, ce qui eſt inſenſible dans ces ſortes d'obſervations.

Par les obſervations des jours ſuivans, le Pilier de Montmartre parut décliner un peu à la Méridienne vers l'Occident.

Comme le Soleil étoit alors au Solſtice d'Eté, on eut la commodité de vérifier en même tems la poſition du Pilier de Montmartre, par les obſervations du lever & du coucher du Soleil, qui, dans les Solſtices, ſont les plus ſimples, n'ayant pas beſoin d'être réduites par la différence de déclinaiſon.

Le matin du 21 Juin 1683, jour du Solſtice, on plaça, au milieu de la Terraſſe ſupérieure de l'Obſervatoire, un Quart-de-Cercle horiſontal garni de deux Lunettes; on dreſſa une de ces Lunettes au Pilier de Montmartre, & l'autre à l'endroit de l'horiſon où l'on s'attendoit à voir le Soleil un peu après ſon lever, & on arrêta ces deux Lunettes dans cette ſituation.

Le Soleil s'étant levé entra dans la Lunette, & ſon centre paſſa par le fil vertical à 4ʰ 2′ 52″.

Le ſoir du même jour, les deux Lunettes étant encore dans le même état que le matin, on en dreſſa une au Pilier de Montmartre, enſorte que l'autre étoit dirigée vers l'Occident.

Le Soleil s'approchant de l'horiſon, entra dans la Lunette, & ſon centre tomba dans le fil vertical à 7ʰ 57′ 7″ ½.

Donc la différence entre l'heure du paſſage du Soleil par le vertical, obſervée le matin, & l'heure de ſon paſſage par le vertical obſervée le ſoir, a été de 15ʰ 54′ 15″ ½, dont la moitié eſt 7ʰ 57′ 7″ ¾, qui étant ajoutée à l'heure du paſſage du Soleil par le vertical du Quart-de-Cercle, obſervée le matin à 4ʰ 2′ 52″, donne l'heure du paſſage du Soleil par le vertical du Pilier de Montmartre à 11ʰ 59′ 59″ ¾.

La différence eſt un quart de ſeconde de tems, dont le Pilier qui eſt à Montmartre ſeroit plus Occidental que la Méridienne, au lieu que par l'obſervation de la Chévre du 22 Juin, ce Pilier paroiſſoit plus Oriental que la Méridienne de la même quantité. On peut donc ſuppoſer que ce Pilier eſt placé ſur la Méridienne, avec autant d'exactitude qu'on le peut faire par les obſervations du Soleil & des Etoiles fixes.

Ayant ainſi vérifié la ſituation du Pilier de Montmartre, on trouva que la Méridienne de l'Obſervatoire paſſoit du côté du Midi par une Maiſon du Village de l'Hay, dans un endroit où il y a une fenêtre qui ſert à la diſtinguer.

On plaça enſuite, au milieu de la face Méridionale, un Quart-de-Cercle, avec lequel on obſerva les angles de poſition que les objets remarquables faiſoient à l'égard de la Méridienne, & on trouva que la Tour de Montlhery déclinoit du Midi vers l'Occident de 11° 57′ 50″.

Au retour du Voyage de la Méridienne, nous nous diſpoſâmes à vérifier la direction de la Ligne Méridienne de l'Obſervatoire par les mêmes méthodes que l'on avoit pratiquées auparavant.

Les nuages qui couvrirent l'horifon le jour du Solftice d'Eté de l'année 1701, nous empêcherent de vérifier la Méridienne par les obfervations Solfticiales du lever & du coucher du Soleil, c'eft pourquoi nous fûmes obligés de nous contenter de celles de la Chevre.

Ayant placé un Octans à la fenêtre Septentrionale de l'Appartement inférieur de l'Obfervatoire, nous dreffâmes le fil vertical de la Lunette au Pilier de Montmartre, & l'ayant hauffé & baiffé plufieurs fois, nous trouvâmes qu'il ne s'écartoit pas du vertical. Nous élevâmes enfuite la Lunette à la hauteur où la Chevre devoit paffer par le Méridien.

Le 20 Juin 1701, la Chevre paffa par le fil vertical de la Lunette de l'Octans à   11^h 9′ 4″.

Par les hauteurs correfpondantes de cette Etoile, prifes le même jour avant & après fon paffage par le Méridien, elle devoit paffer par le Méridien à   11^h 9′ 2″$\frac{1}{2}$.

Et par les hauteurs correfpondantes prifes le jour précédent à la même hauteur, elle devoit paffer par le Méridien à   11^h 9′ 3″$\frac{1}{2}$.

En prenant un milieu entre ces obfervations, il paroît que le Pilier de Montmartre décline d'une feconde de tems de la Méridienne vers l'Orient, mais comme il eft difficile dans ces fortes d'obfervations de s'affurer de l'exactitude d'une feconde, on peut fuppofer, de même qu'on a fait en 1683, que ce Pilier eft placé auffi exactement qu'il eft poffible fur la Ligne Méridienne qui paffe par le milieu de l'Obfervatoire.

CHAPITRE

CHAPITRE VI.

*Defcription des Inftruments que l'on a employés pour ob-
ferver les Angles de pofition.*

POUR obferver les Angles de pofition, qui ont fervi
à la defcription de la Méridienne, nous avons employé deux inftruments différents, fuivant la commodité
des lieux où nous faifions nos obfervations.

Le premier eft un Quart de Cercle *A B C E* (Fig. 1.)
de 39 pouces de rayon, depuis le centre *C* jufqu'à l'extrémité extérieure *B*. *ABE* eft un limbe ou plaque de cuivre circulaire, de 21 lignes de largeur & d'une ligne d'épaiffeur, qui repréfente un arc de cercle d'environ 100 degrés. Ce limbe eft arrêté fixement fur une plaque de fer
ABE de figure femblable. *RV* (Fig. 2.) eft une Régle de
Fer circulaire pofée fur le champ derriere le limbe pour
le renforcer. Cette régle a d'efpace en efpace divers tenons
coudés *X*, *X*, par le moyen defquels on l'applique fixement avec des vis contre le limbe de fer *ABE*. *DC* eft
une Régle de fer platte avec un tenon à une de fes extrémités *D* qui entre dans la piéce *RV*. Cette régle paffe,
vers l'autre extrémité, par le centre *C* de l'inftrument où elle
s'élargit; elle eft recouverte à cet endroit par devant, d'une
plaque de cuivre qui eft dreffée exactement dans le plan du
limbe de cuivre. Cette plaque, auffi-bien que la Régle qui
la foutient, eft percée d'un trou cylindrique *C* de 4 lignes
de diamétre, dont le centre eft le même que celui de l'inftrument, de forte que ce trou étant bouché exactement
par un cylindre de cuivre, le centre de la bafe de ce cylindre qui eft dans le plan de la plaque eft auffi le centre
de l'inftrument. La régle *DC* eft renforcée par derriere
par une barre de fer *ID* pofée fur le champ, ayant à une
de fes extrémités *I*, un tenon qui entre dans la régle *DC*,

& à l'autre extrémité D deux tenons coudés, par le moyen desquels elle est arrêtée avec deux vis contre la régle circulaire RV.

La régle DC qui porte le centre, est arrêtée dans la situation qu'elle doit avoir à l'égard du limbe ABE, par les régles de fer LR, GH, LP, GP, qu'on y a appliquées, & qui sont renforcées par derriere par d'autres régles de fer posées sur le champ. Les deux régles LP, GP, sont placées de sorte, que le point de leurs concours avec la régle DC, est à peu-près le centre de gravité de l'instrument. L'on applique à cet endroit une broche cylindrique XZ (Fig. 3.) dont une de ses extrémités X est un peu applatie, & s'étend en arc de cercle, avec quatre tenons coudés dont le plan est perpendiculaire à l'axe de la broche. Cette extrémité X est fendue en croix, pour pouvoir embrasser les régles DI, LP, GP, dans l'endroit où elles se croisent. On arrête cette broche fixement à la régle DC par le moyen de quatre vis, & à la régle DI posée sur le champ par deux autres vis, & l'on fait ensorte que l'axe de la broche soit perpendiculaire au plan de l'instrument.

Pour diviser le Quart de Cercle en degrés & minutes, on décrit, (Fig. 1.) du centre C, sur le limbe deux arcs concentriques OS, LT, éloignés l'un de l'autre d'environ 13 lignes. Après avoir tiré un rayon COL qui coupe ces deux arcs à l'endroit où doit commencer la division, on divise chacun de ces arcs en degrés, & chaque degré en six parties qui sont chacune de 10 minutes.

Chacun de ces degrés est de la maniere qu'on l'a représenté dans la Figure 4. On tire du commencement O de la division du cercle intérieur, une ligne transversale à la division X du cercle intérieur, & ainsi de suite. On divise ensuite la ligne OX en deux parties proportionnelles aux rayons CO, CX, des deux cercles, & l'angle au centre OCX qui est de dix minutes se trouve divisé en deux parties égales au point Z. On divise ensuite chacune de ces parties OZ, ZX, en cinq autres, ayant égard à l'inégalité que ces cinq parties doivent avoir entr'elles, à cause de leur diverse distance du centre, & l'on décrit du centre *C* par les points de ces divisions 1, 2, 3, &c. des arcs concentriques aux deux arcs *O S*, *L T*, (Fig. 1.) qui divisent toutes les transversales en 10 parties, dont chacune répond à une minute.

On applique à cet instrument deux Lunettes, dont l'une doit être fixe, & l'autre, mobile autour du centre. Le tuyau de chacune de ces Lunettes est de cuivre, composé de deux piéces *F R*, *V R*, (Fig. 5.) qui entrent exactement l'une dans l'autre, & qui ont vers leurs extrémités deux quarrés de cuivre *M* & *N* d'égale grandeur, percés chacun d'un trou concentrique, dont la distance est un peu plus petite que la longueur du rayon de l'instrument. On tourne ces tuyaux de sorte, que les tuyaux correspondans des deux quarrés soient sur un même plan, & on les arrête dans cette situation.

Ayant placé dans le tuyau *F V* un verre objectif vers son extrémité *F*, on fait entrer à l'autre extrémité *V* un petit tuyau *a b*, dont la longueur est égale à celle du foyer du verre oculaire. A l'extrémité *f g* de ce tuyau, on place deux fils de soye simple *a e*, *f g*, qu'on fait croiser à angles droits. On enfonce le petit tuyau *a b* dans le grand *F V*, ensorte que les fils *a e*, *f g*, soient au foyer du verre objectif, & on les tourne de sorte qu'ils soient en même tems paralleles aux côtés des quarrés. On place le verre oculaire à l'extrémité *c* d'un autre petit tuyau *c d* de même diamétre, qui entre exactement dans le tuyau de la Lunette, & s'applique au tuyau *a b* qui porte les fils.

Pour ce qui est du verre objectif, il faut qu'il soit bien centré, c'est-à-dire, qu'à sa circonférence il soit par-tout d'égale épaisseur, afin que l'axe du verre soit le même que celui de la Lunette.

Pour examiner si ce verre est bien centré, l'on met la Lunette sur un plan horisontal, & ayant regardé un objet éloigné qui tombe sur l'intersection des fils, on marque

exactement la situation de la Lunette sur le plan. On la
tourne ensuite sur le côté opposé, en la mettant dans la
même situation, & l'on observe si le même objet tombe
sur l'interfection des fils. S'il y a quelque différence, il faut
pousser le verre objectif jusqu'à ce que ce concours se fasse
exactement. On fait ensuite la même opération sur les
deux autres côtés du quarré ; & si l'objet se rencontre de
même sur l'interfection des fils, on est assuré que la Lunette est bien centrée ; s'il y a quelque différence, il faut
pousser le verre objectif de côté ou d'autre, jusqu'à ce que
le même objet se trouve précisément dans l'interfection
des fils, de quelque côté qu'on pose la Lunette, & on arrête l'objectif dans cette situation.

La Lunette étant dans cet état, on place les deux quarrés
de cuivre (Fig. 1.) dans deux chassis quarrés, qui sont ar-
rêtés, l'un sur le limbe, & l'autre sur la plaque du centre,
à distance égale du rayon CST qui passe par le point de la
division où l'on a marqué 90 degrés.

Le diamétre intérieur de ces chassis est un peu plus grand
que le diamétre extérieur des quarrés, & ils ont à trois de
leurs côtés des vis qui entrent à écrou dans leur épaisseur,
& servent à arrêter la Lunette, après qu'on l'a avancé de
côté ou d'autre, jusqu'à ce que son axe soit exactement parallele au rayon CST, qui passe par le point de 90 degrés.

Pour observer les hauteurs apparentes des Astres ou de
quelques autres objets sur l'horifon artificiel, on a un cylindre de cuivre $abde$ (Fig. 6.) dont le diametre ad est égal
au diamétre du trou cylindrique, qui est dans la plaque de
cuivre CK de la Fig. 2. & dont la longueur ab est égale à
l'épaisseur du trou. On arrête fixement sur la surface extérieure ad de ce cylindre une plaque de cuivre gf, perpendiculaire à cette surface. Cette plaque a deux oreilles i, l,
qui lui sont perpendiculaires, & qui sont percées chacune d'un trou fort petit, pour y faire passer une aiguille dé-
liée, dont la pointe entre précisément dans le centre c du
cylindre. L'on fait entrer ce cylindre par derriere la pla-

que de cuivre *CK* de la Fig. 2. enforte que fa furface extérieure foit exactement dans le plan du limbe, & on fufpend à l'aiguille qui répond au centre un cheveu *CP*, dont la longueur doit un peu excéder celle du rayon du Quartde-Cercle, & à l'extrémité duquel eft attaché un petit plomb *P*.

Le Quart-de-Cercle étant dans une fituation verticale, fi l'on fait paffer le cheveu *CP* (Fig. 1.) par le commencement *O* de la divifion, alors la Lunette *AF* dont l'axe eft parallele au rayon *CST* qui paffe par le centre & par 90 degrés, eft dans une fituation horifontale, mais lorfqu'on obferve avec le Quart-de-Cercle un objet élevé fur l'horifon, le cheveu *CP*, qui eft fufpendu perpendiculairement par le moyen du plomb *P*, marque fur la divifion depuis *O* vers *S*, les degrés & minutes de la hauteur apparente de l'objet fur l'horifon artificiel.

Pour obferver les Angles de pofition, qui font entre divers objets difpofés fur l'horifon, on place une autre Lunette *GH* (Fig. 1.) garnie de fes quarrés, fur une régle ou alidade de fer *CI*, qui a vers l'une de fes extrémités *C* une oreille percée d'un trou cylindrique, de diametre égal à celui qui eft au centre de l'inftrument. On a un autre cylindre de cuivre *abde* (Fig. 7.) dont le diametre *ad* eft égal au diametre du trou qui eft au centre de l'inftrument, & dont la longueur *ab* eft égale à l'épaiffeur du trou, plus celle de l'alidade *CI*. On fait entrer ce cylindre dans le centre de l'inftrument & dans le trou de l'alidade, & on l'arrête dans cette fituation, par le moyen d'une vis *fg*, qui entre à écrou dans fon épaiffeur.

A l'autre extrémité *I* (Fig. 1.) de l'alidade, il y a par derriere une piéce coudée, qui embraffe l'épaiffeur du limbe avec une vis au-deffous, pour pouvoir arrêter l'alidade dans la fituation que l'on veut, & à côté, au-deffus de la divifion, il y a un petit chaffis *Ilmn*, qui porte un cheveu *IP*, lequel doit être dirigé au centre. Ce cheveu fe peut diriger, avancer ou reculer, par le moyen d'une couliffe qui

F iij

eſt ſur ce chaſſis, que l'on arrête fixement à l'alidade , par
le moyen de deux vis qui ſont aux points *I* & *L*.

Le Quart-de-Cercle étant dans une ſituation horiſontale , on dirige le fil vertical de la Lunette *A F* immobile ,
à un objet éloigné , auquel on dirige auſſi le fil vertical de
la Lunette *G H*, portée ſur l'alidade *C I*, qui eſt mobile autour du centre *C*, & l'on ajuſte le cheveu *I l*, qui eſt ſur le
chaſſis , de maniere qu'il paſſe préciſément par le point de la
diviſion , où l'on a marqué 90 degrés , & qu'il concoure
avec le rayon *C S T*. Alors ayant dirigé le fil vertical de la
Lunette mobile à un autre objet , les degrés & minutes
marqués ſur la diviſion , entre le point de 90 degrés & le
cheveu de l'alidade , meſurent l'angle que ces deux objets
font au concours de l'axe des deux Lunettes.

Lorſque le Cheveu ſe dérange un peu , de ſorte que les
deux Lunettes étant dirigées à un même objet , le cheveu
ne tombe pas préciſément ſur le terme de la diviſion *S T*,
l'on peut tenir compte de la différence que l'on y trouve ,
pour corriger tous les Angles obſervés , & avoir leur véritable grandeur. L'on évite par-là la difficulté qu'il y auroit , de remettre le cheveu ſur le commencement de la
diviſion , dans toutes les obſervations où il s'en ſeroit un
peu écarté.

Le pied de l'inſtrument (Fig. 8.) eſt compoſé de deux
barres *A E B*, *C E D*, de la figure d'un arc , qui ſe croiſent
enſemble à angles droits , & s'appliquent exactement l'une
ſur l'autre par le moyen d'une entaille qu'on a faite dans
leur commune interſection. Ces barres ſont percées à leur
extrémité *A* , *B* , *C* , *D*, par des écrous où entrent des vis
de cuivre de 7 à 8 lignes de diamétre, qui ſervent à hauſ-
ſer ou baiſſer le pied. *I E* eſt un canon de fer terminé à ſon
extrémité *E* par un tenon *E X*. On fait entrer ce tenon dans
un trou quarré , qui eſt dans l'interſection commune des
deux barres *A B*, *C D*, & on l'arrête par deſſous avec
une clavette *X*. Le canon *I E* eſt ſoutenu dans une ſituation perpendiculaire par quatre barres coudées *F M*, *G M*.

HN, *LN*, qui entrent d'un côté dans le canon en *M* &
en *N*, & de l'autre côté dans les extrémités des barres en
F, *G*, *H* & *L*. On fait entrer dans le canon *I E*, une broche *OP*, (Fig. 9.) cylindrique, qui peut tourner sur son axe,
& que l'on arrête dans la situation que l'on veut, par le
moyen d'une vis *K* qui s'y applique. Cette broche est sou-
dée à une plaque horisontale *QR*, qui lui est appliquée à
angles droits, & qui porte deux viroles *Q*, *R*, dans lesquelles entre la broche *XZ*, de la Fig. 3. qui est pressée en
dessous par un ressort *V*, & par dessus par deux vis *S*, *T*,
qui entrent à écrou dans les viroles *Q*, *R*.

Le plan de Quart de Cercle *ABCE*, (Fig. 1.) qui, comme on l'a dit ci-dessus, est perpendiculaire à la broche *XZ*,
(Fig. 3.) se trouve par ce moyen dans une situation verticale, & sert dans cet état pour observer les hauteurs apparentes des objets sur l'horison. Mais lorsqu'on veut le met-
tre dans une situation horisontale, on se sert d'un autre
genou, tel qu'il est représenté dans la Fig. 10. qui a une
broche de diamétre égale à celle de l'instrument, & qui
porte un ressort & deux viroles, semblables à celles de la
Figure 9. Ayant fait entrer cette broche dans les viroles
QR de la Fig. 9. ensorte que les viroles *CD*, (Fig. 10.)
soient dans une situation verticale, on fait entrer dans ces
dernieres la broche *XZ* de l'instrument, lequel on met par
ce moyen dans une situation horisontale.

Description de l'Octans.

Le Quart de Cercle dont nous venons de faire la description, ne pouvant pas toujours être placé, à cause de sa
grandeur, dans les endroits où il étoit nécessaire d'observer, nous avons aussi employé un instrument plus petit,
dont les degrés sont presque d'égale grandeur.

Le rayon de cet instrument (Fig. 1.) est de 36 pouces,
depuis le centre jusqu'à l'extrémité extérieure du limbe.
A B C est un limbe de cuivre qui représente une portion
de Cercle d'un peu plus de 50 degrés. Le limbe *A B C*

eſt diviſé en 50 degrés, & chaque degré en 12 parties de 5 en 5 minutes, leſquelles ſont ſouſdiviſées en minutes par des lignes tranſverſales & des cercles concentriques, comme il a été expliqué dans la deſcription du Quart-de-Cercle.

A chaque degré de la diviſion, on a marqué deux chiffres, dont l'un eſt le complément de l'autre ; par exemple, au premier degré il y a 1, & au-deſſus 89 ; au ſecond il y a 2, & au-deſſus 88, & ainſi de ſuite juſqu'au terme de la diviſion A, où l'on a marqué 50 & au-deſſus 40.

On a placé derriere le limbe une Lunette EL, (Fig. 1. & 2.) dont le tuyau, qui eſt de fer, eſt quarré, & dont l'axe doit être parallele au rayon qui paſſe par le centre & par le commencement de la diviſion ; l'extrémité E du tuyau de cette Lunette, eſt allongée & ſoutient une plaque ronde DE couverte de cuivre, au milieu de laquelle eſt le centre de l'inſtrument, percé d'un trou cylindrique comme celui du Quart de Cercle.

On a auſſi appliqué derriere le limbe, une autre Lunette GI, dont le tuyau qui eſt quarré, coupe à angles droits le tuyau de la Lunette LE, enſorte que la partie FH eſt commune aux deux Lunettes.

La Lunette EO, qui ſert d'alidade, eſt auſſi quarrée ; elle a vers une de ſes extrémités du côté de l'objectif, une oreille percée d'un trou cylindrique, de diamétre égal à celui qui eſt au centre de la Lunette, afin que le même cylindre qui paſſe par ce trou, entre auſſi exactement dans cette plaque.

Vers l'autre extrémité O de la Lunette EO, du côté de l'oculaire, il y a de même qu'à l'alidade du Quart de Cercle, une piéce coudée qui embraſſe l'extrémité du limbe & un petit chaſſis qui porte un cheveu que l'on dirige par le moyen d'une couliſſe.

Les trois Lunettes EL, GI, EO, ont chacune, au foyer commun du verre objectif & de l'oculaire, un chaſſis qui entre en couliſſe par l'un des côtés, & qui porte deux ſoyes

qui

qui fe coupent à angles droits, & doivent être paralleles aux côtés de la Lunette. On les arrête dans cette fituation, par le moyen de deux vis qui traverfent la Lunette, & vont s'y appliquer.

Lorfque l'angle de pofition, que l'on veut obferver entre deux objets, n'excéde pas 50 degrés, alors on fe fert de la Lunette *LE* & de la Lunette *O E*, dont on a réglé le cheveu porté fur le chaffis, de la maniere qui a été expliquée dans la defcription du Quart-de-Cercle, & l'on compte les degrés, marqués immédiatement au-deffus de la divifion, depuis o jufqu'à 50. Mais lorfque cet angle excéde 50 degrés, alors on dirige la Lunette *G I* à un des objets, & la Lunette mobile *OE* à l'autre objet, & l'on marque les degrés qui font au-deffus des premiers, & qui, commençant par 90, vont en diminuant jufqu'à 40. Car alors l'angle obfervé entre les deux objets par les deux Lunettes *GI, OE*, eft mefuré par l'angle *EMF*, complément de l'angle *MEL*, qui eft marqué fur le limbe, depuis le commencement de la divifion, jufqu'à l'endroit où eft placé le cheveu de l'alidade.

Les obfervations que l'on fait avec la Lunette *GI*, fuppofent que fon axe foit exactement perpendiculaire à l'axe de la Lunette *L E*, c'eft ce qu'on vérifie en cette maniere.

On obferve avec les deux Lunettes *L E, O E*, bien réglées, un angle entre deux objets éloignés qui foit entre 40 & 50 degrés. On obferve enfuite l'angle entre les deux mêmes objets avec les deux Lunettes *G I, O E.* Si l'angle obfervé par les deux Lunettes *L E, O E*, eft égal à celui qu'on a trouvé par les Lunettes *G I, O E*, c'eft une preuve que la Lunette *G I* eft bien réglée. S'il y a quelque différence, on en tient compte dans les obfervations faites par les deux Lunettes *G I, O E.*

On peut auffi, pour la vérification des Lunettes de cet inftrument, obferver, lorfque l'horifon eft libre, les angles qui font entre les objets difpofés tout à l'entour. Si la fomme de ces angles eft égale 360 degrés, il n'y a au-

cune correction à faire à ces angles ; mais s'il s'y trouve
quelque différence , il faut la partager par le nombre des
angles observés tout autour de l'horison , pour en tenir
compte dans ceux que l'on obfervera dans la fuite.

CHAPITE VII.

Des Triangles de la Méridienne.

ON a diftribué tous les Triangles , qui fervent à la
description de la Ligne Méridienne de l'Obfervatoire Royal de Paris , en cinq Planches différentes.

Les deux premieres , comprennent les Triangles que
l'on a décrits dans le premier voyage qui fut fait en l'année 1683 ; les trois autres renferment la fuite de ces
Triangles , jufqu'à l'extrémité la plus Méridionale de la
France.

On a diftingué dans chacune de ces Planches , les Triangles principaux qui fervent immédiatement à la defcription de la Méridienne , de ceux qui ne fervent que pour
leur vérification , qu'on a marqués par des lignes ponctuées,
& on a tracé la Méridienne par rapport à tous ces Triangles , en la divifant de 1000 en 1000 toifes , à commencer depuis le milieu de la face Méridionale de l'Obfervatoire Royal de Paris.

A côté de chaque Planche , on a mis l'explication des
Lettres qui fervent à défigner les lieux déterminés par les
Triangles. On y a auffi remarqué en quelques endroits,
l'apparence de divers objets vûs de certaines ftations , afin
qu'on pût les reconnoître , en cas qu'on voulût dans la fuite
y faire quelques obfervations.

Lorfque la fituation d'un même lieu a été déterminée
par divers Triangles , on a préféré ceux qui ont des angles
moins obliques , dont les côtés font plus grands , & dont
les trois angles ont été obfervés immédiatement.

Les Triangles principaux, qui font au nombre de 48, ont été écrits en caractères Romains, & ceux qui leur fervent de vérification, en caractères Italiques. On a marqué dans chacun de ces Triangles le côté connu qui fert de bafe, les angles obfervés & la grandeur des autres côtés qui réfulte du calcul de chaque Triangle.

A l'égard des lieux que nous avons déterminés par nos obfervations, & qui ne font point compris dans les Triangles, on les a marqués dans une Table féparée, avec leur diftance en toifes, par rapport à d'autres lieux déja déterminés. Ces diftances pourront fervir à dreffer des Cartes particulieres des pays aux environs. La fituation de ces lieux étant déterminée par rapport aux Triangles de la Méridienne, ces Cartes feront bien orientées, fans qu'il foit néceffaire d'avoir recours à la bouffole; méthode ordinaire, & cependant fort fujette à erreur, à caufe de la déclinaifon de l'Aiguille aimantée qui eft fouvent fort irréguliere dans ces pays-là.

On a auffi marqué dans une Table féparée, les diftances de divers lieux à la Méridienne de l'Obfervatoire, tant vers l'Orient que vers l'Occident, avec la diftance de l'Obfervatoire à la perpendiculaire tirée de ces divers lieux fur la Méridienne. Cette diftance ne differe pas beaucoup de la différence qui eft entre le parallele de l'Obfervatoire & les paralleles de ces différents lieux, lorfqu'ils font peu éloignés de la Méridienne vers l'Orient ou vers l'Occident.

L'on ne s'eft pas contenté de déterminer les diftances à l'égard de la Méridienne, des lieux qui fervent pour la conftruction des Triangles; mais l'on y a ajouté auffi les diftances des Villes principales, & particuliérement des lieux qui font les plus près de la Ligne Méridienne, & qui peuvent fervir au deffein que l'on a d'élever fur cette ligne des Pyramides dans les endroits les plus remarquables.

Dans la Troisiéme Planche.

A, le milieu de la face Méridionale de l'Obfervatoire.

B, la Tour de Montlhery.

C, le gros Clocher de Brie-Comte-Robert.

D, Torfou.

E, le Pavillon de Malvoifine.

F, Mefpuy.

G, la Chapelle de la Reine.

H, le Clocher de Saint Salomon de Pithiviers.

I, le gros Clocher de Notre-Dame de Boifcommun.

K, le Clocher de Châteauneuf fur Loire.

L, Sainte Croix d'Orleans.

M, Vouzon.

N, Chaumont.

O, le milieu du Moulin de Villejuive, qui eft à l'extré-
    mité Septentrionale de la bafe que M. Picard a
    mefurée actuellement.

P, le plus proche coin du Pavillon de Juvify à l'extré-
    mité Méridionale de la bafe.

R, Bromeille.

S, la Lanterne du Château de Montargis.

I.

*Méthode que l'on a pratiquée pour déterminer la grandeur des
côtés des Triangles de la Méridienne.*

Pour déterminer en Toifes la longueur des côtés des
Triangles de la Méridienne, on s'eft fervi de la diftance
OP (Pl. 3.) entre le milieu du Moulin de Villejuive & le
plus proche coin du Pavillon de Juvify, que M. Picard
avoit mefurée actuellement avec beaucoup de foin, de
5663 toifes du Châteler de Paris. Il obferva de l'extrémité O de cette bafe, l'angle COP entre le gros Clocher
de Brie-Comte-Robert & le Pavillon de Juvify, & de
l'autre extrémité P, l'angle entre le même Clocher de Brie-
Comte-Robert & le Moulin de Villejuive. Ayant enfuite

obfervé de Brie-Comte-Robert l'angle *OCP* entre les extrémités de la bafe, il eut les trois angles du Triangle *OPC*, ce qui joint au côté *OP* connu, fait connoître la valeur des côtés *OC* & *PC*.

Il obferva pareillement des points *O* & *C* & du point *B* qui repréfente la Tour de Montlhery, les angles *BOC*, *BCO* & *CBO* du Triangle *OBC*, dont le côté *OC* étoit connu, & il eut la longueur du côté *BO*, diftance de la Tour de Montlhery au terme Septentrional de la bafe, & du côté *BC*, diftance de la Tour de Montlhery au Clocher de Brie-Comte-Robert.

C'eft cette diftance *BC*, dont l'on s'eft fervi pour calculer les côtés du premier Triangle de la Méridienne, & les autres fucceffivement fans interruption jufqu'à l'extrémité Méridionale de la France, où l'on a terminé les Triangles par une nouvelle bafe mefurée actuellement dans la plaine du Rouffillon.

Au Triangle OPC.

OP 5663 toifes de mefure actuelle.

D. M. S.
COP 54 4 35
OCP 30 48 30
OPC 95 6 55

Donc *OC* 11012 t. 5. p.
& *PC* 8954 toifes.

Au Triangle OBC.

OC 11012 toifes 5 pieds.

BOC 77 25 50
BCO 47 34 0
CBO 35 0 10

Donc *BO* 9022 2
& *BC* 13121 4

Ces deux Triangles font les mêmes que les deux premiers que M. Picard a rapportés dans fa Mefure de la Terre.

I. TRIANGLE ABC.

BC 13121 toifes 4 pieds.

BAC 63 0 15
ABC 64 1 30
ACB 52 58 15

Donc *AC* 13238 4
& *AB* 11756 2

G iij

II. TRIANGLE BCE.

BC 13121 4

BCE 40 34 0
CBE 65 16 30
BEC 74 9 30

Donc CE 12389 1
& BE 8870 3

Les angles de ce second Triangle ont été trouvés précisément de même que M. Picard les avoit observés.

III. TRIANGLE BDE.

BE 8870 3

DBE 55 8 55
BDE 81 0 35
BED 43 50 30

Donc BD 6220 3
& DE 7369 5

IV. TRIANGLE DEF.

DE 7369 5

EDF 72 38 50
DEF 65 46 30
DFE 41 34 40

Donc DF 10127 2
& EF 10599 5

V. TRIANGLE EFG.

EF 10599 5

FEG 58 26 20
EFG 69 47 40
EGF 51 46 0

Donc EG 12663 4
& FG 11498 2

Autrement pour EG, DF & FG au Triangle DEG.

DE 7369 5
DEG 124 12 50
EDG 35 51 20

Donc EG 12663 5
& DG 17878 3

Au Triangle DFG.

DG 17878 3
FDG 36 47 30
DFG 111 22 20

Donc DF 10127 1
& FG 11498 2

VI. TRIANGLE FGH.

FG 11498 2

GFH 82 7 35
FGH 45 40 25
FHG 52 12 0

Donc FH 10410 2
& GH 14414 5

VII. Triangle GHI.

GH 14414 5

GHI 91 55 35
GIH 56 5 35

Donc GI 17358 3
& HI 9198 5

Autrement pour HI par Bro-
meille au Triangle GHR.

GH 14414 5

HGR 35 33 10
GHR 29 55 45
GRH 114 31 5

Donc GR 7904 4
& HR 9212 1

Au Triangle HRI.

HR 9212 1

HRI 58 56 10
IHR 61 59 50
HRI 59 4 0

Donc IR 9482 2
& HI 9199 3

VIII. Triangle HIL.

HI 9198 5
LHI 72 57 55
HIL 80 38 5

Donc HL 20412 4
& IL 19780 5

IX. Triangle ILK.

IL 19780 5

LIK 34 26 30
IKL 112 3 20
ILK 33 30 10

Donc IK 11780 4
& KL 12069 4

X. Triangle KLM.

KL 12070 4

KLM 58 27 25
LKM 73 48 0
LMK 47 44 35

Donc KM 13899
& LM 15661 3

XI. Triangle LMN.

LM 15661 3
MLN 22 7 55
LMN 87 38 30
LNM 79 13 35

Donc LN 16628 2
& MN 6269 5

Pour la position de Montar-
gis au Triangle IRS.

IR 9482 2
IRS 66 31 35
RIS 72 45 30

Donc RS 13883 3
& IS 13333 5

II.

Méthode dont l'on s'est servi, pour décrire la situation de la Ligne Méridienne de l'Observatoire, par rapport aux lieux différens compris dans les Triangles.

Pour décrire la situation de la Ligne Méridienne de l'Observatoire par rapport aux Triangles, on a d'abord observé du milieu de la face Méridionale de l'Observatoire, l'angle BAt, que la Tour de Montlhery faisoit avec le point horisontal du Midi, qu'on a trouvé dans le chap. 5. de 11° 57′ 50″. On a retranché cet angle de l'angle BAC, que la Tour de Montlhery fait avec le gros Clocher de Brie-Comte-Robert, qui a été observé de 63° 0′ 15″, & on a eu l'angle CAt de 51° 2′ 25″, dont le complément ACt est de 38° 57′ 35″; & par conséquent au Triangle rectangle AtC, dont le côté AC a été déterminé par le premier Triangle de 13238 toises 4 pieds, & les angles CAt & ACt sont connus, on aura le côté Ct, distance Orientale du gros Clocher de Brie-Comte-Robert à la Méridienne, de 10294 toises 1 pied; & At, distance de l'Observatoire à la perpendiculaire, tirée de Brie-Comte-Robert sur la Méridienne, de 8324 toises 2 pieds.

On trouvera de la même maniere, la distance Bu de la Tour de Montlhery à la Méridienne, & la distance Au, de l'Observatoire à la perpendiculaire Bu, tirée de la Tour de Montlhery sur la Méridienne; car dans le Triangle rectangle AuB, dont le côté AB a été déterminé par le premier Triangle de 11756 toises 2 pieds; l'angle BAu, que la Tour de Montlhery fait avec la Méridienne de l'Observatoire, étant connu de 11° 57′ 50″, & son complément ABu de 78° 2′ 10″, on aura le côté Bu distance Occidentale de la Tour de Montlhery à la Méridienne, de 2437 toises, & Au distance de l'Observatoire à la perpendiculaire tirée de la Tour de Montlhery sur la Méridienne, de 11501 toises.

Pour trouver présentement la situation de Torfou & des

des autres lieux fucceffivement à l'égard de la Méridienne,
il faut tirer du point *B*, *Bz* parallele à *Ax*, & perpendiculaire à *Bu*. On prendra enfuite la fomme des angles *ABC*,
CBE & *DBE*, qui eft de 184ᵈ 26′ 55″, dont on retran-
chera l'angle *ABu* de 78ᵈ 2′ 10″ plus l'angle droit *uBz*,
& l'on aura l'angle *DBz* de 16ᵈ 24′ 45″; & dans le
Triangle rectangle *BzD* dont l'angle *DBz* eft connu &,
le côté *BD* de 6220 toifes 3 pieds, on trouvera le côté
Dz de 1757 toifes 4 pieds, & le côté *Bz* de 5967 toifes 2 pieds. Ajoutant *Dz* à *Bu* qui a été trouvé ci-devant
de 2437 toifes, on aura *Dx*, diftance Occidentale de
Torfou à la Méridienne, de 4194 toifes 4 pieds. Ajoutant
pareillement *Bz* ou *ux* à *Au* qui a été trouvé ci-devant de
11501 toifes, on aura *Ax*, diftance de l'Obfervatoire à
la perpendiculaire tirée de Torfou fur la Méridienne, de
17468 toifes 2 pieds.

C'eft de cette maniere dont on s'eft fervi, pour décrire
la Méridienne de l'Obfervatoire par rapport aux Triangles, & déterminer fa longueur en toifes. L'on s'eft contenté d'en rapporter ici quelques exemples, pour faire connoître la méthode que l'on a pratiquée, pour trouver fucceffivement la pofition de chaque lieu à l'égard de cette
Méridienne.

Diftances entre divers lieux, déterminés par les
Obfervations.

Toifes.

9824	Diftance de Boifcommun à Lorris.
11441	De Châteauneuf à Lorris.
10288	De Montargis à Lorris.
8206	De Châteauneuf à la Courdieu.
7324	De Boifcommun à la Courdieu.
10976	D'Orleans à la Ferté-Saint-Aubin.
5821	De Vouzon à la Ferté-Saint-Aubin.
19458	D'Orleans à Sully.
8187	De Châteauneuf à Sully.

Distances de divers lieux à la Méridienne de l'Observatoire.		Distance de l'Observatoire à la perpendiculaire tirée de divers lieux sur la Méridienne.	
	Toises.		Toises.
Moulin de Villejuive	1116	Orientale,	2237
Pavillon de Juvify	1350	Or.	7895
Brie-Comte-Robert	10294	Or.	8324
Tour de Montlhery	2437	Occidentale.	11501
Torfou	4195	Occ.	17468
Malvoifine	3113	Or.	18420
Mefpuy	2448	Occ.	27444
Chapelle de la Reine	8822	Or.	29725
Bromeille	6090	Or.	37143
Pithiviers	3096	Occ.	37834
Boifcommun	1820	Or.	45609
Montargis	14971	Or.	47815
Ste Croix d'Orleans	16396	Occ.	53319
Châteauneuf	4530	Occ.	55532
Vouzon	10788	Occ.	67942
Chaumont	16731	Occ.	69944

Dans la Quatrième Planche.

A, Chaumont.
B, Vouzon.
C, Pierrefite.
D, Salbris.
E, Prely.
F, Signal fur la hauteur de Charpegne près de Mery-
    ès-bois.
G, Signal fur la hauteur des Broffes au-deffus d'Alogny.
H, la Tour de la Cathédrale de Bourges.
I, la Tour d'Yffoudun.
L, le Clocher de Morlac.

M, un Arbre feul fur la côte de la Montagne de Ripol
    entre Culan & Vedun.

K, la Tour d'Aubigny fur Nerre.

N, la plus haute pointe du Château de Meun.

O, Meneftriol en Champagne.

P, le Clocher de l'Horloge de Dun-le-Roy.

XII. TRIANGLE *ABC.*

AB 6269 5

    ABC 96 32 30
    BAC 49 15 0
    ACB 34 12 30

Donc BC 8448 2
  &   AC 11079 4

XIII. TRIANGLE *ACD.*

AC 11079 4

    CAD 31 2 50
    ACD 82 31 50
    ADC 66 25 20

Donc AD 11986 2
  &   CD 6234 5

Autrement pour CD par Au-
bigny au Triangle BCK.

  BC 8448 2

    CBK 33 3 0
    BCK 122 35 20
    BKC 24 21 40

Donc BK 17257 3
  &   CK 11170 2

Au Triangle CDK.

CK 17257 3

    DCK 120 40 20
    CKD 20 29 20

Donc DK 15320 0
  &   CD 6234 2

Autrement pour BK, AC &
CK au Triangle ABK.

  AB 6269 5

    ABK 129 35 30
    AKB 12 48 25

Donc BK 17258 4
  &   AK 21796 5

Au Triangle ACK.

AK 21796 5

    ACK 156 47 50
    AKC 11 33 15

Donc AC 11081
  &   CK 11170 2

H ij

XIV. TRIANGLE CDE.

CD 6234 5

DCE 86 20 0
CDE 62 41 45
CED 30 58 15

Donc CE 10765 5
& DE 12091

Autrement pour CE au
Triangle BCE.

BC 8448 2

BCE 156 5 40
BEC 10 7 35

Donc BE 18832 4
& CE 10766 0

Autrement pour DE au
Triangle ADE.

AD 11986 2

ADE 129 7 5
AED 25 19 20

Donc AE 21742 4
& DE 12091 1

XV. TRIANGLE DEF.

DE 12091

DEF 105 47 0
DFE 53 46 40

Donc EF 5234 2
& DF 14422 3

Autrement pour DF, au
Triangle ACF.

AC 11079 4

ACF 155 2 45
AFC 10 34 0

Donc CF 15013
& AF 25490

Au Triangle ADF.

AF 25490

ADF 149 33 25
AFD 13 47 0

Donc AD 11986
& DF 14423

Autrement pour EF & DF
au Triangle CEF.

CE 10765 5

CEF 136 45 15
CFE 29 25 40

Donc CF 15012 3
& EF 5232 2

Au Triangle CDF.

CF 15012 3

DCF 72 30 55
CDF 83 8 5
CFD 24 21 0

Donc CD 6234 2
& DF 14422

Autrement pour AF & EF
au Triangle AEF.

AE 21742 4
AEF 131 6 20
AFE 39 59 40

Donc AF 25490 3
& EF 5233 4

XVI. TRIANGLE DFG.

DF 14422 3
DFG 92 1 30
DGF 72 35 40

Donc DG 15105 1
& FG 4008 5

Autrement pour FG au
Triangle BEF.

BE 18832 4
BEF 146 52 50
BFE 26 5 50

Donc BF 5233 5
& BF 23391 4

Au Triangle BFG.

BF 23391 4
BFG 119 42 20
BGF 52 28 50

Donc BG 25616 0
& FG 4009 3

Encore autrement pour FG
du Triangle CGF.

CF 15012 3
CFG 116 22 30
CGF 51 32 10

Donc CG 16782 3
& FG 4008 5

Encore autrement pour FG
au Triangle AFG.

AF 25490
AFG 105 48 30
AGF 65 56 10

Donc AG 26860
& FG 4008 3

XVII. TRIANGLE FGH.

FG 4008 5
GFH 34 12 10
FGH 131 40 20
FHG 14 7 30

Donc FH 12270 3
& GH 9234

XVIII. TRIANGLE GHI.

GH 9234
HGI 57 31 20
GHI 96 26 20
GIH 26 2 20

Donc GI 20902 3
& HI 17745 2

Autrement pour HI par Meun au Triangle GHN.

GH 9234
HGN 56 51 55
GHN 44 52 40

Donc GN 6654 4
& HN 7897 5

Au Triangle HNI.

HN 7897 5
IHN 51 33 40
HIN 25 44 0

Donc IN 14247 4
& HI 17744 3

Autrement pour HI par Me-neſtriol au Triangle HNO.

HN 7897 5
NHO 35 23 50
NOH 16 18 0

Donc NO 16299
& HO 22082

Au Triangle HIO.

HO 22082
IHO 16 9 50
HOI 44 26 10
HIO 119 24 0

Donc IO 7056
& HI 17745

Autrement pour NO & IO au Triangle NIO.

IN 14247 7
ION 60 44 10
OIN 93 40 0

Donc NO 16298 4
& IO 7056 5

XIX. TRIANGLE HIL.

HI 17745 2
IHL 54 47 10
HIL 72 0 20
HLI 53 12 30

Donc IL 18164
& HL 21075 1

Autrement pour HL au Triangle HOL.

HO 22082
OHL 70 57 0
HOL 52 38 50
HLO 56 24 10

Donc OL 25059
& HL 21074

XX. TRIANGLE HLM.

HL 21075 1

LHM	10 13 50
HLM	147 59 40
HLM	21 46 30

Donc HM 30110 2
& LM 10090 2

Pour la Pofition de Dun-le-Roy au Triangle HLP.

HL 21075 1

| *LHP* | 40 18 0 |
| *HLP* | 45 2 5 |

Donc HP 14957
& LP 13720

Diftances entre divers lieux, déterminés par les Obfervations.

Toifes.

2368	Diftance de Chaumont à Yvoy-le-galeux.
7968	Diftance de Vouzon à Yvoy.
8881	De Vouzon à Brinon.
5040	De Pierrefitte à Brinon.
8378	D'Aubigny à Brinon.
6770	De Pierrefitte à Clemont.
6902	D'Aubigny à Clemont.
15865	De Vouzon à Argent.
4154	D'Aubigny à Argent.
6654	De Pierrefitte à Sainte-Montaine.
4538	D'Aubigny à Sainte-Montaine.
3317	De Pierrefitte à Soëme.
5208	De Salbris à Soëme.
10164	D'Aubigny à Soëme.
8052	De Prely à Soëme.
1067	De Mery-ès-bois au Signal de Charpegne.
6489	De Prely à Mery-ès-bois.
13982	De Pierrefitte à Mery-ès-bois.
13627	De Salbris à Mery.
16176	De Pierrefitte à Yvoy-le-pré.
5542	De Prely à Yvoy-le-pré.
3698	De Prely à la Chapelle d'Angillon.

1844   D'Yvoy-le-pré à la Chapelle d'Angillon.
6482   De Salbris au Teillay.
12551   De Mery-ès-bois au Teillay.
7033   De Salbris à Nançay.
6393   Du Teillay à Nançay.
18878   De Mery à Villehervier.
6572   Du Teillay à Villehervier.
7737   D'Yssoudun à Castelnau.
12397   De Menestriol à Castelnau.
16359   De Bourges à Choudé.
3558   D'Yssoudun à Choudé.
6493   D'Yssoudun au Château de la Creusette.
13540   De Menestriol à la Creusette.
8472   D'Yssoudun à Mareüil.
10244   De Morlac à Mareüil.
8611   D'Yssoudun à Chezal-Benoist.
9710   De Morlac à Chezal-Benoist.
7145   De Morlac au Château de Beauvoir.
17124   De l'Arbre de Vedun au Château de Beauvoir.
22435   De Bourges à Touché.
11835   De l'Arbre de Vedun à Touché.
6240   D'Yssoudun à Neuvy-Pailloux.
7583   De Menestriol à Neuvy-Pailloux.
13159   De Menestriol au Clocher de Saint André de Château-Roux.
7803   De Neuvy-Pailloux à Saint André de Château-Roux.
21524   De Menestriol à la Tour du Lis Saint-Georges.
11040   De Saint André du Château-Roux à la Tour du Lis.
14027   De Neuvy-Pailloux à la Tour du Lis.
155   Du Clocher de Saint-André au Clocher de Saint-Martial.
11038   De la Tour du Lis au Clocher de Saint-Martial de Châteaux-Roux.
775   Du Clocher de S. André au Clocher de S. Denis.

11130

11130 De la Tour du Lis au Clocher de Saint Denis.
6205   De la Tour du Lis à la Tour de Cluys-deffus.
19915 De Saint André de Château-Roux à la Tour de
      Cluys-deffus.
6312   De la Tour du Lis au Moulin de Boëffe.
4941   De la Tour de Cluys-deffus au Moulin de Boëffe.
6094   De la Tour du Lis à Jeux-les-bois.
2398   Du Moulin de Boëffe à Jeux-les-bois.
5659   De la Tour du Lis au Château d'Arton.
8619   De la Tour de Cluys à Arton.
10105 De Saint-André de Château-Roux au Maignet.
2488   De la Tour du Lis au Maignet.

Diftances de divers lieux à la   Diftance de l'Obfervatoire
  Méridienne de l'Obfer-   à la perpendiculaire tirée
    vatoire.   de divers lieux fur la
                             Méridienne.

	Toifes.		*Toifes.*
Pierrefitté	7196	Occ.	75589
La Tour d'Aubigny	3881	Or.	77032
Salbris	11043	Occ.	80495
Prely	834	Or.	82760
Signal de Charpegne	1289	Occ.	87973
Signal des Broffes	667	Occ.	91473
Château de Meun	4740	Occ.	96735
Tour de Bourges	2358	Or.	100197
Meneftriol	19429	Occ.	103803
Tour d'Yffoudun	13650	Occ.	107854
Dun-le-Roy	10082	Or.	113065
Morlac	1176	Occ.	120975
Arbre de Ripol	2661	Or.	130306

III.

Méthode dont on s'est servi pour placer un Pilier sur la Ligne Méridienne de Paris, dans l'endroit où la perpendiculaire, tirée de la Tour de Bourges sur cette Méridienne, la rencontre.

Les Triangles de la Méridienne, que l'on avoit formés depuis Paris jusqu'à Bourges, ayant été calculés avec la derniere exactitude, aussi-bien que la situation de la Méridienne par rapport aux différens objets déterminés de part & d'autre, nous entreprîmes pendant notre séjour à Bourges, de placer un Pilier dans l'endroit où la perpendiculaire, tirée de la Tour de la Cathédrale de Bourges sur la Méridienne, la rencontre.

Cette opération se peut faire en diverses manieres, qui doivent se régler suivant la situation du terrein. Voici celle que nous avons pratiquée, qui est une des plus aisées, à cause qu'aux environs de Bourges il n'y a point de Montagnes ni d'élévations considérables.

Soit *H* la Tour de la Cathédrale de Bourges, *N* la plus haute pointe du Château de Meun, *RS* une portion de la Ligne Méridienne de l'Observatoire.

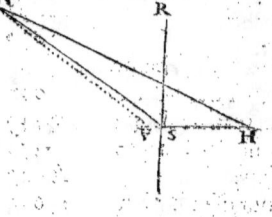

Dans le Triangle *NHS*, *HN* distance de Bourges à Meun est connue de 7897 toises 5 pieds, aussi-bien que *HS*, distance Orientale de la Tour de Bourges à la Méridienne, qui est de 2358 toises. L'angle *NHS*, que la ligne *HN* fait avec la perpendiculaire tirée de Bourges sur la Méridienne, a été aussi déterminé de 26° 0′ 0″. On aura donc l'angle *HSN* de 143° 51′ 30″.

Ayant placé au point *H* sur la Tour de Bourges, un Quart-de-Cercle dans une situation horisontale, nous dreſſâmes les deux Lunettes, enſorte qu'elles faiſoient en-tr'elles un angle de 26 degrés, qui eſt celui que la ligne *HN* de Bourges à Meun fait avec la perpendiculaire *HS*; & nous les arrêtâmes en cet état.

Ayant enſuite dirigé le fil vertical d'une des Lunettes au Château de Meun, nous deſſinâmes les objets qui pa-roiſſoient dans l'ouverture de l'autre Lunette, & nous re-marquâmes que le fil vertical paſſoit par un gros Arbre & une Ferme qui étoit au-delà.

Nous allâmes enſuite reconnoître ces lieux, & nous nous plaçâmes au point *V*, dans un endroit d'où l'on dé-couvroit la Tour de Bourges & le Château de Meun, & qui étoit en même tems dans l'alignement de la Tour de Bourges, & des objets qui nous avoient paru coupés par le vertical de la ſeconde Lunette. Nous obſervâmes de ce lieu l'angle *NVH*, que le Château de Meun fait avec la Tour de Bourges, que nous trouvâmes de 142° 22′ 10″. Comme cet angle eſt moindre que l'angle *HSN*, que nous aurions dû trouver de 143° 52′ 30″, ſi nous euſſions été préciſément au point *S*, où tombe la perpendiculaire tirée de la Tour de Bourges ſur la Méridienne, nous recon-nûmes que nous nous étions trop éloignés. Mais comme nous ne pûmes trouver dans le même alignement de lieux plus près de Bourges, d'où l'on découvrît en même tems le Château de Meun & la Tour de Bourges, nous calcu-lâmes le Triangle *NVH*, dans lequel les angles *NVH* & *NHV* ſont connus, auſſi-bien que le côté *NH*, & nous trouvâmes *VH*, diſtance du lieu où nous avions obſervé à la Tour de Bourges, de 2608 toiſes. Retranchant *HS* qui eſt de 2358 toiſes, de *VH* que l'on vient de détermi-ner de 2608 toiſes, on aura *VS* diſtance du lieu où nous avons obſervé à la Méridienne, de 250 toiſes. Nous meſurâmes cette diſtance actuellement ſur le terrein, en gardant toujours l'alignement de la Tour de Bourges, de l'Arbre & de la Ferme, & nous marquâmes l'endroit où tombe la perpendiculaire tirée de la Tour de Bourges ſur

la Méridienne. Nous fimes placer dans ce lieu un gros
Pilier avec de la maçonnerie au pied, & M. Roujaut qui
étoit alors intendant de Bourges, donna ordre aux habi-
tans des environs de le laiffer dans cette fituation. Ce Pilier eft éloigné d'une toife vers le Midi du lieu où le parallele qui paffe par le milieu de la Tour de la Cathédrale
de Bourges, coupe la ligne Méridienne de l'Obfervatoire
Royal de Paris.

Dans la cinquiémé Planche.

A, le Clocher de Morlac.

B, un Arbre feul fur la côte de la Montagne de Ripol
entre Culan & Vedun.

C, la plus groffe Roche qui eft au fommet de la Montagne de Lage-Chevalier.

D, le Clocher de Sainte Croix, au fommet du Puy de
Thou.

E, Tour de Sermur ruinée en partie.

F, gros Arbre tout proche de la Chapelle de Saint-Michel, fitué fur le fommet d'une Montagne à une
lieue & demie de Croc.

G, la Courlande, Montagne qui fait partie du Montdor
à une lieue de la Tour d'Auvergne, & dans le chemin de cette Ville au fommet du Montdor. Elle
paroît ainfi de Sermur & de Saint-Michel.

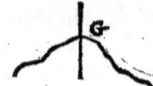

H, Clocher de la petite Ville de Herman qui paroît de
l'Arbre de Saint-Michel en cette maniere.

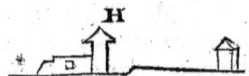

K, Signal placé fur l'extrémité Orientale du Puy de Bort.

I, Clocher de Saint Sauvier.

L, Tour d'Orgniat, à une demi-lieue de la petite Ville de Chenerailles.

N, la partie Occidentale du Château de la petite Ville de Croc.

O, Signal placé fur la Montagne de la Fagitiere près du Village de Soudé.

P, fommet d'une petite Montagne en forme de cône, couverte d'Arbres, près du Château de Préchonet.

R, la plus haute pointe du Montdor.

S, la Cofte, Montagne qui fait partie du Montdor, près de Murat. Elle paroît ainfi du Puy de Bort,

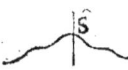

T, le milieu de la partie Septentrionale du Puy de Dome qui paroît un peu plus élevée que refte.

XXI. TRIANGLE ABD.	Autrement par Saint-Sauvier au Triangle ABI.
AB 10090 2	
BAD 31 11 15	AB 10090 2
ABD 131 14 20	BAI 19 50 10
	ABI 140 19 20
Donc AD 25130	AIB 19 50 30
& BD 17305 5	
	Donc AI 18985 3
XXII. TRIANGLE BCD.	& BI 10093
BD 17305 5	Au Triangle BIC.
CBD 23 4 0	
BCD 116 5 50	BI 10093
BDC 40 50 10	CBI 13 58 50
Donc BC 12600 4	BIC 125 5 55
& CD 7550 1	BCI 40 55 15

I iij

Donc   BC 12607
   & CI 3722 4

Au Triangle DIC.

  CI 3722 4
  CID 76 14 0
  DCI 75 10 25
  CDI 28 35 35

Donc   DI 7519 2
   & CD 7555

Autrement pour DI & AD
au Triangle ADI.

  AI 18985 3
  DAI 11 21 10
  AID 138 49 50

Donc   DI 7516
   & AD 25135 4

XXIII. TRIANGLE CDE.

  CD 7550 1
  DCE 72 3 20
  CDE 86 29 40
  CED 21 27 0

Donc   CE 20608
  & DE 19642 1

XXIV. TRIANGRE DEF.

  DE 19642 1
  DEF 131 33 35
  DFE 31 2 45

Donc   DF 28499
  & EF 11386

Autrement par la Tour d'Or-
gniat au Triangle DCL.

  CD 7550 1
  CDL 129 21 55
  CLD 21 30 20

Donc   CL 15923 2
   & DL 10023

Au Triangle DLE.

  DL 10023
  EDL 42 53 0
  DLE 108 6 15
  DEL 29 0 45

Donc   DE 19648
  & EL 14067

Au Triangle ELF.

  EL 14067
  ELF 33 53 35
  LEF 102 32 40

Donc   LF 19925
   & EF 11382

Autrement pour CE & EL
au Triangle CLE.

  CL 15923 2
  CLE 86 35 35
  CEL 50 28 00

Donc CE 20609
& EL 14064 3

*Autrement par le Puy de
Dome au Triangle CET.*

CE 20608

ECT 30 50 20
CET 123 22 15

Donc CT 39555 5
& ET 24281

Au Triangle TEF.

ET 24281
FET 83 37 10
EFT 70 12 45

Donc FT 25644 1
& EF 11380

*Autrement pour CT & FT
au Triangle CLT.*

CL 15923 2
LCT 73 46 45
CLT 82 41 0

Donc CT 39548 3
& LT 38286

Au Triangle LFT.

LT 38286
FLT 37 48 10
LFT 113 46 30

Donc LF 19913
& FT 25643 4

*Autrement par le Montdor
au Triangle CRE.*

CE 20608
ECR 15 32 35
CER 153 48 35

Donc CR 49227 5
& ER 29887 4

Au Triangle EFR.

ER 29887 4
FER 53 11 0
EFR 105 15 55

Donc FR 24801 4
& EF 11380 1

*Autrement pour CR, ER,
FR, EL & LF au
Triangle CLR.*

CL 15923 2
LCR 58 29 0
CLR 103 9 25

Donc CR 49225 3
& LR 43095 2

Au Triangle LER.

LR 43095 2
ELR 16 33 50
LER 155 43 40

Donc ER 29987
& EL 14601 5

Au Triangle LFR.

LR 43095 2

FLR   17 19 45
LFR   148 49 40

Donc FR 24799 2
& LF 19921

XXV. TRIANGLE EFG.

EF 11386

FEG   50 19 0
EFG   107 52 0
EGF   21 49 0

Donc EG 29159 4
& FG 23578

XXVI TRIANGLE FGH.

FG 23578

HFG 27 12 30
HGF 17 24 10

Donc FH 10041 1
& GH 15350 3

XXVII. TRIANGLE HGK.

GH 15350 3

HGK 87 33 40
GKH 47 34 40

Donc HK 20775 4
& GK 14668 2

Diſtances entre divers lieux , déterminés par les Obſervations.

Toiſes.

1320 Diſtance de la Tour d'Orgniat au Clocher de la Paroiſſe de Chenerailles.

12920 De la Tour de Sermur à Chenerailles.

24577 De Thou Sainte-Croix à la partie Occidentale du Château de Croc.

6631 De Sermur à Croc.

16767 De la Tour d'Orgniat à Croc.

25461 De la Courlande à Croc.

30936 De Thou Sainte Croix, à un Signal placé ſur la Montagne de la Fagitiere.

15162 De Sermur au Signal.

4075 De Saint Michel au Signal.

24440 De la Courlande au Signal.

4836 Du Signal de la Fagitiere à Giou.

6282 De Saint Michel à Giou.

4779 De la Cofte à la Courlande.
5004 De la Cofte au fommet du Montdor.
1672 De la Courlande au fommet du Montdor.

Diftances de divers lieux à la Méridienne de l'Obfervatoire.		*Diftances de l'Obfervatoire à la perpendiculaire tirée de divers lieux fur la Méridienne.*
	Toifes.	Toifes.
Clocher de S. Sauvier.	345 Occ.	139941
Roche de Lage-Chevalier	1926 Or.	142885
Ste Croix	5036 Occ.	145806
Tour d'Orgniat	7903 Occ.	155413
Clocher de Cheneraille	6596 Occ.	155554
Tour de Sermur	3654 Or.	163421
Château de Croc	1113 Or.	169550
Arbre de S. Michel	645 Occ.	173965
Puy de Dome	24980 Or.	175030
Clocher de Herman	9146 Or.	176196
Prechonet	10207 Or.	181750
Montdor	19048 Or.	189039
La Courlande	17403 Or.	189136
Signal de Bort	4716 Or.	196494

Dans la Sixiéme Planche.

A, le fommet de la Courlande.

B, Signal fur l'extrémité Orientale, & la plus élévée de la Montagne de Bort.

C, le plus Méridional de deux grands Arbres qui font près du Village de Dron.

D, le plus gros de deux Arbres qui font fur le Puy d'Ovaffins, à un quart de lieue du Village d'Auriac.

E, Chaumiere ou Métairie entourée de plufieurs Arbres, fur la Montagne de Marmagnat, à une lieue de S. Jean Dandone.

F, la partie Orientale d'une Eglife ruinée fur le fommet

Suite des Mém. de 1718. K

de la Montagne de la Baftide, près du Village qui porte ce nom.

H, Tour de la Cathédrale de Rhodès.

I, Clocher de la Chapelle de Saint Jean fur le fommet de la Montagne de Rupeyroux, à un quart de lieue de la Ville qui porte ce nom.

O, le milieu de la Chapelle de Saint Jean-le-froid, à une demi-lieue de la petite Ville de Salmiech.

K, Clocher de la Chapelle de Saint Mary, fur une hauteur à un quart de lieue de la petite Ville de Mauriac.

S, Tilleul près du Village d'Aveze.

L, Puy de Violent, Montagne qui fait partie de celles du Cantal.

M, Col de Cabre.

N, Plomb du Cantal, ou la partie la plus élevée de cette Montagne.

m, Arbre près de la Chapelle de S. Mamet, vers le Nord.

R, Clocher de la Paroiffe de Montfalvy.

G, la partie Méridionale de la Chapelle Saint Pierre ou de los Peires.

P, le milieu de la Tour de la Tremoille.

XXVIII. TRIANGLE ABC.

AB 14668 2

ABC 131 36 15
ACB 23 45 55
Donc AC 27213 2
& BC 15169 4

XXIX. TRIANGLE BCD.

BC 15169 4

CBD 36 18 35
BCD 84 51 30
BDC 58 49 55

Donc BD 17657 2
& DC 10498 0

Autrement pour DC par la Chapelle Saint Mary au Triangle BDK.

BD 17657 2

DBK 19 14 35
BKD 131 56 55
BDK 28 48 30
Donc BK 11440 4
& DK 7824 4

Au Triangle CD K.

DK 7824 4
CDK 30 1 25
DKC 103 33 15
DCK 46 25 20

Donc CK 5404
& DC 10500

Autrement pour BK & CK
au Triangle BKC.

BC 15169 4
CBK 17 3 55
BKC 124 29 55
BCK 38 26 10

Donc CK 5401 4
& BK 11442 3

XXX. TRIANGLE CDF.

CD 10498
DCF 75 17 0
CDF 74 55 35
CFD 29 47 25

Donc DF 20437 3
& CF 20403 2

XXXI. TRIANGLE CEF.

CF 20403 2
ECF 58 29 55
CEF 93 21 45
CFE 28 8 20

Donc CE 9639
& EF 17426 2

Autrement pour C E par la
Chapelle de Saint Mamet
au Triangle CFm.

CF 20403 2
FCm 19 46 55
CFm 47 34 55

Donc Fm 7481 3
& Cm 16319 4

Au Triangle CEm.

Cm 16319 4
ECm 38 43 0
CEm 106 52 25

Donc Em 10667 2
& CE 9637 4

Autrement par Aveze à la
place des quatre derniers
Triangles au Triangle
ABS.

AB 14668 2
ABS 143 36 50
ASB 18 3 10

Donc AS 28015
& BS 14888 3

Au Triangle BDS.

BS 14888 3

K ij

DBS 24 18 0
BDS 56 19 45
BSD 99 22 15

Donc BD 17651
& DS 7361 4

Au Triangle DFS.

DS 7361 4
FDS 77 25 45
DFS 20 52 20

Donc DF 20438
& FS 20159 3

Au Triangle SEF.

FS 20159 3
ESF 59 14 55
EFS 37 3 40

Donc ES 12223 4
& EF 17430 3

XXXII. Triangle EFI.

EF 17246 2
FEI 44 1 20
EFI 112 9 0

Donc EI 39952 2
& FI 29976 4

XXXIII. Triangle FIH.

FI 29976 4
HFI 25 18 0
FIH 90 29 25
FHI 64 12 35

Donc FH 33291 4
& HI 14228

Autrement à la place des
deux derniers Triangles
au Triangle EFG.

EF 17426 2
EFG 62 10 5
EGF 61 49 0

Donc EG 17483 4
& FG 16393 3

Au Triangle FGI.

FO 16393 3
GFI 49 58 55
FGI 97 10 0

Donc FI 29984
& GI 23144

Au Triangle GHI.

GI 23144
IGH 37 45 35
GHI 84 36 5

Donc GH 19636 2
& HI 14235 2

Autrement pour FG & GH
au Triangle FGH.

FH 33291 4
GFH 24 40 55
FGH 134 55 35
FHG 20 23 30

Donc *FG* 16384 2
& *GH* 19636

Autrement pour H I *par*
Mont-Salvy au Triangle
F R I.

FI 29976 4
RFI 56 9 5
FIR 34 41 45

Donc *FR* 17065 1
& *IR* 24899

Au Triangle IRH.

IR 24899
RIH 55 47 25
IHR 89 21 10

Donc *HR* 20598 1
& *HI* 14232

Autrement pour FR & HR
au Triangle FRH.

FH 33291 4
HFR 30 51 5
FHR 25 8 35

Donc *FR* 17063 1
& *HR* 20594 3

Autrement à la place des cinq
derniers Triangles par le
Puy de Violent au Trian-
gle BKL.

BK 11440 4

KBL 47 38 10
BKL 87 51 0

Donc *BL* 16307 0
& *KL* 12057 2

Au Triangle LKF.

LK 12057 2
KFL 28 10 45
FKL 83 47 55

Donc *KF* 23699
& *LF* 25383 2

Au Triangle LFI.

LF 25383 2
LFI 123 18 25
FIL 25 46 30

Donc *FI* 29993
& *LI* 48785 3

Au Triangle LHI.

L I 48785 3
LHI 98 30 45
LIH 64 42 50

Donc *LH* 44602 4
& *HI* 14235 4

Autrement pour L H *au*
Triangle L F H.

LF 25383 2
LFH 98 0 25
FHL 34 18 10

K iij

Donc *FH* 33309
&*c* *LH* 44601 3

Autrement pour B L , D F,
LF & *FG au Triangle*
B D L.

BD 17657 2
DBL 66 52 45
BDL 53 7 20

Donc B L 16310
&*c* DL 18752

Au Triangle D L F.

D L 18751 4
LDF 80 38 10
DFL 46 47 20

Donc D F 20432
&*c* LF 25385 1

Au Triangle LFG.

L F 25385 1
LFG 73 19 30
LGF 69 28 10

Donc LG 25967
&*c* FG 16391

Autrement pour H I *par le*
plomb du Cantal au
Triangle NFI.

F I 29976 4
NFI 107 57 5
FIN 35 18 5

Donc *FN* 28954
&*c* *IN* 47665

Au Triangle NIH.

I N 47665

HIN 55 11 20
IHN 108 21 0

Donc HN 41231 4
&*c* HI 14230 3

XXXIV. TRIANGLE HIO.

H I 14228

HIO 32 48 5
IHO 114 28 10
HOI 32 43 45

Donc HO 14255 4
& I O 23952

Autrement pour I O *par la*
Tour de la Tremoille au
Triangle HIP.

H I 14228

IHP 108 8 40
HIP 21 15 45
IPH 50 35 35

Donc HP 6678 1
&*c* IP 17498 3

Au Triangle IPO.

I P 17498 3

IPO 141 15 5
POI 27 12 35

PIO 11 32 20

Donc *PO* 7655

& *IO* 23953

Autrement pour IP par le Puy de Violent, au Triangle LIP.

LI 48785 3

LPI 73 51 55

LIP 85 58 35

Donc *LP* 50663

& *IP* 17502

Autrement pour IP par le Cantal au Triangle NIP.

IN 47665

PIN 76 27 5

IPN 82 12 50

Donc *PN* 46769 1

& *IP* 17502 3

Autrement pour IP par le Col de Cabre au Triangle MFI.

FI 29976 4

MFI 112 14 25

MIF 32 15 25

Donc *FM* 27758 1

& *IM* 47797

Au Triangle MIP.

IM 47797

MIP 79 29 45

MPI 79 24 30

Donc *PM* 47810

& *IP* 17501 4

Distances de divers lieux, déterminés par les Observations.

Toises.

515   Distance de la Chapelle S. Mary au Clocher de la Paroisse de la petite Ville de Mauriac.

4892   De l'Arbre de Dron à Mauriac.

7051   De S. Mary à la Tour de Leibros, près de la petite Ville de Salers.

5981   De l'Arbre d'Aveze à la Tour de Leibros.

3040   De l'Arbre de Dron à la Tour de Leibros.

4699   Du Clocher de la Chapelle S. Mary à une Croix sur une éminence près de la petite Ville de Pleaux.

5213   De l'Arbre de Dron à la Croix de Pleaux.

2216   De l'Arbre d'Aveze à la Croix de Pleaux.

5667   De Dron au plus Occidental de deux Arbres fur le chemin de Mauriac à Aurillac, près de S. Sernin.

17182   De la Baſtide à l'Arbre de S. Sernin.

4176   De Marmagnat à l'Arbre de S. Sernin.

15706   De l'Arbre de S. Sernin à la partie la plus Occidentale d'une Maiſon qui eſt fur une hauteur près de Marcoulés, dans le chemin de cette Ville à S. Antoine.

13523   De Marmagnat à la Maiſon de Marcoulés.

3940   De Margmagnat au bois de la Fage, qui eſt un bofquet fur une hauteur près d'Aurillac, & au Midi de cette Ville.

14589   De la Baſtide au Bois de la Fage.

6357   De S. Mamet au Clocher de S. Antoine.

9882   De la Baſtide à S. Antoine.

5646   De la Tour de Rodès à Moyreſes.

8593   Du Clocher de la Chapelle de Rupeyroux au Clocher de Moyreſes.

4947   De Rodès au Clocher de Cignac.

23715   De la Chapelle de Saint Pierre au Clocher de Cignac.

4844   De Rodès à la Tour de la Palouſie près de Cignac.

23555   De la Chapelle de S. Pierre à la Tour de la Palouſie.

6033   De Rodès au Château de Vareilles.

25468   De la Chapelle de S. Pierre à Vareilles.

6905   De Rodès au Clocher de Comps.

26354   De la Chapelle ce S. Pierre au Clocher de Comps.

48824   Du Clocher de la Chapelle de Rupeyroux à une Montagne du Cantal, que l'on a nommée le le Puy-Mary.

49401   De la Tour de la Tremoille au Puy-Mary.

Diſtances

Diftances de divers lieux à la Méridienne de l'Obfervatoire.			*Diftances de l'Obfervatoire à la perpendiculaire tirée de divers lieux fur la Méridienne.*
	Toifes.		*Toifes.*
Chapelle S. Mary	755	Occ.	206542
Clocher de la Paroiffe de Mauriac	382	Occ.	206898
Arbre fur le Puy d'Ovaffins	8365	Occ.	208355
Tilleuil d'Aveze	1223	Occ.	210148
Arbre Méridional de Dron	1693	Or.	211360
Puy de Violent	10043	Or.	211907
Col de Cabre	14796	Or.	214756
Plomb de Cantal	17030	Or.	215951
Chaumiere de Marmagnat	6091	Or.	219937
Bois de la Fage près d'Aurillac	4724	Or.	223633
Arbre de S. Mamet	1581	Occ.	227348
La Baftide	8922	Occ.	228784
Maifon de Marcoulés	351	Or.	232182
Clocher de S. Antoine	278	Occ.	233571
Clocher de Montfalvy	6481	Or.	236128
Chapelle de S. Pierre	5031	Or.	237388
Tour de Rodés	9528	Or.	256495
Clocher de Rupeyroux	4564	Occ.	258442
Tour de la Tremoille	12447	Or.	262497
Chapelle de S. Jean-le-froid	17156	Or.	268539

Dans la Septiéme Planche.

A, Tour de la Cathédrale de Rodés.

B, le Clocher de la Chapelle de S. Jean fur le fommet de la Montagne de Rupeyroux.

C, le milieu de la Chapelle de S. Jean-le-froid à une demi-lieue de la petite Ville de Salmiech.

D, l'extrémité Orientale de la Chapelle du Puy de S. Georges.

E, le milieu du Château de Carlus fur le fommet d'une petite Montagne à une lieue d'Alby.

F, la Tour du Château de Montredon.

G, le milieu du Château de Magrin.

H, la groffe Tour du Château de la petite Ville de S. Felix.

1, Signal placé fur la Montagne noire, à une demi-lieue du Village d'Arfons, vers le Nord-Oueft.

K, le Clocher de la petite Ville de Fanjaux.

L, l'extrémité Orientale de la Chapelle de S. Pierre, à une lieue de Limoux, vers le Sud-Oueft.

N, la Tour de S. Vincent dans la Ville neuve de Carcaffone.

Q, la pointe la plus élevée du Puy de Bugarach.

R, la pointe la plus élevée du Canigou.

S, Signal placé à l'extrémité Méridionale de la bafe que l'on a mefurée actuellement dans la plaine du Rouffillon.

T, la Tour de Tautavel.

V, Signal placé à l'extrémité Septentrionale de la bafe.

m, Arbre du Village de l'Hôpital.

r, fommet du Puy de Rouet.

a, Tour de la Cathédrale d'Alby.

o, Clocher de Puy-Laurent.

ρ, fommet d'une Montagne appellée Roquemoureil fur le chemin de Carcaffone à Mas de la Cours.

b, Château de Bouillonac.

β, la pointe la plus élevée de la Montagne de S. Barthelemy dans le Pays de Foix. Elle paroît ainfi de la Montagne noire, de S. Felix & de Fanjaux.

μ, pointe fur la Montagne du Mouffet. Cette pointe paroiffoit noire, la Montagne étant alors couverte de neiges, & on la voyoit ainſi de Carcaſſonne.

X, pointe d'une Montagne dont l'on n'a pas pû ſçavoir
le nom, & qui a ſervi à la vérification des Triangles de la Méridienne. Elle paroît ainſi de S. Felix
& de Fanjaux.

π, le Clocher de S. Jaumes, ou S. Jacques de Perpignan
au Sud-Eſt-Nord-Eſt de la Citadelle de cette Ville.

a, la Tour de la Maſſane.

♂, la Tour de la Marelotte.

ε, la Tour du Fort S. Elme.

c, Trou fait ſur le Toit de la Maiſon de M. Rouſſelot à
Collioure.

XXXV. TRIANGLE BCD.

BC 23952

CBD 59 10 30
BCD 45 37 50
BDC 75 11 40

Donc CD 21274 4
& BD 17710

*Autrement pour B D par
l'Hôpital au Triangle
B C m.*

BC 23952

CBm 22 57 55
BCm 64 36 15

Donc Cm 9353 5
& *Bm* 21657

Au Triangle B D m.

Bm 21657

DBm 36 12 35
BDm 88 58 20

Donc Dm 12795 3
& BD 17704

XXXVI. TRIANGLE BDE.

BD 17710

DBE 18 2 20
BDE 127 13 40
BED 34 44 0

L ij

Donc DE 9625 2
   & BE 24749 4

XXXVII. TRIANGLE BEF.

BE 24749 4
EBF 17 26 55
BEF 125 42 55
BFE 36 50 10

Donc EF 12378 2
   & BF 33518 0

Autrement pour E F au Triangle DEF.

DE 9625 2
EDF 51 32 15
DEF 90 58 25
DFE 37 29 20

Donc DF 15813
  & EF 12383 4

XXXVIII. TRIANG. BFG.

BF 33518 0
FBG 23 3 25
BFG 106 40 20
BGF 50 16 15

Donc BG 41750 0
  & FG 17068 5

XXXIX. TRIANGLE FGH.

FG 17068 5
GFH 20 52 50
FGH 121 20 35
EHG 37 46 35

Donc FH 23797 3
  & GH 9931 1

XL. TRIANGLE GHI.

GH 9931 1
HGI 53 4 55
GHI 80 10 40
GIH 46 44 25

Donc GI 13437
  & HI 10902 4

Autrement pour H I, au Triangle F H I.

FH 23797 3
FHI 42 24 5
EIH 112 34 0

Donc FI 17378
  & HI 10904

Autrement à la place des trois derniers Triangles par Puy-Laurent au Triangle BFO.

BF 33518
FBO 17 26 55
BFO 121 30 50
BOF 41 2 15

Donc BO 43521
  & FO 15307

Au Triangle FIO.

FO 15307
FIO 61 34 15
FOI 87 21 55

Donc FI 17388
& IO 8981

Au Triangle HOI.

IO 8981
HIO 50 59 55
IHO 53 3 30
Donc HO 8733
& HI 10900 5

Encore autrement par une Montagne des Pyrenées au Triangle EFX.

EF 12378 2

FEX 46 40 45
EFX 125 21 25
Donc EX 72865
& FX 65000

Au Triangle FHX.

FX 65000

HFX 34 38 25
FHX 128 46 30
Donc FH 23797
& HX 47390

Au Triangle HIX.

HX 43790

HIX 80 30 20
IHX 86 22 25
Donc IX 47952
& HI 10907

Autrement pour FG, GI, & IX, *au Triangle* FGX.

FX 65000
GFX 55 31 15
FGX 110 13 0
Donc FG 17065
& GX 57099

Au Triangle GIX.

GX 57099

IGX 41 57 20
GIX 127 14 45
Donc GI 13439
& IX 47955

Autrement pour HI *par la Montagne de* S. *Barthelemi au Triangle* GIβ.

GI 13437

IGβ 51 42 0
GIβ 112 46 55
Donc Gβ 46264
& Iβ 39415

Au Triangle HIβ.

Iβ 39415
HIβ 66 2 30
IHβ 98 3 40
Donc Hβ 36378
& HI 10904

XLI. Triangle HIK.

HI 10902 4
HIK 71 23 30
IHK 68 45 30
HKI 39 51 0
Donc HK 16125 2
& IK 15858 4

XLII. Triangle IKL.

IK 15858 4
KIL 20 15 15
IKL 132 1 30
ILK 27 43 15
Donc IL 25326
& KL 11802 3

XLIII. Triangle KLN.

KL 11802 3
KNL 51 29 30
KLN 61 43 55
Donc KN 13284
& LN 13860 3

XLIV. Triangle LNQ.

LN 13860 3

LNQ 35 15 40
NLQ 102 23 30
LQN 42 20 50

Donc NQ 20096 5
& LQ 11878 4

Autrement pour NQ, *au Triangle NKQ.*

KN 13284
KNQ 86 45 30
KQN 34 26 0
Donc KQ 23455
& NQ 20097

Autrement à la place des quatre derniers Triangles par S. Barthelemy au Triangle HIL.

HI 10902 4
HIL 91 39 10
IHL 65 19 5
HLI 23 1 45
Douc IL 25323 2
& HL 27858

Au Triangle HL β.

HL 27858
LHβ 32 44 35
HLβ 97 50 50
Donc Hβ 36342
& Lβ 19842

Au Triangle βLQ.

Lβ 19842
βLQ 102 43 0
βQL 49 59 25
Donc βQ 25270
& LQ 11879

Autrement pour NQ & LQ par la Montagne du Mouffet au Triangle NLμ.

LN 13860 3
LNμ 21 38 40
NLμ 143 44 45
Donc Nμ 32497
& Lμ 20268

Au Triangle LQμ.

Lμ 20268
QLμ 41 21 0
LQμ 103 59 10
Donc Qμ 13800
& LQ 11880

Au Triangle NQμ.

Nμ 32497
QNμ 13 37 0
NQμ 20 3 0
Donc Qμ 13801
& NQ 20097

XLV. TRIANGLE LQR.
LQ 11878 4

QLR 22 55 30
LQR 143 39 45
Donc LR 30344
& QR 19947 4

Autrement pour LR au Triangle LNR.

LN 13860 3
LNR 38 15 0
NLR 128 19 0
Donc NR 39978
& LR 30333

Autrement pour QR, au Triangle HLQ

HL 27858. LQ 11879
HLQ 159 25 50
Donc LHQ 6 6 40
LQH 14 27 30
& HQ 39204

Au Triangle GHQ.

HQ 23904 GH 9931
GHQ 139 23 0
Donc HGQ 32 44 30
GQH 7 52 30
& GQ 47186 3

Autrement pour GQ, au Triangle ILQ.

IL 25326. LQ 118784
ILQ 136 24 10
Donc LIQ 13 34 23
IQL 30 1 27
& IQ 34903 3

Au Triangle GIQ.

GI 13437. IQ 34903 3

GIQ 151 57 58

Donc IGQ 20 20 35
GQI 7 41 27
& QR 47184

Au Triangle GQR.

GQ 47186 3

QGR 4 8 55
GQR 165 59 45

Donc GR 66700
& QR 19947

Ces vérifications, où l'on a employé la plûpart des côtés & des angles des six derniers Triangles, & qui donnent le côté QR, peu différent de ce qu'on l'a trouvé dans le 45me. Triangle, servent à faire connoître l'exactitude des observations dont l'on s'est servi pour former ces Triangles. Elles servent aussi à déterminer plus précisément la position du Canigou, que l'on commença à appercevoir du Château de Magrin.

XLVI. TRIANGLE QRT.

QR 19947 4

RQT 69 3 45
QTR 63 31 45

Donc QT 16405 2
& RT 20812 3

XLVII. TRIANGLE RTS.

RT 20812 3

RTS 93 41 40
RST 53 54 45

Donc RS 25700 5
& TS 13797 1

XLVIII. ET DERNIER TRIANGLE TSV.

TS 13796 1

STV 31 34 40
TVS 94 21 50
TSV 54 3 30

Donc TV 11203
& SV 7246 3

Autrement pour TV, RS, SV, au Triangle RTV.

RT 20812 3

RTV 125 15 0
RVT 36 12 55

Donc TV 11198
& RV 28767

Aa

Au Triangle RSV.

RV 28767
RSV 107 56 15
RVS 58 12 15
Donc RS 25700
& SV 7242 4

Autrement à la place des trois derniers Triangles par Perpignan au Triangle QRπ.

QR 19947 4
RQπ 57 37 55
QπR 51 46 55
Donc Qπ 23946
& Rπ 21445

Au Triangle RTπ.

Rπ 21445
RTπ 82 36 5
RπT 74 14 30
Donc RT 20812
& Tπ 8504

Au Triangle TπV.

Tπ 8504
VTπ 42 42 45
TπV 87 55 10
TVπ 49 22 5
Donc TV 11198 2
& πV 7601

Suite des Mém. 1718.

Au Triangle VπS.

πV 7601
VπS 64 12 15
πVS 45 0 10
πSV 70 47 35
Donc SV 7246 1
& πS 5691 4

Vérification par la Tour de S. Elme au Triangle QRε.

QR 19947 4
RQε 47 41 10
ReQ 33 14 15
Donc Qε 35936
& Rε 26912

Au Triangle RTE.

Rε 26912
RTε 78 58 25
RεT 49 22 5
Donc RT 20808
& Tε 21505

Autrement pour QT & Tε au Triangle QTε.

Qε 35936
TQε 21 23 25
QTε 142 28 10
QεT 16 8 25
Donc QT 16398 4
& Tε 21515

M

Au Triangle TVε.

Tε 21504

εTV 46 17 40
εVT 103 15 0
TεV 30 27 20

Donc εV 15970 5
& TV 11198 1

Autrement pour Rε & εV
au Triangle RVε.

RV 28767

RVε 67 4 5
RεV 79 49 0

Donc Rε 26918
& εV 15968

Encore autrement pour Rε
& εV au Triangle Rπε.

Rπ 21445

Rπε 99 46 30
Rεπ 51 44 25

Donc Rε 26914
& πε 13025

Au Triangle Vπε.

πε 13025

Vπε 98 0 50
πεV 28 6 0
πVε 53 53 10

Donc πV 7594
& εV 15966

Autrement pour πε & Qε
au Triangle Qπε.

Qπ 23946
πQε 9 56 55
Qπε 151 32 25
Qεπ 18 30 40

Donc Qε 35942
& πε 13030

Autrement pour Rε au
Triangle RSε.

RS 25700 5
RSε 88 7 50
RεS 72 36 15

Donc Rε 26918
& Sε 8886

Autrement pour Sε au
Triangle TSε.

Tε 21504 4
STε 14 43 25
TSε 142 2 35
TεS 23 14 0

Donc TS 13792
& TS 8886

Vérifications par la Tour de
la Matelotte au Triangle
QTδ.

QT 16405 2
TQδ 24 13 5
QTδ 138 12 25

Donc $Q\delta$ 36208
& $T\delta$ 22287

Au Triangle $TV\delta$.

$T\delta$ 22287
δTV 50 37 0
$TV\delta$ 99 41 0

Donc TV 11202 2
& $V\delta$ 17475

Au Triangle QTa.

QT 16405 2
TQa 25 38 40
QaT 20 0 15

Donc Ta 20758 3
& Qa 34292

Autrement pour Qa au
Triangle $Q\pi a$.

$Q\pi$ 23946

πQa 14 12 50
$Q\pi a$ 137 50 20
$Qa\pi$ 27 56 50

Donc πa 12546
& Qa 34295

Au Triangle $Qa\varepsilon$.

Qa 34292
εQa 4 16 15
$Q\varepsilon a$ 55 49 50

Donc $Q\varepsilon$ 35929 3
& $a\varepsilon$ 3086

Au Triangle $a\varepsilon C$.

$a\varepsilon$ 3086
εac 12 37
$a\varepsilon c$ 80 14
$ac\varepsilon$ 87 9

Donc ca 3046
& $c\varepsilon$ 675

Distances entre divers lieux, déterminées par les
Observations.

Toises.

21959   Distance du Clocher de la Chapelle de Rupey-
       roux à la Tour de Pierre-brune.
27928   De Monredon à Pierre-brune.
13124   De Rupeyroux à une Roche qui est sur le sommet
       du Puy de Roüet.
9710   De l'Arbre de l'Hôpital au Puy de Roüet.
21774   De Monredon au Puy de Roüet.
8162   De Rupeyroux à la grosse Tour de Naucelles.

5146 Du Puy de Roüet à Naucelles.

5349 Du Puy de Roüet à la groſſe Tour de Valence.

5251 Du Puy S. Georges à Valence.

3603 Du Puy S. Georges au milieu de l'Egliſe de Po-
      zonac.

5565 De la Tour de la Cathédrale d'Alby à Pozonac.

7986 Du Château de Carlus à Pozonac.

5515 Du Puy S. Georges à l'Egliſe de Notre-Dame
      de la Droite.

2400 D'Alby à Notre-Dame de la Droite.

4789 De Carlus à Notre-Dame de la Droite.

3797 D'Alby au Château de S. Sernin.

5339 De Carlus au Château de S. Sernin.

4489 Du Puy S. Georges à Cueye.

9289 D'Alby à Cueye.

8924 Du Puy S. Georges à la Tour de Caſtelnau de
      Bonnefons.

2476 D'Alby à Caſtelnau.

2818 De Carlus à Caſtelnau.

22509 De Rupeyroux à la Tour de la Cathédrale d'Alby.

7209 Du Puy S. Georges à la Tour de la Cathédrale
      d'Alby.

2376 De Carlus à la Tour d'Alby.

3323 De Carlus au Clocher de la Baſtide.

9451 De la Tour du Château de Monredon à la Baſtide.

3318 De Carlus à la Chapelle de S. Sernin, qui eſt au
      Nord d'Alby.

10296 De Monredon à la Chapelle de S. Sernin.

13094 De Carlus à la Chapelle de S. Pierre, près de
      Monredon.

18273 De Magrin à la Chapelle de S. Pierre.

7252 De Monredon à la Tour de Lautrec.

9165 De Puy-Laurent à la Tour de Lautrec.

6947 De Monredon au Clocher de la Cathédrale de
      Caſtres.

10422 Du Signal de la Montagne noire à Caſtres.

25069 Du Puy de S. Georges au sommet de la Montagne de la Caune.

26145 De Carlus à la Montagne de la Caune.

2385 Du Clocher de Puy-Laurent au Château de Cuq.

10597 Du Signal à Cuq.

4808 De Puy-Laurent au Château de Mongey.

6191 Du Château de Magrin au Château de Mongey.

4034 De S. Felix à Mongey.

2370 De S. Felix au Clocher de S. Julia.

18219 De Fanjaux au Clocher de S. Julia.

4244 De S. Felix au gros Clocher de Revel.

6694 Du Signal à Revel.

14204 De Magrin au gros Arbre près de la Chapelle S. Jacques.

10076 De S. Felix à l'Arbre.

11119 De Puy-Laurent à la Chapelle de S. Paulet.

2517 De S. Felix à S. Paulet.

10674 De Puy-Laurent au Moulin de Treville.

3914 De S. Felix au Moulin de Treville.

14785 Du Signal au Clocher de Montferran.

5669 De S. Felix à Montferran.

11364 De Fanjaux à la Tour de Saissac.

11210 De Carcassone à Saissac.

8015 De S. Felix au Clocher de Castelnaudary.

8120 De Fanjaux à Castelnaudary.

18285 De Carcassone à Castelnaudary.

17746 De S. Felix au gros Clocher de Montreal.

14404 Du Signal à Montreal.

4567 De Fanjaux à Montreal.

8720 De la Tour de S. Vincent de Carcassone à Montreal.

10997 De la Chapelle de S. Pierre à Montreal.

15889 De Fanjaux à Roquemoureil.

4668 De S. Vincent de Carcassone à Roquemoureil.

12568 De la Chapelle de S. Pierre à Roquemoureil.

3866 De Carcassone au Château de Bouillonac.

M iij

17119　De Fanjaux à Bouillonac.

5079　De Roquemoureil à Bouillonac.

9456　De Fanjaux au Clocher de Caux.

4022　De Carcaſſone au Clocher de Caux.

3454　De Bouillonac à la Tour de S. Sernin dans la
　　　　Cité de Carcaſſone.

767　De la Tour de S. Vincent à la Tour de S. Sernin
　　　　dans la Cité.

11374　De Roquemoureil à Villaniere.

7076　De Bouillonac à Villaniere.

10926　De Roquemoureil à Mas de Cabardés.

6441　De Bouillonac à Cabardés.

8761　De Roquemoureil à Ventenac.

4131　De Carcaſſone à Ventenac.

6838　De Roquemoureil au Clocher de Penautier.

2177　De Carcaſſone au Clocher de Penautier.

4090　De Bouillonac à Villegalien.

3079　De Carcaſſone à Villegalien.

3330　De Bouillonac au Clocher de Villemouſtauſou.

2264　De Carcaſſone à Villemouſtauſou.

3786　De Carcaſſone à Conques.

2669　De Bouillonac à Conques.

16322　De Fanjaux à la Tour ruinée de Villedubert.

3091　De Carcaſſone à Villedubert.

795　De Bouillonac à Villedubert.

3905　De Roquemoureil à la Tour de Trebes.

1239　De Bouillonac à Trebes.

11427　De Carcaſſone à la Tour de Picherie.

9823　De Roquemoureil à Picherie.

13283　De Carcaſſone au Château de Blomac.

13339　De Bouillonac à Blomac.

18686　De Carcaſſone à la Chapelle de S. Michel.

4930　De la Chapelle de S. Pierre à la Chapelle de
　　　　S. Michel.

6587　Du Signal du Nord au ſommet de la Montagne
　　　　de Leucate.

13830 Du Signal du Sud à Leucate.

22502 De la Tour de S. Elme à Leucate.

13010 De S. Elme à la Tour de la Citadelle de Perpignan.

386 Du Clocher de S. Jacques de Perpignan à la Tour de la Citadelle.

7717 De Perpignan à la grosse Tour du Château de Salces.

6701 De Tautavel à Salces.

9712 De Tautavel à S. Laurent.

2045 Du Signal du Nord à S. Laurent.

5590 De Perpignan à S. Laurent.

8592 De Tautavel à Claira.

3597 Du Signal du Nord à Claira.

4165 De Perpignan à Claira.

2804 De Perpignan à la Tour quarrée de Pia.

5300 Du Signal du Nord à Pia.

11794 De Tautavel à la grosse Tour de Canet.

5069 Du Signal du Nord à Canet.

4475 De Perpignan à Canet.

10317 De Tautavel à la Tour de Villelongue.

3771 De Perpignan à Villelongue.

9480 De Tautavel à la Tour de Roussillon.

5860 Du Signal du Nord à la Tour de Roussillon.

4315 Du Signal du Sud à la Tour de Roussillon.

28220 De Bugarach au Clocher de S. Nazari.

4274 De Perpignan à S. Nazari.

26338 Du Canigou à Toureille.

10098 De Tautavel à Toureille.

4975 De Perpignan à Toureille.

11657 Du Signal du Nord à Sainte Marie.

3708 De Tautavel à Sainte Marie.

29138 De Bugarach à la Tour d'Elne.

14714 De Tautavel à Elne.

6372 De Perpignan à Elne.

6878 De S. Elme à Elne.

6189　De la Tour de la Maffane à Elne.
3375　De S. Elme à Argelés.
2742　De la Tour de la Maffane à Argelés.
9019　Du Signal du Sud au Fanal du Port Vendre.
3930　De la Maffane au Fanal du Port Vendre.
856　De S. Elme au Fanal du Port Vendre.
25864　De Tautavel à la Tour de Caroch.
20731　Du Signal du Nord à la Tour de Caroch.
4770　De S. Elme à Caroch.
5290　De la Maffane à Caroch.
33443　De S. Elme à Gruiffan.
34704　De la Maffane à Gruiffan.
15336　De S. Elme à l'Ecueil du Cap de Creux.
16977　De la Maffane à l'Ecueil du Cap de Creux.
26929　De S. Elme au Château de Queribus.
14239　De Perpignan à Queribus.
22688　De S. Elme au Cap de Leucate.
23864　De la Maffane au Cap de Leucate.

Diftances de divers lieux à la Méridienne de l'Obfervatoire,		Diftance de l'Obfervatoire à la perpendiculaire tirée de divers lieux fur la Méridienne.
	Toifes.	Toifes.
Groffe Tour de Naucelle	21 Occ.	265222
Sommet du Puy de Roüet	1247 Or.	270209
Arbre de l'Hôpital	9956 Or.	274510
Groffe Tour de Valençe	2466 Or.	275422
Puy de S. Georges	2746 Occ.	276059
Tour d'Alby	8316 Occ.	280636
Château de Carlus	9771 Occ.	282638
Chapelle de S. Pierre	248 Occ.	291625
Tour de Monredon	1466 Occ.	291817
Tour de Lautrec	8537 Occ.	293433
Château de Magrin.	17295 Occ.	298204
Gros Clocher de Caftres	3911 Occ.	298329

Clocher

Clocher de Puy-Laurent	13721	Occ.	300990
Gros Clocher de Revel	14693	Occ.	307535
Signal de la Montagne noire	8008	Occ.	307916
Grosse Tour de S. Felix	18912	Occ.	308003
Clocher de Castelnaudary	16180	Occ.	315540
S. Vincent de Carcaffone	246	Or.	321459
Gros Clocher de Montréal	8430	Occ.	322320
Clocher de Fanjaux	12951	Occ.	322986
Chapelle de S. Pierre	7081	Occ.	333226
Sommet de Bugarach	1420	Or.	341522
S. Barthelemy	23726	Occ.	344024
Tour de Tautavel	17491	Or.	344814
Signal du Sud	28680	Or.	345360
S. Jacques de Perpignan	23461	Or.	350880
Signal du Nord	28879	Or.	352606
Pointe noire du Mouffet	5545	Occ.	353435
Pointe X	15547	Occ.	355273
Tour de S. Elme	31575	Or.	361072
Sommet du Canigou	4664	Or.	361205
Tour de la Maffane	28722	Or.	362271
Tour de la Matelotte	30784	Or.	362706

CHAPITRE VIII.

*De la bafe mefurée actuellement dans la plaine
du Rouffillon.*

POUR déterminer en toifes, la grandeur des côtés des
Triangles de la Méridienne, nous nous fommes fervis
d'une bafe de 5653 toifes, que M. Picard avoit mefurée
actuellement dans la plaine de Longboyau. Mais comme
l'on avoit fujet d'appréhender, que l'erreur qu'il eft prefque impoffible d'éviter dans les obfervations, quoiqu'im-
perceptible dans chaque angle, ne vînt à fe multiplier après
une longue fuite d'opérations, on a eu foin de chercher,

pendant le voyage, les lieux qui paroiſſoient les plus convenables, pour meſurer actuellement ſur le terrein, une baſe qui ſervît à la vérification des côtés des Triangles de la Méridienne.

Dans le premier voyage qui fut fait en 1683, on remarqua, qu'un peu au-delà de Bourges ſur le chemin de cette Ville à Châteauneuf-ſur-Cher, il y avoit une petite plaine entre les deux Villages de Truy & d'Arçay, où l'on pourroit meſurer actuellement une baſe pour vérifier les Triangles que l'on avoit faits depuis Paris juſqu'à Bourges.

Pendant le ſéjour que nous fîmes à Bourges dans le ſecond voyage, nous allâmes exprès dans cette plaine, pour examiner le terrein où l'on pourroit meſurer cette baſe. Il étoit néceſſaire, pour y réuſſir, de voir de quelques endroits de cette plaine deux objets déterminés par les Triangles, afin d'y pouvoir lier la meſure actuelle; mais comme nous ne pûmes diſtinguer d'autre objet que la Tour de la Cathédrale de Bourges, nous fûmes obligés de nous en retourner à Bourges ſans pouvoir exécuter notre entrepriſe.

Au ſortir du Berry, nous traverſâmes les Montagnes de la Marche, de l'Auvergne, du Roüergue & du Languedoc, & nous ne trouvâmes dans toutes ces Provinces, de lieux propres à meſurer, que la petite plaine de Revel, près de la Montagne noire du Languedoc. On diſtinguoit de divers endroits de cette plaine, le Clocher de Puy-Laurent, la Tour de S. Felix, & un gros Arbre près de la Chapelle S. Jacques ſur la Montagne noire, de ſorte qu'il auroit été très-aiſé, la baſe étant meſurée, de la joindre aux Triangles de la Méridienne. Mais comme cette meſure ne pouvoit pas avoir une grande étendue, & que le pays eſt rempli de quantité de grands Arbres qui auroient empêché d'en diſtinguer aiſément les extrémités, nous nous réſervâmes à entreprendre cette meſure à notre retour, en cas qu'on ne pût pas trouver dans la ſuite de lieux plus commodes & plus étendus.

Etant à Perpignan, nous allâmes au bord de la Mer, dans

le deſſein d'examiner ſi on pouvoit meſurer le terrein qui
eſt au long de la plage, dont la direction eſt à peu-près du
Nord au Sud.

Nous nous étendîmes le plus qu'il nous fut poſſible
vers le Sud, juſqu'à une petite butte qui eſt formée par le
ſable de la Mer fort près de l'Etang de S. Nazary. L'on
voyoit de-là le Canigou, le Puy de Bugarach, la Tour de
Tautavel, Perpignan, & divers autres lieux déterminés
par les Triangles, ce qui nous fit juger qu'on pourroit
prendre cette butte pour le terme Méridional de notre
meſure. Nous allâmes enſuite vers le Nord juſqu'au bord
de l'Etang de Leucate, & ayant reconnu que le terrein
étoit preſque par-tout fort uni, & qu'il n'étoit entrecoupé
que par de petites rivieres ou marais, dont il ſeroit aiſé
de connoître la largeur, nous réſolûmes de le meſurer
depuis la butte qui eſt au Sud juſqu'à l'Etang de Leucate.
On voyoit de tous les endroits de cette plaine, le ſommet
de la Montagne de Leucate qui eſt au-delà de l'Etang
vers le Nord, c'eſt pourquoi nous jugeâmes à propos
de nous ſervir de cet objet pour nous aligner dans notre
meſure.

Avant que de meſurer avec des toiſes, nous commençâmes à meſurer ce terrein avec un cordeau de 10 toiſes,
& nous plaçâmes de 100 en 100 toiſes un gros piquet, en
nous conſervant toujours dans l'alignement de Leucate.
Cette préparation étoit néceſſaire, afin d'être aſſûré que
dans nos meſures nous ne nous étions point écartés de la
ligne droite.

Nous choiſîmes enſuite, de même qu'avoit fait M. Picard, quatre bois de pique de deux toiſes chacun, qui
étant joints enſemble deux-à-deux, faiſoient deux meſures
de quatre toiſes chacune. Ces meſures étoient terminées
aux deux bouts par des plaques de cuivre, & on s'étoit
ſervi, pour déterminer exactement leur longueur, d'une
régle de fer de quatre pieds, diviſée avec un très-grand
ſoin, que l'on avoit portée exprès de Paris.

Comme le fable de la Mer avoit rendu le terrein inégal en quelques endroits, nous fimes conftruire deux machines de bois entiérement femblables entr'elles, telles qu'elles font repréfentées dans la Fig. 1. de la Planche 8. *AD* eft une régle de bois de 5 à 6 pieds de longueur, de 4 pouces de largeur & d'un pouce d'épaiffeur, percée de plufieurs trous de diftance en diftance. A l'extrémité *D* de cette régle on avoit attaché fixement 3 pieds *DC*, *DE*, *DF*, qui terminoient en pointe pour rendre cette machine ftable, en l'appuyant fur le terrein, ou en l'enfonçant dans le fable. Pour placer la barre *AD* dans une fituation verticale, on avoit attaché au point *A*, un fil *AP* qui paffoit par le derriere de la barre, & foutenoit le poids *P*. *BG* eft une palette avec un manche arrondi, qui entre exactement dans un des trous de la barre *AB*, & que l'on place dans une fituation horifontale.

Lorfque le terrein que l'on veut mefurer a quelques inégalités, on place la machine *AP* dans une fituation verticale, de forte qu'ayant pofé une des extrémités *H* de la mefure *HI* fur le terrein, l'autre extrémité foit appuyée en en *I* fur la palette *BG*, qui doit être de même que la mefure *HI* à peu-près dans une fituation horifontale. On met enfuite au point *I* l'extrémité de la feçonde mefure *IL*, de maniere què l'autre extrémité *L* foit appuyée fur la feconde machine, ou bien fur le terrein en *M*, & on continue de même jufqu'à ce que l'on ait rencontré un terrein égal.

Nous fûmes obligés de nous fervir de ces machines pour mefurer les 200 premieres toifes. Nous continuâmes enfuite notre mefure dans un terrein fort uni, jufqu'à un petit ruiffeau près de Canet, qui eft éloigné de 1928 toifes du terme Méridional de notre mefure, & nous rencontrâmes le piquet que nous avions placé au bord de la Riviere de la Tet, après avoir mefuré en tout 2628 toifes. Nous paffâmes cette Riviere à gué, & nous allâmes au piquet *A* (Fig. 2.) qui étoit vis-à-vis du piquet *B*, où l'on avoit ceſſé de méſurer de l'autre côté de la Riviere. L'on plaça au piquet *A* une planchette, & ayant pris l'angle *BAC* de 90 degrés, l'on mit un piquet dans la ligne *AC*. On plaça enſuite la planchette au piquet *C*, & on obſerva l'angle *ACB*, qui fut trouvé un peu moindre de 45 degrés, c'eſt pourquoi on avança le piquet, en ſe conſervant toujours dans la ligne *AC*, juſqu'à ce que l'angle *ACB* fût exactement de 45 degrés. Alors on meſura la diſtance *AC* entre les deux piquets *A* & *C*, que nous trouvâmes de 163 toiſes un pied & 8 pouces, laquelle eſt égale à la diſtance *AB* entre les deux piquets *A* & *B* qui ſont de côté & d'autre de la Riviere.

On auroit pû, pour une plus grande facilité, placer le piquet *C* ſur le bord de la Riviere dans un lieu pris à diſcrétion, & obſerver les angles *ACB* & *CAB*, ce qui, joint au côté *AC* meſuré en toiſes, auroit donné la grandeur du côté *AC*.

Ayant continué à meſurer depuis le point *A*, nous trouvâmes, à la diſtance de 4027 toiſes 4 pieds & 7 pouces du premier terme de notre meſure, un marais qui nous obligea de faire la même opération que celle qui eſt rapportée ci deſſus, & on détermina ſa largeur de 65 toiſes 2 pieds 10 pouces.

A 4196 toiſes 4 pieds 7 pouces, on rencontra un autre marais, dont la largeur fut trouvée de 65 toiſes 5 pieds un pouce.

A 4817 toiſes 2 pieds 5 pouces, nous trouvâmes le ruiſſeau de Toreilles, dont on détermina la largeur de 25 toiſes 4 pieds 5 pouces.

A 5183 toiſes, on trouva un petit marais, dont la largeur fut meſurée de 19 toiſes un pied.

A 6034 toiſes 2 pieds, on rencontra la Riviere de la Glil, dont on détermina la largeur de 89 toiſes 5 pieds 10 pouces.

A 7246 toiſes 2 pieds, nous rencontrâmes le bord de l'Etang de Leucate; & comme nous ne pûmes prolonger au-delà nos mesures, nous prîmes cet endroit pour le terme Septentrional de notre base.

Comme l'on découvroit de tous les endroits de cette base, divers lieux considérables qui sont dans la plaine du Roussillon, nous eûmes la commodité de les déterminer, en marquant le nombre des toises que nous avions mesurées, lorsque nous étions dans l'alignement de deux lieux, dont l'un avoit été déterminé par les Triangles.

A 15 toises 6 pouces du terme Méridional de la base, nous étions dans l'alignement de la Tour de Tautavel & de la Tour du Roussillon.

A 1661 toises un pied, dans l'alignement de la Tour de Tautavel & de la petite Tour de Canet.

A 1740 toises, dans l'alignement de Tautavel & de la grosse Tour de Canet.

A 1928 toises, dans l'alignement de Bugarach & de la grosse Tour de Canet.

A 2474 toises, dans l'alignement de Tautavel & de la Tour de Villelongue.

A 3352 toises, dans l'alignement de Tautavel & de Sainte Marie.

A 3443 toises, dans l'alignement de Bugarach & de Sainte Marie.

A 4552 toises 4 pieds, dans l'alignement de Tautavel & de la Tour de Toreilles.

A 5906 toises 2 pieds, dans l'alignement de Canigou & de Toreilles.

Après avoir mesuré la longueur de la base, il étoit nécessaire de placer à ses extrémités des signaux que l'on pût distinguer l'un de l'autre, aussi-bien que de quelques objets aux environs déja déterminés, afin de pouvoir joindre cette base aux Triangles de la Méridienne. Mais comme la rondeur de la Terre, qui est sensible dans l'espace de 7246 toises, demandoit que ces signaux fussent élevés pour pouvoir être apperçus l'un de l'autre, nous choisîmes deux des plus grands Arbres que nous pûmes trouver aux

environs, & nous les fimes placer aux termes de notre
mesure. Quoique ces Arbres eussent chacun près de 40
pieds hors de terre, nous ne pûmes distinguer, du terme
Méridional de cette base, l'Arbre qui étoit élevé au Nord ;
c'est pourquoi nous fûmes obligés de nous élever à la hauteur de 7 ou 8 pieds au-dessus du terrein, & alors nous
apperçûmes que cet Arbre répondoit directement au sommet de la Montagne de Leucate, ce qui nous fit connoître
que dans la mesure de la base nous ne nous étions point
écartés de notre alignement.

Ayant ensuite placé notre instrument au pied de l'Arbre,
nous observâmes les angles que les lieux, que l'on découvroit de cet endroit-là, faisoient à l'égard du sommet de la
Montagne de Leucate.

Nous allâmes ensuite au Signal du Nord, d'où nous ne
pûmes distinguer l'Arbre du Sud, à cause des vapeurs qui
étoient à l'horison, quoique nous nous fussions élevés à la
hauteur de 7 à 8 pieds ; c'est pourquoi nous prîmes le parti
d'aller vers le Sud, entre les deux signaux, à la distance d'environ 1000 toises, & d'y placer une perche avec une touffe
au haut dans l'alignement du Signal du Nord, & du sommet de la Montagne de Leucate. Etant ensuite retournés
au Signal du Nord, nous observâmes les angles que divers
objets faisoient à l'égard de cette perche. Sur le soir les vapeurs s'étant abbaissées, & nous étant élevés à la hauteur
de 5 à 6 pieds, nous apperçûmes le Signal du Sud qui
étoit précisément dans l'alignement de la perche que nous
avions placée à la distance de 1000 toises ; de sorte qu'il ne
fut pas nécessaire de réitérer nos observations.

Nous allâmes ensuite à la Tour de Tautavel, d'où nous
découvrîmes les deux signaux. Nous y observâmes divers
angles de position, & entre autres l'angle entre les deux
signaux, qui fut trouvé de 31° 34′ 40″, & qui étant joint
aux deux angles que l'on avoit observés des signaux, nous
donnerent les trois angles du Triangle formé par Tautavel
& les deux signaux, qui est le 48ᵉ & dernier Triangle de

la Méridienne. Nous obfervâmes auffi de la Tour de S. Jacques de Perpignan, les angles entre les fignaux, & les objets qui étoient difpofés tout à l'entour, ce qui nous fervit à déterminer le Triangle formé par Perpignan & les deux fignaux, qui fert de vérification au dernier Triangle.

Ayant calculé ce dernier Triangle, nous trouvâmes d'abord trois toifes de différence, entre la bafe mefurée & la longueur de cette bafe, qui réfultoit du calcul continué depuis Paris. Mais ayant fait dans la fuite les corrections néceffaires aux angles obfervés, tant à caufe des erreurs de l'inftrument, que parce que ces angles étant obfervés dans des plans différens, il a fallu les réduire au niveau de la Mer, nous avons trouvé la bafe calculée par la fuite des Triangles, à très-peu près de la même grandeur que celle qui avoit été mefurée actuellement fur le terrein.

CHAPITRE X.

Obfervations faites en divers lieux au Lever & au Coucher du Soleil, pour déterminer la Méridienne.

POUR décrire la Ligne Méridienne de l'Obfervatoire Royal de Paris, & déterminer fa fituation à l'égard des objets principaux qui l'environnent; on a d'abord établi, par les obfervations du Soleil & des Etoiles fixes, l'angle que cette Méridienne fait avec les côtés du premier Triangle. On a enfuite retranché cet angle ou fon complément, des angles obfervés, & on a déterminé fucceffivement la fituation de la Méridienne, par rapport à tous les lieux qui ont fervi pour former les Triangles.

Cette opération continuée jufqu'à l'extrémité de la Ligne Méridienne, eft fujette aux erreurs qui peuvent fe gliffer dans l'obfervation de chaque angle; ainfi il y avoit lieu de craindre, que dans la multitude des angles qui ont été obfervés, ces erreurs, quoique petites féparément, étant

jointes

jointes enfemble, ne fuffent affez confidérables, pour écarter fenfiblement la Ligne Méridienne de la fituation qu'elle doit avoir.

Il eft vrai, que la mefure actuelle de la bafe du Rouffillon, qui s'eft trouvée conforme à celle qui réfulte du calcul des Triangles, eft une confirmation de l'exactitude des angles employés dans ces Triangles ; mais cela ne fuffit pas entiérement, car l'erreur qui s'eft gliffée dans les angles d'un Triangle, peut être telle, que le côté qui fert de bafe pour le Triangle fuivant, ne differe pas de celui que l'on auroit trouvé, fi les angles euffent été obfervés exactement.

Il étoit donc néceffaire de vérifier, fi la Ligne Méridienne, déterminée par la fuite des Triangles, ne s'écartoit pas fenfiblement de la Méridienne véritable ; ce que l'on a eu foin de faire en divers lieux, par l'obfervation du lever & du coucher du Soleil.

Pour faire ces obfervations avec le plus d'exactitude qu'il eft poffible, on dreffoit une des lunettes d'un Quart-de-Cercle placé horifontalement, à un objet, dont la déclinaifon à l'égard de la Méridienne, étoit déterminée par les Triangles, & on obfervoit avec l'autre Lunette le point de l'horifon *A* (Fig. 3.) où le Soleil commençoit à paroître. On obfervoit auffi le lieu où le centre *B* du Soleil paroiffoit à l'horifon, & le point *C* où le bord inférieur du Soleil quittoit l'horifon.

On faifoit la même opération au coucher du Soleil, à la réferve que l'on obfervoit d'abord le point *C* où le bord inférieur du Soleil commençoit à toucher l'horifon.

On prenoit enfuite, avec un Quart-de-Cercle placé verticalement, la hauteur ou la baffeffe apparente de l'horifon fenfible dans les lieux où on avoit fait chaque obfervation.

La hauteur de l'horifon fenfible étant connue, avec la réfraction qui convient à cette hauteur, on a la hauteur véritable du Soleil, dont le complément eft la diftance au Zénith ; & par conféquent dans le Triangle fphérique *ZSP* (Fig. 4.) où Z repréfente le Zénith du lieu de l'obfervation, P le Pôle, & S ou $\int$ le Soleil. La diftance ZS du Zénith au Soleil étant connue, auffi bien que l'arc PZ, complément de la hauteur du Pôle, que l'on peut détermi-ner par les obfervations des Aftres, ou par les Triangles de la Méridienne, en réduifant les toifes en degrés ; & PS, dif-tance du Soleil au Pôle, qui eft le complément de la décli-naifon du Soleil, lorfqu'il eft dans les fignes Septentrionaux, ou bien la déclinaifon jointe au Quart-de-Cercle lorfqu'il eft dans les fignes Méridionaux, étant connue par les Tables du Soleil, on trouvera l'angle SZP que le Méridien ZP fait avec le vertical ZS du lieu où le Soleil s'eft levé. Cet an-gle eft mefuré par l'arc de l'horifon, compris entre le ver-tical du Soleil & le point horifontal du Nord par où paffe la Méridienne, & il doit être de la même grandeur que ce-lui qui a été obfervé, entre le point de l'horifon où le So-leil s'eft levé, & le point horifontal du Nord par où paffe la Méridienne déterminée par la fuite des Triangles.

Nous avons employé pour le calcul de ces obfervations, la réfraction qui convient à la hauteur du lieu d'où nous obfervions fur le niveau de la Mer. Cette réfraction étant, fuivant nos hypothèfes, plus grande, plus les lieux font élevés.

A LA TOUR DE SERMUR.

Le 27. Septembre 1700, étant à la Tour de Sermur, nous obfervâmes le point où le bord inférieur du Soleil touchoit l'horifon à fon coucher, & nous trouvâmes l'angle entre ce point & le Clocher de Thou Ste Croix de 65° 11′ 30″, au-quel, fi l'on ajoute l'angle que le Méridien de Sermur pro-longé vers le Nord, fait avec le Clocher de Thou de Ste Croix, qui eft de 26° 11′ 40″, on aura l'angle, que le vertical qui paffe par le centre du Soleil fait avec la Méri-dienne qui paffe par le Nord, de 91° 23′ 10″.

La baffeffe apparente de l'horifon fenfible dans l'endroit où le Soleil s'étoit couché, fut obfervée de 0° 15′ 0″.

La hauteur du Pôle de Sermur ayant été déterminée par

les Triangles de 45ᵈ 58′ 20″, & connoiſſant le demi-diamétre du Soleil de 16′ 5″, ſa déclinaiſon Méridionale à
l'heure de ſon coucher de 1ᵈ 25′ 20″ & ſa réfraction de
38′ 15″ qui eſt celle qui convient à la hauteur du Sermur
ſur le niveau de la Mer, & à la baſſeſſe de l'horiſon obſervée,
on aura l'angle, que le vertical qui paſſe par le centre du
Soleil fait avec le Méridien qui paſſe par le point horiſontal
du Nord de 91ᵈ 23′ 20″, à 10″ près de la détermination
du Méridien qui réſulte des Triangles.

On obſerva auſſi le même ſoir, l'angle entre Thou Sᵗᵉ.
Croix & le point où le bord ſupérieur du Soleil raſoit l'horiſon de 64ᵈ 39′ 15″, auquel, ſi l'on ajoute l'angle que le
point horiſontal du Nord fait avec le Clocher de Thou
Sᵗᵉ. Croix, qui eſt de 26ᵈ 11′ 40″, on trouve que le vertical du centre du Soleil, déclinoit alors du Nord vers
l'Occident de 90ᵈ 50′ 55″.

Par le calcul Aſtronomique, cette déclinaiſon eſt de 90ᵈ
50′ 10″, plus petite de 45 ſecondes que par la détermination qui réſulte des Triangles, au lieu que par la premiere comparaiſon on l'a trouvée plus grande de 10 ſecondes. Prenant un milieu, on trouve que le Méridien de
Sermur, qui réſulte de la ſuite des Triangles, décline du
Méridien véritable de 17 ſecondes du Nord vers l'Orient,
ce qui eſt très-peu ſenſible dans des obſervations où l'on
emploie tant d'élémens.

A RODES.

Le 6 Novembre 1710, nous obſervâmes du haut de la
Tour de la Cathédrale de Rodès, l'angle entre le Clocher
de Rupeyroux & le point où le bord inférieur du Soleil
touchoit l'horiſon à ſon coucher de 15ᵈ 7′ 22″, auquel ſi
l'on ajoute l'angle, que le Méridien de la Tour de Rodès
prolongé vers le Nord, fait avec le Clocher de Rupeyroux,
qui eſt de 97ᵈ 42′ 5″, on a l'angle, que le vertical qui
paſſe par le centre du Soleil fait avec le Méridien de la
Tour de Rodès prolongé vers le Nord, de 112ᵈ 49′ 27″.

O ij

La hauteur apparente de l'horifon dans l'endroit où le Soleil s'étoit couché, fut obfervée de o^d 14′ 0″, & connoiffant la hauteur du Pôle de Rodès de 44^d 20′ 38″, le demi-diamétre du Soleil de 16′ 17″, fa déclinaifon Méridionale à l'heure de fon coucher de 16^d 10′ 30″, & la réfraction de o^d 35′ 20″, qui eft celle qui convient à la hauteur de Rodès fur le niveau de la Mer, qui a été déterminée de 317 toifes, & à la hauteur de l'horifon obfervée de o^d 14′ 0″; on trouve que le vertical qui paffe par le centre du Soleil, devoit décliner du Nord vers l'Occident de 112^d 50′ 0″, à 33 fecondes près de ce que l'on a trouvé par la détermination du Méridien qui réfulte des Triangles.

On obferva auffi le même foir, l'angle entre le Clocher de Rupeyroux & le point où le bord fupérieur du Soleil rafoit l'horifon, de 14^d 33′ 50″, auquel fi l'on ajoute l'angle que le point horifontal du Nord fait avec le Clocher de Rupeyroux, qui eft de 97^d 42′ 5″, on aura l'angle, que le vertical qui paffe par le centre du Soleil fait avec le Méridien prolongé vers le Nord, de 112^d 15′ 55″.

Par le calcul Aftronomique, on trouve cet angle de 112^d 15′ 40″, plus petit que le précédent de 15″, au lieu que par le premier calcul on l'avoit trouvé plus grand de 33″. Prenant un milieu, on trouve que le Méridien de Rodès qui réfulte de la fuite des Triangles, décline du Méridien véritable, de 9 fecondes du Nord vers l'Occident.

Le 12 Novembre, nous obfervâmes du haut de la Tour de Rodés, l'angle entre le Clocher de Rupeyroux & le point où le bord inférieur du Soleil touchoit l'horifon à fon coucher, de 17^d 38′ 22″, auquel fi l'on ajoute l'angle que le point horifontal du Nord fait avec le Clocher de Rupeyroux qui eft de 97^d 42′ 5″, on aura l'angle que le vertical qui paffe par le centre du Soleil, fait avec la Méridienne prolongée vers le Nord, de 115^d 20′ 27″.

La hauteur apparente de l'horifon dans l'endroit où le Soleil s'étoit couché, fut obfervée de o^d 15′ 0″; & fuppo-

fant la hauteur du Pôle, la réfraction & le demi-diamètre
du Soleil, de même que dans l'obfervation précédente ; la
déclinaifon Méridionale du Soleil étant alors de 17° 52′
50″, on trouve que le vertical du centre du Soleil devoit
décliner du Nord vers l'Occident, de 115° 20′ 40″, à 13
fecondes près de ce que l'on a trouvé par la détermination qui réfulte de la fuite des Triangles.

Par l'Obfervation du Soleil, lorfque fon centre étoit à
l'horifon, on a l'angle que le vertical du centre du Soleil
faifoit avec le Méridien prolongé vers le Nord, de 115° 4′
5″, & par le calcul Aftronomique, on trouve cet angle de
115° 3′ 46″ plus petit de 19 fecondes, au lieu que par le
premier calcul on l'avoit trouvé plus grand de 13 fecondes. Prenant un milieu, on trouve que le Méridien de
Rhodès qui réfulte de la fuite des Triangles, décline du
Méridien véritable de 3 fecondes du Nord vers l'Orient.

A PERPIGNAN.

Le 2 Février 1701, nous obfervâmes du haut de la
Tour de S. Jacques, le lieu où le bord inférieur du Soleil
rafoit le Canigou, derriere lequel le Soleil fe couchoit ; &
nous trouvâmes l'angle, entre le vertical du centre du Soleil & la Tour de Tautavel, de 71° 54′ 10″, auquel fi l'on
ajoute l'angle que fait Tautavel avec le Méridien de la
Tour de S Jacques prolongé vers le Nord qui eft de 44°
6′ 30″, on a l'angle que le vertical du centre du Soleil
fait avec le Méridien de Perpignan prolongé vers le Nord,
de 116° 0′ 40″.

La hauteur apparente du lieu où le Soleil avoit touché
l'horifon, fut obfervée de 2° 54′ 0″, & connoiffant la hauteur du Pôle de Perpignan de 42° 41′ 20″, le demi-diamétre du Soleil de 16′ 18″, fa déclinaifon Méridionale à
l'heure de l'obfervation de 16° 44′ 30″, & la réfraction
qui convient à la hauteur de 2° 54″, de 16′ 48″, l'on
trouve que le vertical qui paffe par le centre du Soleil, devoit décliner du Nord vers l'Occident de 116° 2′ 20″ à

O iij

1' 40" près de ce que l'on a trouvé par la détermination qui résulte de la suite des Triangles.

Par l'Observation du Soleil, lorsque son bord supérieur rasoit l'horison, en se cachant derriere le Canigou, on trouve que le vertical du centre du Soleil déclinoit alors du Nord vers l'Occident de 115° 13' 45".

La hauteur du lieu où le Soleil a cessé de paroître, fut observée de 2° 4½", & supposant la réfraction de 17' 20", qui est celle qui convient à cette hauteur, on a l'angle, que le vertical qui passe par le centre du Soleil fait avec le Méridien de la Tour de S. Jacques prolongé vers le Nord, de 115° 15' 0", plus grand de 1' 15" que par la détermination qui résulte des Triangles.

On s'est servi dans cette observation, de même que dans la suivante, de la Réfraction tirée de la Connoissance des Tems, qui est calculée pour la hauteur de Paris sur le niveau de la Mer, qui est à peu près la même que celle de Perpignan.

Le 3 Février au matin, nous observâmes du haut de la Tour de S. Jacques, le lieu où le bord supérieur du Soleil rasoit l'horison de la Mer à son lever, & nous observâmes que le vertical du centre du Soleil déclinoit du Nord vers l'Orient de 111° 43' 54".

La bassesse apparente de l'horison de la Mer étoit de 0° 15' 0", & connoissant la hauteur du Pôle de Perpignan de 42° 41' 20", le demi-diamétre du Soleil de 16' 18", sa déclinaison Méridionale à l'heure de son lever de 16° 33' 30", & la réfraction de 32' 20", on trouve que le vertical qui passe par le centre du Soleil devoit décliner du Nord vers l'Orient de 111° 45' 30".

Nous observâmes aussi, lorsque le centre du Soleil étoit à l'horison, l'angle entre le vertical qui passe par le centre du Soleil & le point horisontal du Nord, que nous trouvâmes de 112° 2' 10". Supposant les mêmes élémens que ci-dessus, on trouve par le calcul Astronomique cét angle de 112° 1' 40", plus petit de 30 secondes que celui qui résulte des Triangles.

En comparant enfemble les obfervations faites fur la Tour de S. Jacques de Perpignan, on trouve par la premiere faite au coucher du Soleil, que la Ligne Méridienne qui réfulte des Triangles, décline du Méridien véritable de 1′ 40″ du Nord vers l'Occident, par la feconde de 1′ 15″, du même côté, par la troifiéme faite au lever du Soleil de 1′ 36″ vers l'Orient, & par la quatriéme de 0′ 30″ vers l'Occident.

On voit par-là, qu'il y a plus de différence entre les obfervations faites dans un même lieu, qu'il n'y en a entre le Méridien véritable & celui qui réfulte de la fuite des Triangles, d'où l'on peut conclure que la direction de la Ligne Méridienne, que nous avons décrite & prolongée jufqu'à l'extrémité du Royaume, eft auffi exacte qu'il eft poffible, & qu'il ne peut s'y être gliffé aucune erreur fenfible.

CHAPITRE X.

Obfervations de la hauteur de diverfes Montagnes d'Auvergne, du Languedoc & des Pyrénées, avec quelques obfervations de la hauteur du Barométre, & de la baffeffe apparente de l'horifon de la Mer, faites fur quelques-unes de ces Montagnes.

IL n'y a point de doute, que les Opérations Géométriques qui fe font fur une plaine au niveau de la Mer, font fimples & propres à être employées pour déterminer la grandeur de la Terre, mais celles qui fe font fur des lieux élevés, ont befoin d'être réduites par la connoiffance de la hauteur de ces lieux.

Comme la ligne Méridienne de l'Obfervatoire de Paris, paffe par l'Auvergne, le Languedoc & les Pyrénées, où il y a de fort hautes Montagnes, dont nous nous fommes fervis pour former nos Triangles, nous effayâmes d'en déterminer

la hauteur fur la furface de la Mer, & nous obfervâmes dans
ce deſſein la hauteur apparente des unes à l'égard des autres, en continuant ces opérations juſqu'au bord de la Mer.

Nous fîmes auſſi fur pluſieurs de ces Montagnes, des
obſervations du Baromètre, pour connoître la peſanteur de
l'Air à diverſes hauteurs fur la furface de la Mer. Enfin,
comme l'on découvroit la Mer de quelques-unes de ces
Montagnes, nous y obſervâmes la baſſeſſe apparente de
l'horiſon de la Mer à l'égard de l'horiſon artificiel : ce qui
peut donner quelque idée des réfractions que les rayons
ſouffrent en paſſant au travers de l'Air, & faire connoître
en même tems quel fondement on peut faire fur la grandeur de la Terre déterminée par cette méthode.

Nous ne rapporterons point ici ces obſervations, ſuivant
les tems qu'elles ont été faites, mais nous ſuivrons l'ordre
le plus naturel, qui eſt de commencer par celles qui ont été
faites au bord de la Mer, d'où l'on peut déterminer immédiatement la hauteur des Montagnes qui en ſont voiſines,
& ſucceſſivement la hauteur de celles qui en ſont plus
éloignées.

AU SIGNAL DU NORD.

Obſervations de la hauteur de diverſes Montagnes.

Le 18 Février 1701, étant au Signal qui eſt a l'extrémité Septentrionale de la meſure actuelle, dans un lieu élevé d'environ 9 pieds fur la furface de la Mer, nous obſervâmes avec l'Octans, la hauteur apparente du Canigou
fur l'horiſon artificiel de 2° 37′ 0″, celle du Mouſſet de
1° 44′ 0″, & la hauteur de la Montagne de S. Barthelemi
dans le Pays de Foix de 0° 50′ 0″. Suppoſant le demi-diamètre de la Terre de 3271420 toiſes, tel qu'on le déterminera dans la ſuite, & la diſtance du Canigou au Signal
du Nord de 28767 toiſes, celle du Mouſſet au Signal du
Nord de 35135 toiſes, & la diſtance de S. Barthelemi au
Signal du Nord de 52420 toiſes, telles qu'elles réſultent
des

des Triangles, on aura la hauteur du Canigou fur le niveau de la Mer de 1441 toifes, celle du Mouffet de 1253 toifes, & celle de S. Barthelemy de 1184 toifes & demie.

Pour déterminer la hauteur de ces Montagnes fur le niveau de la Mer, il faut réfoudre le Triangle *CAE* (Fig. 5.) dans lequel *AE*, diftance du lieu *A* de l'obfervation au fommet *E* de la Montagne eft connu, auffi-bien que *AC* qui eft égal au demi-diamétre de la Terre *CB* plus *AB* hauteur de l'œil fur le niveau de la Mer, & l'angle compris *CAE* eft égal à l'angle *CAD* de 90 degrés, plus l'angle *DAE* de la hauteur apparente de la Montagne au-deffus de l'horifon artificiel; & par conféquent on aura la grandeur du côté *CE*, diftance du centre de la Terre *C* au fommet *E* de la Montagne, d'où retranchant le demi-diamétre de la Terre *CB* ou *CG*, refte *EG* hauteur perpendiculaire de la Montagne fur le niveau de la Mer.

A COLLIOURE.

Obfervations faites fur le Barométre.

Pendant le féjour que nous fîmes à Collioure, nous mîmes le Barométre en expérience dans une falle de la maifon de M. Rouffelot Ingénieur Général du Rouffillon & Major de cette Place, où nous étions logés. Cette maifon eft bâtie fur un Roc au bord de la Mer, & nous mefurâmes avec un Cordeau, la hauteur du lieu où le Barométre étoit fufpendu fur la furface de la Mer, que nous trouvâmes de 11 toifes & demie. Ayant comparé les obfervations que nous avons faites, depuis le 19 Février jufqu'au 12 Mars de l'année 1701, avec celles qui ont été faites en même tems à l'Obfervatoire de Paris, & prenant un milieu entre toutes les différences, nous avons trouvé que la hauteur où le Vif-argent fe tenoit fufpendu à Collioure, excédoit de trois lignes & un tiers, la hauteur où il étoit dans la Tour de la Salle Orientale de l'Obfervatoire, qui, felon M. Picard, eft élevée de 44 toifes fur le niveau de la Mer,

& par conséquent de 32 toises & demie au-deſſus du lieu
où l'on avoit placé le Baromètre à Collioure.

Obſervations de l'horiſon de la Mer.

Le 26 Février, ayant vérifié le Quart-de-Cercle par le
renverſement, nous obſervâmes de la ſalle de la maiſon
de M. Rouſſelot, la baſſeſſe apparente de l'horiſon de la
Mer de . . . . 8′ 50″

Le 28 Février, la Mer étant fort calme, la baſſeſſe de
l'horiſon fut auſſi obſervée de . . . . 8′ 56″

Le 1 Mars de 8 35

Et le 13 Mars de 8 5

Obſervations de la hauteur de diverſes Montagnes.

Nous obſervâmes de la ſalle de M. Rouſſelot, la hauteur apparente du pied de la Tour de la Matelotte de 8°
20′ 35″, & celle du pied de la Tour de la Maſſane de
7° 27′ 40″. Nous tranſportâmes enſuite notre Quart-de-
Cercle ſur le Terrein qui eſt au rez-de-chauſſée de la maiſ-
ſon, lequel eſt élevé de 10 toiſes au-deſſus du niveau de la
Mer, & nous obſervâmes la hauteur du pied de la Tour
de la Matelotte de 8° 27′ 10″, & celle du haut de la Tour
de S. Elme de 7° 49′ 10″.

Ayant déterminé par les Triangles, la diſtance de Collioure à la Tour de la Matelotte de 2228 toiſes, à la Tour
de la Maſſane de 3046 toiſes, & à la Tour de S. Elme de
675 toiſes, & ſuppoſant le demi-diamètre de la Terre de
3271420 toiſes comme ci-devant, on aura la hauteur du
pied de la Tour de la Matelotte ſur le niveau de la Mer de
336 toiſes & demie, celle du pied de la Tour de la Maſſane
de 408 toiſes & demie, & la hauteur du ſommet de la Tour
de S. Elme de 101 toiſes & demie.

A S. ELME.

Obſervation de l'horiſon de la Mer.

Le 27 Février 1701, nous obſervâmes avec l'Octans, du haut de la Tour du fort de S. Elme, la baſſeſſe apparente de l'horiſon de la Mer de . . . . 26′ 20″

Obſervations de la hauteur de diverſes Montagnes.

Ayant placé l'Octans ſur le haut de la Tour, qui eſt au milieu du Fort de S. Elme, nous obſervâmes la hauteur du Canigou de 2° 37′ 10″, du Puy de Bugarach de 0° 33′ 40″, du pied de la Tour de la Matelotte de 7° 24′ 10″, & du pied de la Tour de Caroch de 2° 37′ 10″.

Ayant déterminé la diſtance de S. Elme au Canigou de 26912 toiſes, au Puy de Bugarach de 35936 toiſes à la Tour de la Matelotte de 1800 toiſes, & à la Tour de Caroch de 4470 toiſes ; on aura la hauteur du Canigou ſur le niveau de la Mer de 1442 toiſes, à une toiſe près de celle que l'on a trouvée par l'obſervation faite au Signal du Nord : on aura auſſi la hauteur du Puy de Bugarach, de 650 toiſes & demie, celle du pied de la Tour de la Matelotte de 334 toiſes & demie, & la hauteur de la Tour de Caroch de 348 toiſes 4 pieds.

A LA TOUR DE LA MASSANE.

Obſervation du Baromètre.

Le 12 Mars 1701, nous mîmes le Baromètre en expérience au pied de la Tour de la Maſſane, & nous trouvâmes que le Vif-argent ſe tenoit ſuſpendu à la hauteur de 25 pouces 5 lignes. Nous avions obſervé quelques heures auparavant à Collioure ſa hauteur de 28 pouces. La différence eſt de 2 pouces 7 lignes, qui répondent à la hauteur du pied de la Maſſane au-deſſus de Collioure, qui a été déterminée de 397 toiſes.

P ij

Obſervation de l'horiſon de la Mer.

Nous obſervâmes le même jour du pied de cette Tour, la baſſeſſe apparente de l'horiſon de la Mer de 0° 50′ 20″.

A PERPIGNAN.

Obſervations de la hauteur de diverſes Montagnes.

Le 3 Février 1701, ayant placé l'Octans ſur le haut de la Tour de S. Jacques, qui eſt une des plus élevées de cette Ville, nous obſervâmes la hauteur du Canigou de 3° 33′, & celle du Puy de Bugarach de 1° 14′.

La diſtance de la Tour de S. Jacques de Perpignan au Canigou, ayant été déterminée de 21445 toiſes, & celle de S. Jacques à Bugarach de 23946 toiſes, on aura la hauteur du Canigou au-deſſus de la Tour de S. Jacques de 1398 toiſes, & celle de Bugarach de 610 toiſes 4 pieds. Mais la hauteur du Canigou ſur le niveau de la Mer, a été obſervée du Signal du Nord de 1441 toiſes, & la hauteur de Bugarach ſur le niveau de la Mer a été obſervée de S. Elme de 650 toiſes & demie. On aura donc, par l'obſervation du Canigou, la hauteur de la Tour de S. Jacques de Perpignan au-deſſus du niveau de la Mer de 43 toiſes, & par l'obſervation de Bugarach de 40 toiſes.

Obſervation de l'horiſon de la Mer.

Nous obſervâmes le même jour du haut de la Tour de S. Jacques, la baſſeſſe apparente de l'horiſon de la Mer de . . . . 0° 15′ 0″.

A LA TOUR DE TAUTAVEL.

Obſervations de la hauteur de diverſes Montagnes.

Le 18 Janvier 1701, nous obſervâmes du pied de la Tour de Tautavel, la hauteur du Canigou de 3° 3′ 30″, & celle du Mouſſet de 2° 6′ 0″. La diſtance de Tautavel

au Canigou ayant été déterminée de 20812 toises, &
celle de Tautavel au Mouffet de 24600 toises ; on aura la
hauteur du Canigou au-deffus du pied de la Tour de Tautavel de 1184 toises, & celle du Mouffet de 994 toises. Mais
on a déterminé du Signal du Nord, la hauteur du Canigou
fur le niveau de la Mer de 1441 toises, & celle du Mouffet
de 1253 toises : on aura donc par l'obfervation du Canigou
la hauteur de Tautavel au-deffus du niveau de la Mer de
259 toifes, & par l'obfervation du Mouffet de 257 toises.

Obfervation de l'horifon de la Mer.

Nous obfervâmes le même jour du pied de cette Tour,
la baffeffe apparente de l'horifon de la Mer de 0° 38′ 0″.

A BUGARACH.

Obfervation du Baromètre.

Le 15 Janvier 1701, nous montâmes fur la Montagne
de Bugarach, qui eft une des plus élevées du Languedoc,
& qui eft fort efcarpée en divers endroits, de forte que
nous ne pûmes aller à cheval que jufqu'au tiers de fa hauteur, & nous fûmes obligés enfuite de monter au travers
du bois, en nous tenant d'Arbres en Arbres. Au fommet
de cette Montagne, il y a trois pointes dont la plus élevée
eft celle qui eft au Sud, où nous plaçâmes nos inftrumens.

Ayant mis le Baromètre en expérience, nous trouvâmes
à 2 heures après midi la hauteur du Vif-argent de 23 pouces
8 lignes & demie. La hauteur du Baromètre fut obfervée le
même jour à Paris à 7 heures du matin, dans la Tour de la
Salle de l'Obfervatoire, de 27 pouces 3 lignes & un quart,
& elle diminua jufqu'au foir d'une demi-ligne, de forte
qu'on peut la fuppofer de 27 pouces 3 lignes à l'heure de
l'obfervation de Bugarach. Prenant la différence entre l'obfervation faite à Bugarach & celle qui a été faite à Paris, on
aura 3 pouces 6 lignes & demie de diminution de hauteur
de Vif-argent, qui répondent à 606 toifes & demie, de dif-

P iij

férence, entre la hauteur de Bugarach fur le niveau de la Mer, qui a été déterminée de 650 toiſes & demie, & la hauteur de la Salle de l'Obſervatoire ſur le même niveau qui eſt de 44 toiſes.

Pendant que nous fûmes ſur le ſommet de cette Montagne, il fit un grand vent, qui nous empêcha d'obſerver la baſſeſſe apparente de l'horiſon de la Mer. Nous vîmes en deſcendant, des Mines de Jais, que l'on trouve par lits en creuſant la terre. Il y a auſſi dans cette Montagne, une Terre dont les Peintres ſe ſervent pour faire le Brun rouge, & une eſpéce d'Ambre jaune que les Payſans brûlent dans leurs lampes. Aux environs de cette Montagne, il y en a une moins élevée, où l'on voit trois ſources d'eau ſalée, qui peuvent fournir environ 150 pouces d'eau. Ces trois ſources ſont éloignées l'une de l'autre d'environ 6 ou 7 toiſes, & il y en a une autre fort près, dont l'eau eſt douce. Toutes ces ſources ſe réuniſſent enſemble, & forment un gros ruiſſeau, dont l'eau conſerve ſon goût ſalé, quoique moins fort, juſqu'à Cauviſſa.

Nous obſervâmes le 15 Janvier au ſoir, dans le Village qui eſt au pied de Bugarach, la hauteur du Vif-argent de 26 pouces 0 ligne, plus grande de 2 pouces 3 lignes & demie que celle que nous avions trouvée ſur le ſommet de la Montagne.

A MAGRIN.

Obſervations de la hauteur de diverſes Montagnes.

Le 6 Décembre 1700, nous obſervâmes du Château de Magrin, qui eſt éloigné de Puy-Laurent d'environ 2 lieues vers le Nord-Oueſt, la hauteur du Canigou de 0° 35′ 15″, celle de S. Barthelemy dans le pays de Foix de 0° 58′ 0″, celle du haut du Clocher de Puy-Laurent de 0° 13′ 0″, celle du Château de Monredon de 0° 16′ 30″, & la hauteur de la Chapelle de S. Jacques ſituée ſur la Montagne noire de 0° 43′ 0″.

Ayant déterminé par les Triangles, la diſtance de Magrin au Canigou de 66700 toiſes, à S. Barthelemy de 46264 toiſes, au Puy-Laurent de 4530 toiſes, à Monredon de 1769 toiſes, & à la Chapelle de S. Jacques de 14204 toiſes, on aura la hauteur du Canigou au-deſſus de Magrin de 1364 toiſes, celle de S. Barthelemy de 1107 toiſes & demie ; celle de Puy-Laurent de 20 toiſes, celle de Monredon de 125 toiſes, & la hauteur de la Chapelle de S. Jacques de 208 toiſes; mais l'on a déterminé du Signal du Nord la hauteur du Canigou ſur le niveau de la Mer de 1441 toiſes, & celle de S. Barthelemy de 1184 toiſes & demie. On aura donc par l'obſervation du Canigou, la hauteur de Magrin ſur le niveau de la Mer de 77 toiſes, préciſément de même que par l'obſervation de S. Barthelemy. Ajoutant la hauteur de Magrin ſur le niveau de la Mer, à celles qui ont été déterminées ci-deſſus, on aura la hauteur de Puy-Laurent ſur le niveau de la Mer de 97 toiſes, celle du Château de Monredon de 201 toiſes & à la hauteur de la Chapelle de S. Jacques, ſituée près d'Arſons ſur la Montagne noire, de 284 toiſes.

La Montagne noire eſt celle qui fournit l'eau pour le Canal de Languedoc, que l'on conſerve dans le Réſervoir de S. Fériol ; on conduit l'eau de ce Réſervoir par un Canal de communication au baſſin de Naurouge, qui eſt le point de partage du Canal de Languedoc, d'où l'eau ſe diſtribue, d'un côté, pour aller vers l'Océan, & de l'autre vers la Méditerranée.

A PUY-LAURENT.

Obſervations de la hauteur de diverſes Montagnes.

Le 5 Décembre 1700, nous obſervâmes du haut de la Tour de l'Egliſe de Puy-Laurent, la hauteur apparente de S. Barthelemy de 1° 2′ 0″, & celle de la Chapelle qui eſt au ſommet de la Montagne de Rupeyroux de 0° 1′ 40″.

La diſtance du Puy-Laurent à S. Barthelemy ayant été déterminée de 44233 toiſes, & celle de Puy-Laurent à Rupeyroux de 43521 toiſes, on aura la hauteur de S. Barthelemy ſur le Puy-Laurent de 1098 toiſes, & celle de Rupeyroux de 310 toiſes & demie. Ajoutant à ces hauteurs celle du Puy-Laurent ſur le niveau de la Mer, qui a été déterminée de 97 toiſes, on aura la hauteur de S. Barthelemy ſur le niveau de la Mer de 1195 toiſes, & celle de Rupeyroux de 407 toiſes & demie.

A RUPEYROUX.

Obſervations de la hauteur de diverſes Montagnes.

Le 17 Novembre 1700, nous obſervâmes de la Chapelle de S. Jean, qui eſt ſur le ſommet de la Montagne de Rupeyroux, la hauteur apparente du Plomb de Cantal dans l'Auvergne de 0° 17' 10", celle du Puy-Mary de 0° 13' 0", & celle du Puy de Violent de 0° 6' 15".

La hauteur de Rupeyroux ſur le niveau de la Mer, ayant été déterminée ci-deſſus de 407 toiſes & demie, & connoiſſant la diſtance de Rupeyroux au plomb de Cantal de 47665 toiſes, au Puy-Mary de 48824 toiſes, & au Puy de Violent de 48785 toiſes; on aura la hauteur du Plomb de Cantal ſur le niveau de la Mer de 993 toiſes, celle du Puy-Mary de 956 toiſes, & celle du Puy de Violent de 860 toiſes.

L'on voyoit de Rupeyroux, d'un côté vers le Nord les Montagnes de l'Auvergne, & de l'autre vers le Midi, les Montagnes des Pyrénées, quoique la plus proche, qui eſt celle de S. Barthelemy, en ſoit eloignée de 87740 toiſes. Ces Montagnes, au lieu de paroître élevées ſur l'horiſon, furent obſervées, à cauſe de la rondeur de la Terre, 13 à 14 minutes au-deſſous de l'horiſon artificiel, ce qui donneroit la hauteur de S. Barthelemy encore plus grande qu'elle n'a été déterminée par les obſervations précédentes.

Obſervations

Obſervation du Barométre.

Le 17 Novembre 1700, nous obſervâmes à 5 heures du ſoir, ſur le ſommet de la Montagne de Rupeyroux, la hauteur du Barométre de 25 pouces 8 lignes & demie. Elle fut obſervée ce jour-là à 6 heures du ſoir dans la Tour de l'Obſervatoire, de 28 pouces 3 lignes ; la différence eſt de 2 pouces 6 lignes & demie, qui répondent à 363 toiſes & demie, différence entre la hauteur de Rupeyroux ſur le niveau de la Mer, qui a été déterminée de 407 toiſes & demie, & la hauteur de la Tour de l'Obſervatoire ſur le niveau de la Mer, qui eſt de 44 toiſes.

A RODE'S.

Obſervations pour déterminer la hauteur de Rodès & de Mont-Salvy.

Le 10 Novembre 1700, nous obſervâmes du haut de la Tour de la Cathédrale de Rodès, la hauteur apparente de Mont-Salvy au-deſſus de l'horiſon artificiel, de 0ᵈ 1′ 0″.

La diſtance de Rodès à Rupeyroux, étant connue de 14228 toiſes, & celle de Rodès à Mont-Salvy de 20600 toiſes, on aura la hauteur de Rupeyroux au-deſſus de la Tour de Rodès, de 89 toiſes, & celle de Mont-Salvy de 54 toiſes & demie. Mais la hauteur de Rupeyroux, au-deſſus du niveau de la Mer, a été déterminée ci-deſſus de 407 toiſes & demie; on aura donc, la hauteur de la Tour de la Cathédrale de Rodès ſur le niveau de la Mer, de 318 toiſes & demie, & par conſéquent celle de Mont-Salvy de 373 toiſes.

Obſervation du Barométre.

Le 12 Novembre au ſoir, ayant porté un Barométre ſur le haut de la Tour de la Cathédrale de Rodès, nous trouvâmes la hauteur du Vif-argent de 26 pouces une ligne. Elle fut obſervée à Paris pendant tout le jour de 28 pouces

Suite des Mém. de 1718.   Q

une ligne; la différence est de 2 pouces, qui répondent à 274 toises & demie, hauteur de la Tour de Rodès sur la Tour de l'Observatoire.

Ayant mis le même jour le Baromètre en expérience, dans un lieu qui est plus bas d'environ 35 toises que le sommet de la Tour de Rodès, nous y trouvâmes la hauteur du Vif-argent de 26 pouces 5 lignes, plus petite qu'à Paris de 20 lignes, qui répondent à 239 toises & demie, hauteur de ce lieu sur la Tour de l'Observatoire.

A LA BASTIDE.

Observations de la hauteur de diverses Montagnes.

Le 29 Octobre 1700, nous observâmes du sommet de la Montagne de la Bastide, la hauteur apparente du Plomb de Cantal de 0^d $52'$ $0''$. Celle du Puy de Violent de 0^d $44'$ $40''$, celle du Mont-d'or de 0^d $18''$ $0''$, celle de la Courlande de 0^d $5'$ $0''$, & la hauteur de la Coste de 0^d $1'$ $40''$.

Ayant déterminé la distance de la Bastide au Cantal de 28954 toises; au Puy de Violent de 25383 toises, au Mont-d'or de 48588 toises, à la Courlande de 47580 toises, & à la Coste de 51637 toises, on aura la hauteur du Plomb de Cantal au-dessus de la Bastide de 562 toises, celle du Puy de Violent de 428 toises, celle du Mont-d'or de 617 toises, celle de la Courlande de 415 toises, & la hauteur de la Coste de 428 toises. Mais l'on a trouvé par l'observation de Rupeyroux, la hauteur du Plomb de Cantal sur le niveau de la Mer de 993 toises, & celle du Puy de Violent de 860 toises; on aura donc la hauteur de la Bastide sur le niveau de la Mer, par la premiere observation de 431 toises, & par la seconde de 432 toises, & par conséquent la hauteur du Mont-d'or sur le niveau de la Mer de 1048 toises, celle de la Courlande de 846 toises, & la hauteur de la Coste de 859 toises.

A LA COURLANDE.

Observation du Baromètre.

Le 12 Octobre 1700, ayant mis le Baromètre en expérience fur le fommet de la Montagne de la Courlande, nous trouvâmes à midi la hauteur du Vif-argent de 23 pouces 10 lignes. Elle fut obfervée à la même heure, dans la Tour de la Salle de l'Obfervatoire, de 27 pouces 10 lignes. La différence eft de 4 pouces 6 lignes, qui répondent à 802 toifes, hauteur de cette Montagne fur la Tour de l'Obfervatoire.

Cette Montagne n'eft éloignée que de 1672 toifes du fommet du Mont-d'or, où nous ne pûmes aller à caufe des neiges qui y étoient tombées le jour précédent.

A LA COSTE.

Observation du Baromètre.

Le 9 Octobre 1700, à 3 heures après-midi, nous trouvâmes, fur le fommet de la Montagne de la Cofte, la hauteur du Baromètre de 23 pouces 4 lignes. Elle fut obfervée le même jour à Paris fur les 5 heures du foir, de 27 pouces 10 lignes. La différence eft de quatre pouces 6 lignes, de même que dans l'obfervation précédente, quoique la Cofte foit plus élevée que la Courlande de 13 toifes.

A LAGE CHEVALIER.

Observations de la hauteur de diverfes Montagnes.

Ayant placé nos inftruments fur une Roche qui eft au fommet de la Montagne de Lage-Chevalier, nous obfervâmes la hauteur apparente du Mont-d'or de 0ᵈ 24′ 0″, celle de la Tour de Sermur de 0ᵈ 5′ 2″, celle du Clocher qui eft fur le Puy de Thou de 0ᵈ 17′ 0″, & la hauteur du Puy de Dome de 0ᵈ 21′ 10″.

Ayant déterminé la diftance de Lage-Chevalier au Mont-d'or de 49228 toiſes, à la Tour de Sermur de 20608 toiſes, au Puy de Thou de 7550 toiſes, & au Puy de Dome de 39556 toiſes, on aura la hauteur du Mont-d'or au-deſſus de Lage-Chevalier de 716 toiſes, celle de Sermur de 95 toiſes, celle du Puy de Thou de 46 toiſes 4 pieds, & la hauteur du Puy de Dome de 485 toiſes. Mais l'on a déterminé par l'obſervation de la Baſtide, la hauteur du Mont-d'or ſur le niveau de la Mer de 1048 toiſes. On aura donc la hauteur du ſommet de la Montagne de Lage-Chevalier ſur le niveau de la Mer de 332 toiſes, & par conſéquent la hauteur de la Tour de Sermur ſur le niveau de la Mer de 428 toiſes, celle du Puy de Thou de 378 toiſes 4 pieds, & la hauteur du Puy de Dome de 817 toiſes.

Le Puy de Dome eſt près de Clermont en Auvergne, & c'eſt ſur cette Montagne, dont la hauteur ſur le niveau de la Mer a été inconnue juſqu'à préſent, que M. du Perrier fit la célébre expérience du Barométre, qui eſt rapportée dans le Traité de l'Equilibre des Liqueurs de M. Paſcal.

A BOURGES.

Obſervation du Barométre.

Ayant mis le Barométre en expérience dans l'Hôtellerie du Bœuf, où nous étions logés; nous trouvâmes par pluſieurs obſervations comparées à celles qu'on avoit faites en même tems à Paris, que le Vif-argent s'y tenoit plus bas d'un peu plus de 3 lignes que dans la Tour de l'Obſervatoire. Ayant tranſporté le Barométre ſur le haut de la Tour de la Cathédrale, dont la hauteur eſt de 200 pieds au-deſſus du rez-de-chauſſée, nous obſervâmes que la hauteur du Vif-argent étoit moindre de 3 lignes qu'au pied de cette Tour.

CHAPITRE XI.

Méthode dont l'on s'est servi, pour réduire au niveau de la Mer les angles observés sur des Montagnes dans des plans différents.

LORSQUE l'horison du lieu d'où l'on observe, n'a pas d'inégalité sensible; alors les objets qui sont disposés tout à l'entour, étant à peu-près dans un même plan, la somme des angles observés entre ces objets doit être égale à 360 degrés; mais lorsque ces objets sont dans des plans fort différents, alors la somme des angles observés n'est point de 360 degrés; c'est pourquoi il est nécessaire de réduire ces angles à un même plan, lorsqu'on veut composer un angle total de deux, ou plusieurs angles observés dans des plans différents.

C'est ce qui est arrivé aux derniers Triangles de la Méridienne, & à plusieurs de ceux qui servent à les vérifier; ces angles ayant été observés entre divers objets, dont les uns étoient dans la plaine de Roussillon, & les autres sur des Montagnes fort élevées de différentes hauteurs.

Comme la division des instruments, dont on s'est servi pour observer les angles de position, n'étoit que d'environ 90 degrés; lorsqu'on avoit besoin pour former un Triangle, d'observer un angle qui excédoit le nombre de ces degrés, l'on étoit obligé de se servir de deux angles pris avec quelque objet qui fût entre deux, pour pouvoir les unir ensemble.

Voici la méthode que l'on a pratiquée pour déterminer les réductions qui conviennent à ces angles. On a jugé à propos d'en rapporter un exemple, pour pouvoir s'en servir dans une occasion semblable, & faire voir de quelle importance il étoit pour l'exactitude des Triangles de la Méridienne, de connoître la hauteur des Montagnes sur le

Q iij

niveau de la Mer qui étoit néceſſaire à cette réduction.

Soit (Fig. 6.) R, le ſommet du Canigou ; T, la Tour de Tautavel ; V, le Signal qui eſt à l'extrémité Septentrionale de la baſe du Rouſſillon, & S, le Signal qui eſt à l'extrémité Méridionale de cette baſe.

Dans le Triangle TVS, dont l'angle TVS excède 90 degrés ; on a obſervé du Signal du Nord, l'angle RVT entre Tautavel & le Canigou de 36° 12′ 55″ & l'angle RVS entre le Canigou & le Signal du Sud de 58° 12′ 15″, dont là ſomme 94° 25′ 10″ ſeroit égale à l'angle TVS, entre Tautavel & le Signal du Sud, ſi le point R étoit dans le plan du Triangle TVS prolongé juſques en R.

Soit mené du point R, qui repréſente le Canigou, RA perpendiculaire à la ſurface de la Mer, & du point T, qui repréſente Tautavel, TB perpendiculaire à la même ſurface. Soit auſſi menée du point A au point V, l'arc AEV & la corde AOV ; & du point B au point S, l'arc BES & la corde BXS. Ces deux arcs repréſentent chacun une portion de la circonférence de la Terre. Du point E, qui eſt à l'interſection commune de ces deux arcs, ſoit elevée ſur la ſurface de la Mer la perpendiculaire EID, qui rencontre la ligne ST, au point I, & la ligne RV, au point D. Cette perpendiculaire étant prolongée au-deſſous de la ſurface de la Mer, rencontrera la corde BXS en X, & la corde AOV en O. Du point V ſoit menée au point I, la ligne VI, qui étant prolongée, rencontrera la perpendiculaire RA en M. La ligne VIM, ſera dans le plan du Triangle TVS ; & par conséquent, ſi l'on joint les lignes SM & TM, les trois Triangles TVS, TVM & MVS ſeront dans le même plan, & la ſomme des deux angles TVM, MVS, ſera égale à l'angle total TVS. Soient menés du point A aux points S & B, les arcs AS, AB, auſſi bien que les cordes qui ſoutendent ces arcs, & du point E aux points A & V, les cordes AE & EV.

Dans le Triangle SIV, la baſe SV ayant été meſurée de 7246 toiſes 2 pieds, l'angle TSV ayant été obſervé de

54° 3′ 30″, & l'angle *RVS* ou *IVS*, qui n'en diffère que d'environ deux minutes, comme on le verra dans la suite, ayant aussi été déterminé de 58° 12′ 25″, on aura le côté *SI* de 6650 toises, & le côté *VI* de 6335 toises.

Le côté *RV*, étant connu de 28767 toises, qui, réduites en minutes de degré, font 30′ 47″, l'on peut, sans erreur sensible, supposer l'arc *AEV* de cette grandeur. Pareillement le côté *VI* ayant été déterminé de 6335 toises, qui, réduites en minutes de degré font 6′ 40″, on peut supposer l'arc *EV* de cette grandeur. Retranchant l'arc *EV* de l'arc *AEV*, l'on aura l'arc *AE* de 23′ 34″, & par conséquent l'angle *AVE* qui soutend cet arc à la circonférence, lequel est la moitié de l'angle au centre, de 11′ 47″.

On a donc dans le Triangle *EOV*, que l'on peut supposer rectangle en *O*, l'hypothenuse *EV*, de 6335 toises, & l'angle *OVE* de 11′ 47″; & par conséquent on aura *EO*, hauteur de la surface de la Mer sur la corde *AOV*, de 21 toises 4 pieds.

On trouvera de même *EX*, hauteur de la surface de la Mer sur la corde *SXB* de 7 toises 2 pieds, qui étant retranchés de *EO*, que l'on vient de trouver de 21 toises 4 pieds, reste *XO* de 14 toises 2 pieds.

Dans les Triangles *STB*, *SIX*, que l'on peut supposer semblables, l'on aura comme *ST*, qui est de 13796 toises, est à *SI*, 6650 toises, ainsi *TB*, hauteur de Tautavel sur le niveau de la Mer, qui a été déterminée de 258 toises, est à *IX*, que l'on trouvera de 124 toises 2 pieds, auquel, si l'on ajoute *XO*, que l'on a trouvé ci-dessus de 14 toises 2 pieds, on aura *IO* de 138 toises 4 pieds.

Du point *A* soient menées les Tangentes *AP*, *AQ*, *AZ*, aux arcs *AV*, *AB*, *AS*, & du point *B* soit menée *BY*, Tangente à l'arc *AB*. L'arc *AEV*, ayant été supposé ci-dessus de 30′ 14″, on aura l'angle *PAV*, que cette Tangente fait avec la corde *AV*, & qui est la moitié de l'angle au centre, de 15′ 7″; ajoutant l'angle *PAV* à l'angle droit *RAP*, on aura l'angle *RAV* de 90° 15′ 7″.

RS étant de 25700 toifes, qui réduites en minutes de degré font 27′ 0″, on peut, fans erreur fenfible, fuppofer l'arc AS de cette grandeur, & on aura l'angle ZAS, que la Tangente AZ fait avec la corde AS, de 13′ 30″, qui étant ajouté à l'angle droit RAZ, donne l'angle RAS de 90°. 13′ 30′.

RT étant de 20812 toifes, qui réduites en minutes de degré font 21′ 52″, on peut auffi fuppofer l'arc AB de cette grandeur, & on aura les angles QAB & ABY de 10′ 56″, qui étant ajoutés aux angles droits RAQ & TBY de 10′ 56″, donnent les angles RAB & TBA de 90°. 10′ 56″.

Dans le Triangle ATB, le côté que l'on fuppofe ici égal à RT, étant connu de 20812 toifes, de même que TB, hauteur de Tautavel fur le niveau de la Mer de 258 toifes, & l'angle ABT venant d'être déterminé de 90° 10′ 56″, on aura l'angle BAT de 0° 42′ 38″, qui étant retranché de l'angle RAB de 90° 10′ 56″, refte l'angle RAT de 89°. 28′ 18″.

Préfentement dans les Triangles RAT, RAV, RAS, le côté RA qui leur eft commun, ayant été déterminé de 1441 toifes, & connoiffant le côté RT, de 20812 toifes 3 pouces, le côté RV de 28767 toifes 2 pouces, & RS de 25700 toifes 5 pouces, auffi-bien que les angles RAT de 89° 28′ 18″, RAV de 90° 15′ 7″, & RAS de 90° 13′ 30″, on aura le côté AT de 20775 toifes 2 pouces, le côté AV de 28725 toifes, & le côté AS de 25653 toifes 2 pouces.

Dans les Triangles VAM, VOI, que l'on peut fuppofer femblables, on aura comme OV ou EV, qui n'en differe pas confidérablement, qu'on a trouvé de 6335 toifes, eft à AV de 28725 toifes ; ainfi IO qui a été trouvé ci-devant de 138 toifes 4 pieds, eft à AM, que l'on trouvera de 628 toifes 5 pieds. Et par conféquent dans les Triangles MAS, MAV, MAT, dont le côté AM eft commun, & les côtés AT, AV, AS, font connus, auffi-bien que les angles compris, MAT, MAV, MAS, on aura le côté MS de

25663

25683 toifes 3 pieds, le côté *MV* de 28734 toifes, & le côté *MT* de 20779 toifes 3 pieds. On a donc dans les deux Triangles *MTV* & *MSV*, qui font dans un même plan, tous les côtés *MT*, *TV*, *MV*, *MS*, *SV* connus, & par conféquent on connoîtra l'angle *MVT*, de 36° 12′ 15″ & l'angle *MVS*, ou *IVS* de 58° 10′ 10″. La fomme de ces deux angles eft égale à l'angle cherché *TVS*, qui fera par conféquent de 94° 22′ 25″, plus petit de 2′ 45″ que celui qui réfulte de la fomme des angles *RVT*, *RVS*, obfervés dans deux plans différens.

Comme cette méthode ne donne la grandeur de l'angle *TVS* que par approximation, on pourroit, pour une plus grande précifion, connoiffant la valeur de l'angle *IVS* & des cordes *AB*, *AV*, *AS*, recommencer le calcul; mais comme on n'y troüveroit aucune différence fenfible, on peut s'en tenir à ce qui vient d'être déterminé.

On a trouvé, par la Méthode que je viens de rapporter, 2′ 25″ à retrancher de l'angle *RST*, 3′ 45″ à retrancher de l'angle *RTV*, 1′ 45″ à retrancher de l'angle *RSV*, ce qui fait connoître la néceffité qu'il y avoit d'avoir égard à cette correction, puifque dans les trois Triangles *RTS*, *RTV*, *RSV*, dans chacun defquels on n'a pû obferver que deux angles, le fommet du Canigou étant alors inacceffible, à caufe des neiges dont il étoit couvert, toute l'erreur auroit été rejettée fur le troifiéme angle.

L'exemple que j'ai propofé eft un des plus fimples qu'il y ait, les deux ftations *S* & *V* étant à peu près au niveau de la Mer, au lieu que fi elles avoient été élevées fur la furface de la Mer, il auroit fallu avoir égard à leur hauteur.

Lorfqu'un angle n'a pas été obfervé immédiatement, mais qu'il a été déterminé par la différence entre deux angles obfervés, comme, par exemple, fi l'on fuppofe que l'angle *TVS* ait été obfervé immédiatement de 94° 22′ 25″, & l'angle *RVT* de 36° 12′ 55″, alors pour connoître l'angle *RVS*, qui réfulte de la différence de ces deux angles, il faut réduire l'angle *RVT* au plan du Triangle *TVS*,

& on aura l'Angle TVM comme ci-deſſus de 36° 12ʹ 15ʺ, qui étant retranché de l'angle TVS de 94° 22ʹ 25ʺ, donne l'angle SVM de 58° 10ʹ 10ʺ. Cet angle étant réduit au point R, on aura l'angle SVR de 58° 12ʹ 15ʺ plus grand de 2ʹ 45ʺ, que celui qui auroit réſulté de la différence entre l'angle TVS, & l'angle TVR, ſi l'on avoit négligé cette correction.

Si le point R s'étoit trouvé au-deſſous du plan du Triangle TVS, au lieu qu'il étoit au-deſſus dans notre exemple, il auroit fallu prolonger la perpendiculaire RA, juſqu'à ce qu'elle eût rencontré le plan du Triangle TVS prolongé, & faire les mêmes opérations que ci-deſſus.

CHAPITRE XII.

Obſervations faites pour déterminer la ſituation des principaux endroits de la Côte du Languedoc & de diverſes Villes de cette Province.

PENDANT le ſéjour que nous fimes en Rouſſillon, tant pour y meſurer une baſe actuelle, que pour obſerver la hauteur Méridienne de diverſes Étoiles fixes; nous aurions ſouhaité y pouvoir faire quelques obſervations des Eclipſes des Satellites de Jupiter, pour examiner ſi elles s'accorderoient à donner la même détermination du Méridien de Paris, que celle que nous avions trouvée par la ſuite des Triangles: mais comme Jupiter étoit pour lors dans les rayons du Soleil, tems auquel on ne peut point faire de ces ſortes d'obſervations, nous réſolumes d'y ſuppléer, en déterminant, par rapport aux Triangles de la Méridienne, la ſituation de Séte & de Montpellier, où M. Picard avoit fait en 1674 quelques obſervations des Satellites de Jupiter, qui ſont rapportées dans le Livre des Voyages de l'Académie.

Nous avions déja obſervé de la Montagne de Bugarach en Languedoc, une Chapelle qui eſt ſur le Mont d'Agde,

le Mont de Séte, & quelques autres Montagnes plus éloignées ; ainfi il ne reftoit plus qu'à obferver ces mêmes objets de quelques Montagnes du Rouffillon, pour déterminer leur fituation, en formant de nouveaux Triangles liés
à ceux de la Méridienne. Nous allâmes pour cet effet,
pendant notre féjour à Collioure, plufieurs fois au Fort de
S. Elme, pour tâcher de découvrir ces objets, mais nous
ne pûmes les appercevoir, même dans un tems fort ferein,
ce qui nous fit jüger que la rondeur de la Terre y étoit un
obftacle, c'eft pourquoi nous prîmes le parti d'aller à la
Tour de la Maffane, qui eft élevée fur le niveau de la Mer
de 408 toifes, d'où nous découvrimes, en effet, le Mont
d'Agde, & la plûpart des autres objets que nous avions
apperçus de Bugarach.

Au fortir du Rouffillon, nous allâmes à Agde, à Séte,
à Montpellier, & en divers autres lieux du Languedoc,
pour y former les Triangles fuivans, rapportés dans la
fixiéme Planche.

Dans la neuvième Planche.

A , la Pointe la plus élevée du Puy de Bugarach.
B , la Pointe la plus élevée du Canigou.
C , la Tour de la Maffane.
D , la Tour de la Matelotte.
E , la Chapelle de S. Loup fur le fommet du Mont
     d'Agde.
F , la Tour de la Cathédrale de Beziers.
G , la Chapelle de S. Clair fur le fommet du Mont de
     Séte.
K , le Fanal qui eft à l'extrémité du Port de Séte.
H , le Fanal qui eft fur la Tour de Conftans à Aigues-
     mortes.
I , le fommet du Puy S. Loup.
L , le milieu de l'Eglife de Maguélonne.
M , la Tour de Notre-Dame de Montpellier.
N , la Tour-Magne près de Nîmes.

O , une Montage près de Cavaillon.
V , le sommet du Mont Ventoux.
P , le Roc de Don dans l'enceinte d'Avignon.

Au Triangle ACE.

AC 34292

ACE 75 50 45
CAE 65 25 40

Donc CE 49832
& AE 53131

Autrement pour AE par la
Tour de la Matelotte au
Triangle ADE.

AD 36208

DAE 63 58 15
AED 41 8 20

Donc DE 49452
& AE 53131

Autrement pour AE par la
Montagne du Canigou au
Triangle ABE.

AB 19948

BAE 108 49 45
ABE 17 35 20

Donc BE 62478
& AE 53120

Au Triangle AEF.

AE 53131

FAE 10 12 0
AEF 39 0 20

Donc AF 44169
& EF 12428

Au Triangle FEG.

EF 12428

FEG 130 16 20
EGF 20 15 15

Donc FG 20031
& EG 9610

Autrement pour la Position
du Mont de Sète au
Triangle ADG.

AD 36208

DAG 65 35 25
AGD 34 41 45

Donc DG 57923
& AG 62586

Au Triangle AEI.

AE 53131

AEI 142 30 20
EAI 13 26 50

Donc AI 79363
& EI 30321

Au Triangle GEI.

EI 30321
EG 9610
GEI 26 46. 0

Donc EGI 11 15 30
EIG 141 58 30
& GI 22168

Au Triangle GIH.

GI 22168
HGI 51 35 20
GHI 61 51 0

Donc GH 23067
& HI 19700

Au Triangle GHL.

GH 23067
HGL 12 48 0
GHL 10 8 0

Donc GL 10413
& HL 13117

Au Triangle HLM.

HL 13117
LHM 24 17 40
HML 77 54 50

Donc HM 13110
& LM 13116

Au Triangle HIN.

HI 19700
IHN 75 7 25
HNI 57 53 45

Donc IN 22477
& HN 17004

Au Triangle HNO.

HN 17004
NHO 52 52 10
HNO 97 14 35

Donc HO 33851
& NO 27205

*Pour la Position du Mont
Ventoux au Triangle
HGV.*

GH 23067
HGV 9 48 50
GHV 166 10 30

Donc GV 78792
& HV 56202

*Autrement pour la Position
du Mont Ventoux au
Triangle HMV.*

HM 13110
HMV 39 39 30
MHV 131 47 0

Donc MV 65693
& HV 56225

R iij

Les nuages qui couvroient le Mont Ventoux, dans le
tems que nous reſtâmes à Nîmes, nous empêcherent de
l'obſerver dè la Tour-Magne qui eſt près de cette Ville, ce
qui nous auroit donné une détermination plus exacte de
la poſition, que cèlle que nous avons eue par les Triangles
précédens.

I.

*Méthode dont on s'eſt ſervi pour déterminer la ſituation
d'Avignon.*

Pour déterminer la ſituation d'Avignon, par rapport à
la Ligne Méridienne de Paris, nous allâmes ſur le Roc de
Don, qui eſt dans l'enceinte de cette Ville, où nous plaçâmes une planchette proche d'une Croix qui eſt ſur ce Rocher, & nous y obſervâmes l'angle de poſition entre le
ſommet du Mont Ventoux & l'objet O vers Cavaillon de
105° 0′. Nous obſervâmes auſſi la hauteur du Pôle d'A-
vignon de 43° 57′.

La latitude d'Avignon étant connüe, auſſi bien que l'angle de poſition VPO, entre le Mont Ventoux & l'objet O
(Fig. 2. Pl. 9.) il eſt aiſé de déterminer ſur une Carte Géographique, la ſituation de cette Ville, en décrivant un
cercle qui paſſe par les points O & V, dont l'angle à la circonférence ſoit de 105 dégrés, & traçant le parallele d'A-
vignon, l'interſection P de ce cercle avec le parallele, détermine la ſituation d'Avignon.

On peut auſſi déterminer la ſituation d'Avignon par le
calcul en cette maniere.

Soit V le ſommet du Mont Ventoux; O, le ſommet de
la Montagne près de Cavaillon; OV, la diſtance entre ces
deux Montagnes déterminée par les Triangles de 28614
toiſes.

La ſituation du Mont Ventoux & de la Montagne O
étant déterminées par rapport aux Triangles de la Méridienne, on trouvera la différence entre le Parallele de Paris & celui du Mont Ventoux de 267140 toiſes, ou 4°

40ᵉ 42″, & la différence entre le parallele de Paris & celui de la Montagne près de Cavaillon de 293200 toifes, ou 5° 8′ 5″. La hauteur du Pôle d'Avignon ayant auffi été obfervée de 43° 57′ 0″, on aura la différence entre le parallele de Paris & celui d'Avignon de 4° 53′ 10″.

Soient tirées les lignes *VB*, *PD*, *OI*, qui repréfentent les paralleles du Mont Ventoux, d'Avignon & de la Montagne *O*, & qui foient éloignées entr'elles de la différence entre ces paralleles. Soient faits les angles *AOV*, *OVA*, chacun de 15 degrés; & du point *A* à l'intervalle *AV* foit décrit le cercle *OPV* qui coupe le parallele *PD* d'Avignon au point *P*. Le point *P* repréfentera le lieu où l'on a obfervé à Avignon. Car les angles *AOV* & *AVO* étant chacun de 15 degrés, on aura l'angle *OAV* de 150 degrés, l'angle *OIV* à la circonférence de 75 degrés, & par conféquent l'angle *OPV*, qui eft fon fupplément, à deux droits de 105 degrés, tel qu'il a été obfervé du Roc de Don qui eft dans l'enceinte d'Avignon.

Dans le Triangle *OAV*, dont les trois angles font connus, & le côté *OV* eft déterminé par les Triangles de 28614 toifes, l'on aura les côtés *AO* & *AV* chacun de 14812 toifes.

Soient menées des points *O* & *A* les perpendiculaires *OB*, *AC*, à la ligne *BV*. Dans les Triangles *OBV*, rectangle en *B*, l'hypothenufe *OV* étant connue de 28614 toifes, & le côté *OB*, différence entre les paralleles du Mont Ventoux & de la Montagne *O*, étant de 0° 27′ 23″, ou 26060 toifes, on aura l'angle *OVB* de 65° 36′ 15″, qui étant ajouté à l'angle *OVA* de 15° 0′ 0″, donne l'angle *AVC* de 80° 36′ 15″; & par conféquent dans le Triangle *ACV* rectangle en *C*, l'hypothénufe *AV* étant connue de 14812 toifes, & l'angle *AVC* de 80° 36′ 15″, on aura le côté *AC* de 14613 toifes, dont fi l'on retranche *CD* différence entre les paralleles d'Avignon & du Mont Ventoux de 12′ 28″, ou 11864 toifes, l'on aura le côté *AD* de 2749 toifes. Préfentement dans le Triangle rectangle *ADP*, le côté *AP* ou *AV* étant connu de 14812 toiſes, & le côté *AD* de 2749 toiſes, on aura l'angle *PAD* de 79° 18′ 15″, qui étant ajouté à l'angle *CAV* de 9° 23′ 45″, qui eſt le complément de l'angle *AVC*, déterminé de 80° 36′ 15″, donne l'angle *PAV*, de 88° 42′ 0″ double de l'angle à la circonférence *POV*, qui ſera par conſéquent de 44° 21′ 0″; & dans le Triangle *POV*, dont les angles *POV* & *OPV*, ſont connus auſſi-bien que le côté *OV* de 28614 toiſes, l'on aura *PV*, diſtance du Roc de Don dans l'enceinte d'Avignon au Mont Ventoux, de 20708; & *PO* diſtance d'Avignon à la Montagne *O*, près de Cavaillon, de 15067 toiſes.

La ſituation d'Avignon étant ainſi déterminée, par rapport aux Triangles de la Méridienne, on trouvera la diſtance d'Avignon au Méridien de Paris, de 104040 toiſes ou 2° 31′ 52″ ½, dont Avignon eſt plus Oriental que Paris.

Par la comparaiſon des obſervations de l'Eclipſe de Lune du 22 Février 1701 rapportée dans les Mémoires de l'Académie Royale des Sciences, l'on a trouvé la différence entre les Méridiens de Paris & d'Avignon, par le milieu de l'Eclipſe de 10′ 26″, & par la fin de 9′ 31″. Celle que l'on vient de déterminer de 2° 31′ 52″ ½, ou de 10′ 7″ ½ de tems eſt moyenne entre ces différences.

Diſtances entre divers lieux, déterminés par les Obſervations.

Toiſes.

50092   Diſtance de la Tour de la Maſſane à la Tour de la Cathédrale d'Agde.

1670   De la Chapelle de S. Loup à la Tour d'Agde.

10031   De la Chapelle de S. Clair ſur le Mont de Séte à la Tour d'Agde.

2012   De la Chapelle de S. Loup ſur le Mont d'Agde au Fort de Breſcou.

10993

10993   De la Chapelle de S. Clair au Fort de Brefcou.

3694   De la Chapelle de S. Loup au Clocher de Vias.

12285   De la Chapelle de S. Clair au Clocher de Vias.

3555   De la Chapelle de S. Loup au Clocher de Marfeillan.

6940   De la Chapelle de S. Clair au Clocher de Marfeillan.

11006   De la Chapelle de S. Loup à la Chapelle des Bains de Balaruc.

2179   De la Chapelle de S. Clair à la Chapelle des Bains de Balaruc.

11989   De la Chapelle de S. Loup à la Tour du Village de Balaruc.

3329   De la Chapelle de S. Clair à la Tour de Balaruc.

9998   De la Chapelle de S. Loup au Fanal de Sete.

783   De la Chapelle de S. Clair au Fanal de Sete.

2634   De la Chapelle des Bains de Balaruc au Fanal de Sete.

10673   De la Chapelle de S. Loup à la Tour de Bouzigues.

2797   De la Chapelle de S. Clair à Bouzigues.

2722   De la Chapelle des Bains de Balaruc au Clocher de Pouffan.

4946   De la Chapelle de S. Clair au Clocher de Pouffan.

8479   De la Chapelle de S. Loup à la Tour de Maize.

3456   De la Chapelle de S. Clair à la Tour de Maize.

8021   De la Tour de Conftans d'Aiguefmortes à la Tour de Vauvert.

9033   De la Tour-Magne près de Nîmes à la Tour de Vauvert.

16903   De la Tour de Conftans à la Tour de l'Hôtel de Ville de Nîmes.

450   De la Tour-Magne à la Tour de l'Hôtel-de-Ville de Nîmes.

16939   De la Tour de Conſtans à la Tour de la Cathédrale de Nîmes.

  516   De la Tour-Magne à la Tour de la Cathédrale
  de Nîmes.

Diſtances de divers lieux à la Méridienne de l'Obſervatoire.	Diſtance de l'Obſervatoire à la perpendiculaire tirée de divers lieux ſur la Méridienne.

	Toiſes.		Toiſes.
Tour de Beziers	36035	Or.	314100
Tour d'Agde	46822		315552
Chapelle de S. Loup	48250		316424
Chapelle de S. Clair	55728		310414
Fanal de Sete	56429		310722
Puy de S. Loup	60735		288795
Montpellier	63625		298444
Egliſe de Maguelonne	63914		303956
Tour de Conſtans	76572		300509
Tour-Magne	82835		284703
Avignon	104045		
Montagne O	109187		291454
Mont-Ventoux	120129		265000

II.

Méthode dont on s'eſt ſervi pour vérifier la direction de la Méridienne de Sete.

Dans le voyage que M. Picard fit en l'année 1674 dans
le bas Languedoc, lequel eſt rapporté dans le Livre des
Voyages de l'Académie, il obſerva à Sete, du haut d'une
Roche eſcarpée, qui eſt près du nouveau Mole, que le ver-
tical du milieu de l'Egliſe de Maguelonne déclinoit du
Nord vers l'Orient de 49° 53′ 0″.

Pour examiner, ſi la Ligne Méridienne, qui réſultoit de

la fuite des Triangles,s'accordoit à celle que M. Picard avoit
ainfi établie, nous nous fommes fervi de la diftance de la
Chapelle de S. Clair au Fanal de Sete, qui a été trouvée
ci-deffus de 783 toifes; & ayant pris cette diftance pour
échelle, nous avons déterminé, par le moyen d'un plan
exact du Port de Sete, que M. d'Afté Ingénieur de cette
Place nous a communiqué, la fituation du lieu où M. Picard avoit fait fes obfervations, à l'égard de la Chapelle de
S. Clair, qui eft un des lieux déterminés par les Triangles
de la Méridienne.

Nous avons enfuite réduit le Méridien du lieu où M.
Picard avoit obfervé,au Méridien de la Chapelle de S. Clair
en cette maniere.

Soit G (Fig. 3.) la Chapelle de S. Clair fur le Mont de
Sete, R le Rocher où M. Picard a obfervé, qui eft éloigné
de cette Chapelle de 530 toifes; L, le milieu de l'Eglife de
Maguelonne, dont la diftance à la Chapelle de S. Clair a
été déterminée de 10413 toifes; RP, le Méridien du lieu
où M. Picard a obfervé, qui fait avec le vertical de l'Eglife
de Maguelonne, l'angle PRL de 49° 53′ 0″, GP, le Méridien de la Chapelle de S. Clair, GO, la perpendiculaire
tirée de la Chapelle de S. Clair fur la Méridienne de Paris;
LGR l'angle, que le rayon GL, tiré de la Chapelle S. Clair
à Maguelonne, fait avec la ligne GR, que l'on a déterminée de 87 degrés.

Dans le Triangle LGR, les côtés LG de 10413 toifes,
& GR de 530 toifes étant connus, auffi-bien que l'angle
LGR de 87 degrés, on aura l'angle GLR de 2° 55′, qui
étant ajouté à l'angle PRL de 49° 53′ 0″, que le Méridien
qui paffe par le Nord fait avec le vertical de Maguelonne,
donne l'angle LTP de 52° 48′ 0″. Cet angle excède de
20 fecondes, l'angle LGP que le rayon GL, tiré de la Chapelle de S. Clair à Maguelonne, fait avec le Méridien GP,
lequel eft par conféquent de 52° 47′ 40″.

Par les Triangles de la Méridienne, l'angle LGO, que
GL fait avec la perpendiculaire GO, tirée de la Chapelle de

S ij

S. Clair sur la Méridienne de Paris, est de 141° 51′ 15″;
dont si l'on retranche l'angle *OGP*, que cette perpendiculaire fait avec le Méridien de la Chapelle de S. Clair, qui a
a été calculé de 89° 4′ 37″, on aura l'angle *LGP*, que le
rayon *GL*, tiré de la Chapelle de S. Clair à Maguelonne
fait avec le Méridien de Sete, de 52° 46′ 38″, lequel ne
diffère que d'environ une minute de celui que l'on a déterminé par les observations de M. Picard, réduites à la
Chapelle de S. Clair, qui est sur le Mont de Sete.

III.
*Vérification de la Ligne Méridienne de l'Observatoire Royal
de Paris, par l'Observation du premier Satellite
de Jupiter faite à Sete.*

Notre dessein principal, dans la détermination du lieu
où M. Picard avoit fait ces observations à Sete, étoit d'examiner, si la distance de Sete au Méridien de Paris déterminée par les Triangles, s'accordoit à celle qui résulte des
observations des Satellites de Jupiter.

Par les Triangles de la Méridienne, la distance du lieu
où M. Picard a observé à Sete, à la Méridienne de Paris,
est de 56086 toises, ou 58′ 56″ de degré d'un grand cercle, qui étant réduits au parallele de Sete, donnent 1° 20′
8″, ou 0ʰ 5′ 24″ ½ de tems, pour la différence entre le
Méridien de l'Observatoire Royal de Paris, & celui de Sete.

M. Picard observa à Sete, le 7 Juin 1674, une Emer-
sion du premier Satellite de Jupiter à 0ʰ 40′ 22″ du matin; & par la comparaison qu'il en fait avec une observation
du même Satellite, faite à Paris le 30 Mai à 10ʰ 41′ 22″ du
soir, il détermine la différence entre le Méridien de Paris, & celui de Sete de 0ʰ 5′ 30″ de tems. La différence
entre ce qui résulte des observations des Satellites de Jupiter & des nôtres, n'est que de 5 secondes & demie, quoiqu'on n'ait point fait à Paris d'observation correspondante
à celle de Sete, ce qui auroit donné encore une plus grande précision.

IV.

Vérification de la Ligne Méridienne de l'Obſervatoire Royal de Paris, par l'Obſervation du premier Satellite de Jupiter faite à Montpellier.

La ſituation de Montpellier, ayant été déterminée par rapport aux Triangles de la Méridienne, nous avons trouvé ſa diſtance à la Méridienne de Paris de 63625 toiſes, ou 1° 6′ 51″ d'un grand cercle, qui étant réduits au parallele de Montpellier, donnent 1° 32′ 20″, ou 0ʰ 6′ 9″ 20‴ de tems pour la différence entre le Méridien de Paris & celui de Montpellier.

M. Picard obſerva à Montpellier le 15 Juin 1674, une Emerſion du premier Satellite de Jupiter à 9ʰ 2′ 25″ du ſoir. Cette même Emerſion fut obſervée à Paris à 8ʰ 56′ 15″ du ſoir. La différence eſt de 6′ 10″, dont Montpellier eſt plus Oriental que Paris, ce qui s'accorde dans la ſeconde avec ce qui réſulte des Triangles de la Méridienne.

On voit par-là, l'accord des obſervations des Satellites de Jupiter, avec des dimenſions que nous avons priſes ſur la Terre, dans la détermination de la différence des Méridiens, ce qui confirme la poſition de la Ligne Méridienne de l'Obſervatoire Royal de Paris, & fait voir en même tems l'exactitude que l'on peut attendre des obſervations des Satellites de Jupiter.

CHAPITRE XIII.

Obſervations faites pour déterminer la grandeur des degrés de la circonférence de la Terre.

APRE's avoir terminé les Triangles de la Méridienne par la Meſure actuelle du Rouſſillon, il étoit néceſ-faire d'obſerver vers les Confins du Royaume, les hauteurs Méridiennes de diverſes Etoiles fixes, pour les comparer à celles que nous devions obſerver à notre retour à Paris, & déterminer en degrés & minutes, l'arc du Méridien inter-cepté entre Paris & l'extrémité de la Méridienne, lequel étant connu en toiſes, donne la grandeur des degrés & minutes de la circonférence de la Terre.

Pour faire ces obſervations avec toute l'exactitude poſſi-ble, nous avions eu ſoin de porter avec nous un Limbe de cuivre de 26 degrés, & de 10 pieds de rayon, diviſé très-exactement en degrés & minutes.

Etant à Perpignan, nous fîmes garnir ce Limbe de di-verſes régles de fer, de la maniere qu'il eſt repreſenté dans la Figure ci-jointe. Nous déterminâmes avec beaucoup de ſoin (Pl. 10. Fig. 1.) le centre *C* de l'inſtrument, & nous y plaçâmes un cheveu qui tenoit un plomb ſuſpendu, pour marquer ſur la diviſion les degrés & les minutes de la hau-teur. Nous plaçâmes à l'extrémité *A* du Limbe *A B*, une Lunette *A E* de trois pieds de longueur, portée ſur une alidade de fer, dont l'axe étoit parallele au rayon *C F*, qui paſſe par le centre *C* & le milieu *F* du Limbe, & nous l'arrêtâmes fixe dans cette ſituation.

Nous choſîmes, pour faire nos obſervations, la Ville de Collioure, qui eſt ſur la frontiere de l'Eſpagne, où nous fûmes logés dans la maiſon de M. Rouſſelot Ingénieur gé-néral du Rouſſillon, & Major de cette Place. Nous plaçâ-mes notre grand Inſtrument dans une de ſes chambres, &

nous fîmes faire une ouverture fur le toit, pour pouvoir obferver les Etoiles qui paffent près du Zénith de Collioure.

On découvroit de cette maifon, les Tours du Fort S.
Elme & de la Maffane; ce qui nous donna la commodité de
déterminer avec beaucoup de précifion, la fituation du lieu
d'où nous obfervions à l'égard de la Méridienne. Car ayant
obfervé de ce lieu l'angle de pofition entre ces deux Tours,
nous allâmes au Fort de S. Elme & à la Tour de la Maffane, d'où l'on appercevoit l'ouverture que l'on avoit fait fur
le toit de la maifon de Collioure; & nous obfervâmes les
angles que ces Tours faifoient à l'égard de la maifon de
Collioure.

Nous eûmes par ce moyen, les trois angles du Triangle
formé par la maifon de Collioure, la Tour de S. Elme &
la Tour de la Maffane, dont la bafe eft la diftance de S.
Elme à la Maffane, qui a été déterminée par les Triangles
de 3086 toifes.

Ayant placé le Limbe AB dans une fituation verticale,
nous dirigeâmes le fil horifontal de la Lunette de manière
qu'il rafoit exactement l'horifon de la Mer; nous plaçâmes
enfuite l'inftument fur une ligne Méridienne, que nous
avions tracée avec grand foin, & nous nous préparâmes à
obferver la hauteur Méridienne de diverfes Etoiles fixes,
qui paffoient proche du Zénith de Collioure, & principalement de la Chévre qui paffoient par le Méridien à une
heure commode.

On prenoit d'abord des hauteurs correfpondantes de ces
Etoiles, avant & après leur paffage par le Méridien, pour en
déterminer l'inftant, & nous en fervir dans les jours fuivants, ayant égard à leur anticipation journaliere. On plaçoit enfuite l'Etoile fur le fil horifontal de la Lunette, à
l'heure précife de fon paffage par le Méridien, & on obfervoit les degrés & minutes, que le cheveu CD marquoit
fur la divifion du limbe AB.

Après avoir réitéré ces obfervations pendant plufieurs
jours, l'on tournoit l'inftrument de forte que l'extrémité A

du Limbe qui étoit vers le Midi, fût vers le Nord, comme il eſt marqué dans la ſeconde Figure ; & alors ayant placé l'Etoile ſur le fil horiſontal de la Lunette, dans le tems de ſon paſſage par le Méridien, on obſervoit les degrés, que le cheveu *CD* marquoit ſur la diviſion du Limbe *AB*.

La différence entre les degrés de la hauteur de l'Etoile, priſe avec l'inſtrument tourné dans les deux ſens contraires, étant partagée en deux également, donne la diſtance apparente de l'Etoile au Zénith.

Nous trouvâmes par ce moyen, au mois de Mars de l'année 1701, la diſtance apparente de la Chévre au Zénith de Collioure de 3° 7′ 8″ vers le Nord, à laquelle il faut ajoûter 3 ſecondes, à cauſe de la réfraction qui diminue d'autant la diſtance de cette Etoile au Zénith, & on aura la diſtance véritable de la Chévre au Zénith de Collioure de . . . . 3° 7′ 11″ vers le Nord.

Nous trouvâmes auſſi la diſtance apparente de l'épaule d'Auriga au Zénith de Collioure, de 2° 20′ 42″ vers le Nord.

La diſtance apparente de la précédente de la patte de la grande Ourſe au Zénith de Collioure, de 1° 51′ 52″ vers le Nord.

La diſtance apparente de la ſuivante de la patte de la grande Ourſe au Zénith de Collioure, de 0° 27′ 57″ vers le Nord, & la diſtance apparente de la Lyre au Zénith de Collioure, de . . . . 49° 0′ 30″ vers le Midi.

Entre ces obſervations, celles de la Chévre & de la Lyre ont été faites avec le plus d'exactitude, & l'on a eu la commodité d'obſerver la Chévre de jour, ſans avoir beſoin de lumiere pour éclairer les fils de la Lunette.

Après notre retour à Paris, nous fîmes monter le même inſtrument dont nous nous étions ſervi à Collioure, & afin d'éviter le ſcrupule, qu'on peut avoir de quelques variations dans la hauteur des Etoiles fixes en différentes ſaiſons de l'année, comme on l'a obſervé en pluſieurs autres Etoiles fixes, nous attendîmes le mois de Mars de l'année 1702, pour y faire les obſervations correſpondantes à celles de Collioure.

Ayant.

Ayant placé l'inftrument dans la Salle de l'Obfervatoire, qui eft au premier étage au-deffous de l'ouverture qui eft au milieu du bâtiment, nous trouvâmes par des obfervations femblables à celles que l'on avoit faites à Collioure, la diftance apparente de la Chèvre au Zénith de l'Obfervatoire de 3° 11' 37″ ½ vers le Midi, à laquelle fi l'on ajoute 3 fecondes à caufe de la réfraction qui convient à la hauteur de cette Etoile, on aura la diftance véritable de la Chèvre au Zénith de l'Obfervatoire, au mois de Mars de l'année 1702 de . . . . 3° 11' 40″ ½ vers le Midi.

La déclinaifon de la Chèvre augmente dans l'efpace d'une année de 5 fecondes & demie, ce qui diminue d'autant fa diftance au Zénith de l'Obfervatoire, qui eft vers le Midi.

On aura donc, pour le mois de Mars de l'année 1701, la diftance de la Chèvre au Zénith de l'Obfervatoire, de 3° 11' 46″ vers le Midi, à laquelle il faut ajouter la diftance de la Chèvre au Zénith de Collioure, que l'on a trouvée au mois de Mars de l'année 1701 de 3° 7' 11″ vers le Nord, & on aura la diftance du Zénith de l'Obfervatoire au Zénith de Collioure par l'obfervation de la Chèvre de 6° 18' 57″.

La diftance de la Chèvre au Zénith de l'Obfervatoire, qui réfulte de ces obfervations, excéde d'environ une minute, celle que l'on avoit trouvée par des Quarts-de-Cercle d'une grandeur ordinaire, & dont l'on s'étoit fervi pour déterminer la grandeur du degré de la circonférence de la Terre, de la maniere qui eft rapportée dans les Mémoires de l'Académie Royale des Sciences de 1701. C'eft pourquoi on jugea devoir vérifier la diftance de cette Etoile au Zénith ; & comme le tems fut prefque toujours couvert au mois de Mai 1702, on remit à en faire de nouvelles obfervations à la même faifon de l'année fuivante.

Nous fîmes monter, dans ce deffein, un autre Limbe du même inftrument, de pareille grandeur, parce que l'on appréhendoit que le voyage n'eût caufé quelque altération dans celui dont nous nous étions fervi à Collioure, &

l'on trouva par plufieurs obfervations réitérées, & qui ne s'écartoient pas l'une de l'autre de plus de 5 fecondes, la diftance de la Chévre au Zénith de l'Obfervatoire de 3° 11′ 35″ vers le Midi, à laquelle, fi l'on ajoute trois fecondes pour la réfraction, on aura la diftance véritable de la Chévre au Zénith de l'Obfervatoire au mois de Mars 1703, de 3° 11′ 38″ vers le Midi.

On a remarqué ci-deffus que la déclinaifon de la Chévre augmentoit dans l'efpace d'une année de 5″ ½, on aura donc pour 2 années, 11 fecondes, qui étant ajoutées à 3° 11′ 38″, diftance véritable de la Chévre au Zénith de l'Obfervatoire pour le mois de Mars 1703, donne la diftance véritable de la Chévre au Zénith de l'Obfervatoire au mois de Mars 1701 de 3° 11′ 49″ vers le Midi, à 3 fecondes près de celle que l'on avoit déterminée par les obfervations de l'année précédente, ce qui s'accorde avec toute la précifion que l'on pouvoit efpérer.

On peut donc établir, comme ci-deffus, la diftance du Zénith de l'Obfervatoire au Zénith de Collioure, qui eft la même que la différence entre les paralleles de l'Obfervatoire & de Collioure, de . . . . 6° 18′ 57″.

Pour connoître préfentement combien il y a de toifes dans l'arc de la circonférence de la Terre, compris entre les paralleles de l'Obfervatoire & de Collioure, on remarquera d'abord, que la diftance de l'Obfervatoire à la perpendiculaire tirée de Collioure fur la Méridienne, a été calculée de 360500 toifes. Cette diftance ne différéroit pas fenfiblement de la différence entre ces deux paralleles, fi Collioure étoit près de la Méridienne de l'Obfervatoire, mais comme elle en eft éloignée de 31207 toifes, il faut réfoudre le Triangle rectangle fphérique *PBC* (Fig. 3.) dans lequel *PC*, diftance du Pôle à Collioure, qui eft le complément de la hauteur du Pôle de cette Ville, a été obfervé de 47° 28′ 47″. *BC* diftance de Collioure à la Méridienne de l'Obfervatoire, a été calculé de 31207 toifes, ou 32′ 48″ de degré d'un grand Cercle.

On aura donc *PB*, diſtance du Pôle à la perpendiculaire, tirée de Collioure ſur la Méridienne de l'Obſervatoire, de 47° 28′ 38″ ⅓, qui étant retranché de *PC* ou *PA* de 47° 28′ 47″, donne *BA*, différence entre les points où tombe la perpendiculaire *CB* de Collioure ſur la Méridienne & le parallele de Collioure, de 8 ſecondes & deux tiers, ou 138 toiſes. Cette différence étant ajoutée à 360500 toiſes, diſtance de l'Obſervatoire à la perpendiculaire tirée de Collioure ſur la Méridienne, on aura la différence entre le parallele de l'Obſervatoire & le parallele de Collioure de 360638 toiſes, à laquelle ſi l'on ajoute 10 toiſes, pour la diſtance de la face Méridionale de l'Obſervatoire, d'où nous avons commencé nos meſures, juſqu'à l'ouverture qui eſt au milieu du Bâtiment, ſous laquelle on a obſervé la diſtance des Etoiles au Zénith ; on aura la différence entre le parallele qui paſſe par l'ouverture qui eſt au milieu de l'Obſervatoire & le Parallele de Collioure, de 360648 toiſes.

Il faut conſidérer préſentement, que les Triangles que nous avons employés dans la deſcription de la Méridienne, ont été formés ſur un terrein qui eſt élevé ſur la ſurface de la Mer, & dans lequel il s'eſt rencontré diverſes hautes Montagnes, de ſorte que la différence entre le parallele de l'Obſervatoire & le parallele de Collioure, que nous venons de déterminer, eſt plus grande que celle que l'on auroit trouvée, ſi notre meſure eût été faite au niveau de la Mer.

Pour examiner ce qu'il faut retrancher, à cauſe des inégalités du terrein, nous avons, par le moyen des hauteurs connues des Montagnes, réduit nos meſures au niveau de la Mer ; & nous avons trouvé, que depuis la Roche-Chevalier, où nous avons commencé à obſerver la hauteur des Montagnes, juſqu'à l'extrémité du Rouſſillon, dans l'eſpace de 217610 toiſes, il n'y avoit que 27 toiſes à retrancher de la diſtance déterminée par les Triangles.

A l'égard des Triangles qui ont été formés depuis Paris juſqu'à la Roche-Chevalier, comme dans cet eſpace il ne s'eſt point trouvé de Montagnes conſidérables, l'on n'a pas mefuré la hauteur du terrein au-deffus du niveau de la Mer: on ne laiffera pas cependant de fçavoir avec affez de préci- fion, ce qu'il faut retrancher de la différence entre les paral- leles de ces lieux, fi l'on confidere que la hauteur du terrein fur le niveau de la Mer, eft à l'Obfervatoire d'environ 40 toifes, & à la Roche Chevalier de 300 toifes. On peut donc prendre 170 toifes pour la hauteur moyenne du ter- rein depuis Paris jufqu'à cette Roche, & alors la différence entre les paralleles de ces lieux mefurée fur le terrein, n'ex- céde que de 7 toifes celle qui auroit été prife au niveau de la Mer. Ces 7 toifes, étant ajoutées à 27 toifes, qu'on a trouvé devoir être retranchées de la différence, entre les paralleles de la Roche-Chevalier & de Collioure, l'on au- ra 34 toifes à retrancher de 360648 toifes, différence entre le parallele de l'Obfervatoire & le parallele de Collioure, mefurée fur un terrein élevé & inégal; ce qui donne la différence entre le parallele qui paffe par le milieu de l'Ob- fervatoire & le parallele de Collioure, réduite au niveau de la Mer de 360614 toifes.

Divifant ce nombre de toifes par 6 degrés 18 minutes 57 fecondes, différence obfervée entre les paralleles de ces deux Villes, l'on aura la grandeur d'un degré de la circon- férence de la Terre de 57097 toifes.

La grandeur du degré qui réfulte de nos obfervations, excéde de 37 toifes, celle que M. Picard a déterminée par les obfervations faites entre les paralleles d'Amiens & de Malvoifine.

Cette différence n'eft pas fi confidérable, qu'on ne puiffe l'attribuer aux erreurs qui fe font pû gliffer en partie dans nos obfervations, en partie dans celles de M. Picard; puif- que cet Auteur avoue, que nonobftant toute l'exactitude poffible, il ne pouvoit répondre de deux fecondes, & par conféquent de la valeur d'environ 32 toifes fur cha- que obfervation. *Nous pouvons* (ajoute-t-il) *dire avec quel- que certitude, que nous ne fommes pas fort éloignés de la vraie mefure du degré, quoique l'on puiffe venir à une pré-*

cifion encore plus grande, en mefurant avec le même foin &
avec de femblables inftrumens, une diftance beaucoup plus
grande que celle de Malvoifine & d'Amiens.

Grandeur de la circonférence de la Terre.

La grandeur du degré d'un Méridien ayant été déterminée de 57097 toifes; on aura, fuppofant la Terre de figure
fphérique, fa circonférence de 2055 4920 toifes de Paris,
la lieue de Paris dont 25 au degré de 2284 toifes, & la
lieue de Marine, dont 20 au degré, de 2855 toifes.

Grandeur du diamétre de la Terre.

La proportion de la circonférence du Cercle à fon diamétre étant connue, on aura la grandeur du diamétre de
la Terre de 6542840 toifes de Paris, de 2861 lieues de
Paris, & de 2291 lieues Marines.

CHAPITRE XIV.

Comparaifon des Mefures Itinéraires anciennes avec les modernes.

COMME la defcription de toute la Terre, fe fait par les
dimenfions qu'on a prifes en divers lieux & en divers tems, tant dans le Ciel que dans la Terre, & que les
mefures de la Terre fe déterminent diverfement par divers
peuples, & changent avec le tems; rien n'eft plus important dans la Géographie, que de fçavoir le rapport des mefures itinéraires, dont les anciens Géographes fe font fervi
dans la defcription d'un Pays, avec les mefures modernes.

Les mefures itinéraires font quelquefois différentes de
celles dont on fe fert dans le Commerce, & de celles dont
on fe fert dans l'Architecture. On tombe dans de grandes
erreurs, quand on les emploie indifféremment dans la
Géographie.
T iij

Mesures de la distance de Narbonne à Nîmes.

Dans le Voyage de la Méridienne, nous avons comparé les distances que nous avons trouvées entre les Villes anciennes, avec celles des mêmes Villes rapportées par les anciens Géographes. Nous en rapporterons ici quelques exemples.

La distance de Narbonne à Nîmes par nos dimensions est de 67500 toises de Paris. Strabon met de Narbonne à Nîmes 88 milles. Le chemin de l'une de ces Villes à l'autre est assez droit, & il y a peu de réduction à faire. Distribuant 67500 toises à 88 milles, on aura pour chaque mille 767 toises $\frac{1}{22}$. Nous négligeons cette petite fraction, parce que nous ne pouvons pas prétendre d'avoir précisément les mêmes termes de ces deux Villes, que ceux qui furent pris par les Anciens. Chaque pas étoit de 5 pieds, & le mille de 5000 pieds, de 12 pouces chacun. La toise est de 6 pieds de Paris, dont 767 toises font 4602 pieds. Négligeant deux pieds, dont il est difficile de s'assurer dans la pratique, pour avoir un compte rond; 4600 pieds de Paris seront égaux à 5000 pieds Géographiques anciens, qui sont comme 46 à 50 ou 23 à 25.

Ainsi le pied de Paris de 12 pouces, sera égal à un pied ancien & un pouce & $\frac{1}{23}$ de pouce du pied ancien, & le pied ancien sera égal à 11 pouces & $\frac{1}{25}$ du pied de Paris. Si l'on suppose le mille ancien de 764 toises; il sera plus petit de 3 toises que par cette comparaison, & le pied ancien sera au pied de Paris à très-peu près comme 11 à 12.

Il faut voir présentement si les autres Géographes anciens s'accordent dans cette mesure avec Strabon.

Par l'Itinéraire d'Antonin, on compte une fois entre Nîmes & Narbonne 87 milles, une autre fois 91; la dimension de Strabon est entre les deux. Par la Table ancienne de Peutinger on en compte 95. Nous préférons les dimensions de Strabon, qui vivoit du tems d'Auguste

& de Tibère, à cause que les mesures des grands chemins furent faites alors avec grand soin. Nous avons néanmoins examiné, lesquelles de ces mesures s'accordent le mieux avec d'autres qui ont été prises en Italie, non-seulement de notre tems, mais même du tems des Romains.

Mesures de la distance de Bologne à Modéne.

L'Itinéraire d'Antonin marque plusieurs fois la distance de Bologne à Modéne, & la fait toujours de 25 milles.

La Table de Peutinger la fait aussi de 25 milles.

Ces deux Villes sont traversées par la Voie Emilie, qui étoit droite dans tout cet intervalle. Le Fort Urbain qui a été bâti dessus, la fait présentement détourner un peu.

Les PP. Riccioli & Grimaldi, ont mesuré Géométriquement avec soin, la distance entre les Tours qui sont au milieu de ces deux Villes. Mon Pere assista à quelques-unes des observations qu'ils firent à Bologne, & alla à Modéne reconnoître leurs stations. Ils trouverent la distance entre ces deux Tours, de 19666 pas de Bologne, qui sont chacun de cinq pieds. Le pied de Bologne, tiré du même original d'où le P. Riccioli a pris le sien, comparé au pied de Paris, est comme 1682 à 1440. Multipliant 1682 par 5 & 1440 par 6, on aura la proportion du pas de Bologne à la toise de Paris, comme 8410 à 8640. Or comme 864 est à 841, ainsi 19666 pas de Bologne sont à 19143 toises de Paris, qui est la distance de Bologne à Modéne, par la dimension des PP. Riccioli & Grimaldi, réduite en toises. Cette distance par l'accord des Itinéraires anciens, est de 25 milles. Divisant donc 19143 toises par 25 milles, on aura 766 toises pour un mille. Cette mesure s'accorde à une toise près à celle que nous avons trouvée ci-dessus de 767 toises, par la distance entre Nîmes & Narbonne, rapportée par Strabon, comparée à celles que nous avons déterminées par nos observations.

Recherche de la situation du Temple de Vénus Pyrénée.

La mesure des milles anciens étant ainsi établie, on peut s'en servir pour chercher l'endroit où étoit anciennement le Temple de Vénus Pyrénée, que Strabon met aux confins de la Gaule Narbonnoise avec l'Espagne, éloigné de Narbonne de 63 milles. Cette distance, à raison de 767 toises par mille, suivant la dimension tirée de celle de Narbonne à Nîmes, seroit de 48321 toises.

Quoique l'étymologie marque que le Port Vendre est le Port de Vénus, comme le Vendredi est le jour de Vénus, cette distance ne se rapporte point à celle de Narbonne au Port Vendre près de Collioure, qui, suivant nos dimensions, est de 41000 toises, plus petite de 7221 toises que celle que Strabon marque entre Narbonne & le Temple de Vénus. Il se pourroit faire que le Port de Vénus fût éloigné du Temple de Vénus, ou qu'il y ait eu deux Ports de ce côté-là peu éloignés l'un de l'autre qui eussent le même nom. Il y avoit un autre Port Vendre près de Narbonne, appellé présentement l'Etang de Vendre.

A la distance de Narbonne de 48300 toises, il y a la Selve, où est un Port capable de tenir un grand nombre de Galeres, avec une Tour qui en défend le mouillage.

Il est plus grand que le Port Vendre près de Collioure, & est situé dans la partie Septentrionale du Cap Creux, qui est le célèbre Promontoire Pyrénée, que Strabon appelle aussi Promontoire Aphrodisien, à cause du Temple de Vénus qui y étoit construit.

Sambrocæ fluvii ostia, Emporiæ, Clodiani fluvii ostia, Rhoda civitas, post hanc dictum Veneris Templum. Ptol. Geog. lib. 2. c. 6.

Cette situation du Temple de Vénus, dans la partie Septentrionale du Cap de Creux, paroît aussi convenir à la description de Ptolémée, qui marquant l'ordre des Rivieres & des Villes de la Catalogne, met après l'embouchure du Fleuve Sambroca, Emporiæ, présentement Empurias, puis le Fleuve Clodianus, ensuite la Ville de Rhoda, présentement Rozes, après laquelle il place le Temple dit de Vénus. Il s'accorde en cela à Pline, qui, gardant le même ordre

ordre dans fa defcription, met le Fleuve Alba, enfuite Emporiæ, après lequel eft le Fleuve Tichis, & Vénus Pyrénée,
qui eft de l'autre côté du Promontoire à la diftance de XL
milles de ce Fleuve.

Comme cette diftance du Fleuve Tichis au Temple de
Vénus Pyrénée, eft trop grande, & ne peut convenir à la
diftance d'aucune des Rivieres marquées ci-deffus au Port
de la Selve, ni même au Port Vendre, M. de Marca à la
place de XL lit XI, fuppofant que I a été changé en L, ce qui
s'accorde mieux à la diftance du Port de la Selve à la Riviere de la Muga, qu'à toutes les autres. Cette Riviere vient
des Pyrénées, & fe décharge vers la partie Méridionale du
Cap de Creux près de Rozes, qui eft la fituation que Pom-
ponius Mela donne au Fleuve Tichis; d'où il paroît que le
Temple de Vénus Pyrénée, qui eft, fuivant Pline, de l'autre côté du Promontoire, eft dans la partie Septentrionale
du Cap de Creux, & qu'on peut déterminer fa fituation à
l'endroit où eft préfentement le Port de la Selve.

*Flumen Al-
ba, Emporiæ,
flumen Ti-
chis, ab eo
Pyrenea Ve-
nus in latere
Promontorii
altero.* XL M.
*Plin. lib. 3.
c. 3.*

*Dein Tichis
flumen ad
Rhodanum.
Pom.Mela,lib.
2.*

Mefures des Stades en France.

Strabon met la diftance entre le Temple de Vénus Pyrénée & l'embouchure du Var, qu'il donne pour les deux
termes de la France, de 277 milles. Il dit, que d'autres
comptent dans cet intervalle 2600 ftades, & que quelques-
uns ajoutent encore 200 ftades, qui feroient en tout 2800
ftades. En partageant ces deux nombres de ftades par 277
milles, le premier nombre donne 9 ftades & un peu plus
d'un tiers pour mille, & le fecond 10 ftades & un peu plus
d'un neuviéme pour mille. Quoique d'ailleurs, Strabon &
les autres ne donnent communément que 8 ftades pour un
mille; il paroît par cette comparaifon, qu'on ne fçauroit
donner ici à un mille, moins de 9 ftades. Divifant 767
toifes, qui font un mille ancien par 9, on aura le ftade de
France d'environ 85 toifes, qui font 510 pieds de Paris.
Hérodote fait les ftades de 600 pieds; le pied d'Hérodote
feroit donc au pied de Paris comme 51 à 60, fuppofant

Suite des Mém. 1718. V

le ftade d'Hérodote égal au ftade de France.

Mefures des Pyramides d'Egypte en pieds & en ftades.

Hérodote donne la largeur de la plus grande Pyramide d'Egypte à fa bafe, de 800 pieds, & par conféquent d'un ftade & un tiers. Mais l'on a trouvé ci-deffus, que le pied d'Hérodote étoit au pied de Paris, comme 60 à 51; on aura donc dans cette proportion, la largeur de la Pyramide à fa bafe de 680 pieds de Paris. M. Chazelles mefura actuellement avec un cordeau, la bafe de cette Pyramide, qui eft fur un terrein inégal élevé vers le milieu, & la trouva de 690 pieds de Paris, d'où il dit qu'il falloit ôter quelque chofe pour avoir la bafe jufte. Si on en ôte 10 pieds, on aura la largeur de la bafe de 680 pieds de Paris, comme nous l'avons calculée ci-deffus.

M. Gemelli, qui a fait le tour du Monde, rapporte les mefures de cette Pyramide, où il a été l'an 1693, comme il les a reçues du P. Fulgence de Tours, Capucin Mathématicien, qui trouva la largeur de chaque côté de cette Pyramide de 682 pieds de Paris, précifément de même que M. Thevenot l'a trouvée dans fon Voyage du Levant, ce qui s'accorde à peu près à la mefure que nous venons de déterminer, en raifon de 9 ftades pour mille. Les mefures qu'il en donne, s'accordent auffi à celles que M. Jaugeon a reçues de M. de Nointel Ambaffadeur du Roi à la Porte, & qu'il a communiquées à l'Académie. Il y a lieu de s'étonner, que M. Graves Mathématicien Anglois, dans fa Pyramidographie, ait trouvé la bafe de cette Pyramide, mefurée par les Triangles, de 693 pieds de Londres, qui font au pied de Paris, comme 15 à 16. Suivant cette proportion, la largeur de cette Pyramide ne feroit que de 650 pieds de Paris; d'où l'on peut voir les différences qu'il y a entre les mefures d'une même grandeur, prifes par diverfes perfonnes, réduites au même pied.

Strabon même, dont nous avons comparé les mefures prifes en France avec les nôtres, qui alla en Egypte avec

Elius Gallus vers l'Epoque de J. C. donne la largeur de cette Pyramide d'un stade. Il fait donc ici le stade plus grand d'un tiers qu'Hérodote & les Géographes, dont il a tiré les dimensions des côtes Méridionales de la France.

Diodore de Sicile, qui fut en Egypte 60 ans avant l'E-poque de J. C. dit que la plus grande Pyramide avoit dans sa partie inférieure chaque côté de sept arpens; six arpens font un stade, suivant Hérodote; donc chaque côté de la base de la Pyramide étoit d'un stade & un sixiéme. Nous avons donc trois différentes dimensions de la Pyramide en stades, une d'un stade juste, une d'un stade & un sixiéme, & une d'un stade & un tiers.

La mesure des stades étoit donc aussi différente, & aussi équivoque parmi les Anciens, que la mesure des milles & des lieues parmi les modernes. La mesure des milles étoit plus uniforme, comme nous avons trouvé par la comparai-son des mêmes distances prises en France & en Italie par les anciens & par les modernes. Nous avons tiré de cette comparaison, une conclusion qui n'est pas de peu d'impor-tance, qui est que le pied moderne de Rome d'un palme & un tiers, est égal au pied ancien employé dans la mesure des distances des Villes de France, & que l'un & l'autre sont, au pied de Paris comme 11 à 12, ayant négligé une petite fraction, qui, dans la pratique, est insensible.

Mais le pied d'Hérodote, avec lequel il mesura la Pyra-mide, étant au pied de Paris comme 51 à 60, est égal à 10 pouces 2 lignes & $\frac{2}{5}$ du pied de Paris. C'est un des grands pieds d'un homme d'une grande taille, & tel devoit être le pied d'Hercules, avec lequel il mesura les stades pour les Jeux Olympiques, leur donnant 600 de ses pieds, qui font 100 pas, suivant Hérodote. Cet Auteur divise le pas en 6 pieds, comme nous divisons la toise en six pieds de Roi. Il s'est pû faire qu'Eratosthènes, qui donnoit 700 stades à un degré de la circonférence de la Terre, l'ayant tiré de la distance d'Alexandrie à Sienne, se fût servi de ces stades d'Hérodote. Ainsi un degré, suivant Eratosthènes, feroit le produit de 85 toifes par 700, qui fait 58500 toifes. Cette mefure d'un degré eft plus grande d'environ la quarantiéme partie que la nôtre.

Pline donne la longueur de chaque côté de la bafe de la plus grande Pyramide, de 883 pieds. Ce ne font pas de ces pieds de la mefure itinéraire, que nous avons trouvé par plufieurs comparaifons, être au pied de Paris, comme 11 à 12. Car fuivant cette proportion, la bafe qui a été trouvée de 682 pieds de Paris, devoit être de 744 pieds de la mefure itinéraire ancienne, au lieu de 883 que Pline lui donne. Cette mefure eft donc au pied itinéraire ancien, que nous avons trouvé ci-deffus être égal au pied Romain moderne, comme 744 à 883, ce qui ne convient point non plus à la grandeur du Palme Romain moderne, qui eft au pied Romain, comme 12 à 16. Il y a donc apparence que le pied de Pline étoit un pied d'Architecte, d'une mefure différente du pied & du Palme Romain.

Il y a encore une différence plus confidérable dans la mefure de la place quarrée, qui refte au fommet de cette Pyramide. Pline fait fa largeur de 25 pieds, M. Thevenot & Gemelli l'ont trouvée de 16 pieds & deux tiers. Si l'on fuit la proportion des mefures de la bafe, en faifant comme 682 mefure de Thevenot & de Gemelli eft à 883 mefure de Pline, ainfi 16 pieds & $\frac{2}{3}$ font à un quatriéme nombre, on aura pour la largeur de cette place, 21 pieds & demi, au lieu de 25 que Pline lui donne. On pourroit attribuer cette différence qui eft de 3 pieds & demi, à la démolition de la croute de marbre, dont cette Pyramide devoit être revêtue du tems de Pline. L'épaiffeur de cette croute, auroit été d'un pied & trois quarts de la mefure de Pline. Cette diminution à la bafe, ne varie pas fenfiblement la proportion de divers pieds, que nous avons examinés, & n'accorde pas les différentes dimenfions qu'on en donne.

S'il eft fi difficile d'accorder enfemble les mefures de la même bafe, qui fubfifte toujours fans variation fenfible, & que l'on peut mefurer exactement fans difficulté; on peut

juger combien il eſt difficile de s'aſſurer des diſtances des
Villes, qui n'ont pas été meſurées actuellement, mais qui
ont été pour l'ordinaire déterminées, par l'eſtime groſſiere
du tems que l'on emploie à aller de l'une à l'autre.

Meſures qui ſont en uſage parmi les Pilotes.

Les Pilotes de la Méditerranée, donnent 75 milles à un
degré ; ceux de l'Océan n'en donnent que 60. Les milles
anciens d'Italie ſont aux milles modernes, comme 60 à 75 ;
car les Anciens donnent 25 milles à la diſtance de Bologne
à Modéne, & les Modernes ne comptent que 20 milles
de l'une de ces Villes à l'autre. Donc ceux de la Méditerranée ſe ſervent des milles anciens, qui ſont encore aujour-
d'hui en uſage en diverſes Provinces d'Italie ; & ceux de
l'Océan ſe ſervent des milles modernes qui ſont en uſage
en d'autres Provinces. La meſure moderne a cette commodité, qu'elle prend une minute pour mille, au lieu que l'ancienne donne à chaque minute un mille & un quart. On
peut s'accommoder à l'uſage des uns & des autres. Si l'on
donne au pas ancien 5 pieds, comme l'on fait en Italie, un
degré de 75000 pas ſera de 375000 pieds, & ſuppoſant
le degré de la circonférence de la Terre de 342600 de
Paris, comme nous le trouvons à peu près, ce pied Italique ancien ſeroit au pied de Paris, comme 3426 à 3750,
ou bien comme 11 à 12 $\frac{1}{23}$; & ſi l'on donne au pas italique moderne 6 pieds, le degré de 60 milles ſera de 360000
pieds de Paris, le mille Italique moderne d'une minute ſera
de 6000 pieds, qui ſeront au pied de Paris, comme 3426
à 3600, ou comme 20 à 21. S'il y a plus ou moins de
pieds de Paris dans un degré, la proportion du pied de Paris au pied Italique ſera un peu différente, ſans qu'il arrive
aucune variation dans le nombre des pieds Italiques ou modernes qui ſont dans un degré. Car nous les tirons, comme
font les gens de Mer, de la diviſion du degré, par approximation de ces meſures à celles de quelques pays d'Italie,
d'où ils ont pris le nom, quoique les pieds que nous ap-

pellons modernes, approchent plus des pieds uſuels de
France que de ceux qui ſont en uſage dans la plûpart des
Villes d'Italie. Nous en donnons 6 à un pas, comme faiſoit Hérodote, contre la coutume ancienne & moderne d'I-
talie, le rapprochant de cette maniere du pied de Paris, &
imitant la diviſion de la toiſe en ſix pieds, ayant vû que le
pas de Bologne approche beaucoup plus de la toiſe de
Paris, que le pied de Paris n'approche du pied de Bologne.
Par cette maniere, une minute de mille pas a 6000 pieds,
comme un degré de 60 minutes a 60000 toiſes, qui ſont
des nombres très-commodes dans l'uſage, & faciles pour
le calcul.

Des Meſures Trigonométriques.

Il faut remarquer, que dans les Tables de Trigonométrie,
où le demi-diamétre du Cercle eſt ſuppoſé diviſé en 10
millions de parties, une minute, auſſi-bien que ſon Sinus &
ſa Tangente, qui ne différent pas ſenſiblement dans un ſi
petit arc, eſt marqué de 2909 parties. Doublant le rayon &
l'arc, on aura le demi-diamétre de 20 millions de parties,
& une minute de 5818 parties. Mais une minute eſt de
6000 pieds Géométriques, & 5818 eſt à 6000 comme
32 à 33. On peut donc établir un pied Trigonométrique,
qui ſera au pied Géométrique, ou Italique moderne, comme 33 à 32. On peut trouver la proportion de ce pied
à tout autre, quand on a une fois déterminé combien d'autres pieds entrent dans une minute d'un grand cercle de la
Terre. On peut enfin établir une braſſe de 2 pieds Trigonométriques, dont il y aura 10 millions dans le demi-diamétre de la Terre. Ainſi tous les nombres de la Table ſeront autant de braſſes Trigonométriques de deux pieds,
dont il y en a 2909 dans une minute, & 48 & demie dans
une ſeconde, comme l'on voit ſans calcul à la tête de la
Table. La troiſiéme partie des nombre de la Table marquera le nombre des toiſes Trigonométriques, dont il y en
a 970 dans une minute, & 16 dans une ſeconde.

Ces mesures des pieds Géométriques & Trigonométriques, sont comme moyennes entre divers pieds de différentes nations. On les peut donc prendre pour mesures universelles & invariables. Ainsi si l'on demande combien il y a de milles, de pieds ou de toises Géométriques dans un arc déterminé de la circonférence de la Terre, on n'a qu'à prendre le nombre des minutes comprises dans l'arc proposé pour le nombre des milles Géométriques, les multiplier par mille, pour avoir le nombre des pas ou des toises Géométriques, ou bien par 6000 pour avoir le nombre des pieds. Ainsi un degré de 60 minutes, sera de 60000 toises. Toute la circonférence de la Terre, qui est de 360 degrés, sera donc de 21600000 toises Géométriques, ou 21600 milles Italiennes; & parce que la circonférence est au demi-diamètre, comme 710 à 226, ou comme 21600 à 3438, le demi-diamètre de la Terre sera de 3438 milles Géométriques ou Italiques modernes. La moitié 1719, sera le nombre des lieues Géométriques, à peu près égales aux petites lieues de France, comme celles que l'on compte de Paris à Orléans. Pour ce qui est des mesures Trigonométriques, le demi-diamètre de la Terre étant supposé de 10000000 brasses Trigonométriques, la circonférence sera de 62831852 brasses. La troisième partie de ces nombres donnera les Toises Trigonométriques. Le demi-diamètre de la Terre sera donc de 3333333 toises Trigonométriques, & la circonférence de 20943950 toises Trigonométriques. La millième partie de ces deux nombres donnera des milles Trigonométriques. Le demi-diamètre de la Terre sera donc de 3333 milles Trigonométriques, & sa circonférence de 20944 milles Trigonométriques.

CHAPITRE XV.

Obſervations Aſtronomiques faites en divers endroits du Royaume, dans le Voyage de la Méridienne.

QUOIQU'ON ſe fût réſervé d'obſerver aux extrémités de la Méridienne, avec de grands inſtrumens & avec toute la préciſion poſſible, l'arc du Méridien qui répond aux meſures que nous avions priſes ſur la Terre, on n'a pas laiſſé d'obſerver avec les inſtrumens ordinaires, que l'on avoit ſoin de régler de tems en tems, la latitude de tous les endroits où on l'a pû commodément, afin de pouvoir la comparer avec les diſtances déterminées par les Triangles.

On a auſſi obſervé la hauteur du Pole de divers lieux, qui n'étoient point compris dans les Triangles; & l'on a fait en quelques endroits des obſervations des Satellites de Jupiter, quoiqu'en petite quantité, à cauſe que Jupiter s'approchoit de ſa conjonction avec le Soleil.

A VOUZON.

Hauteur Méridienne du bord ſupérieur du Soleil.

Le 25 Août 1700 par l'Octans	53° 21′ 30″
Réfraction moins la parallaxe	38
Donc hauteur véritable du bord ſupérieur du Soleil	53 20 52
Demi-diamétre du Soleil	15 55
Donc hauteur du centre	53 4 57
Déclinaiſon tirée des Ephémérides	10 44 14
Donc hauteur de l'Equateur	42 20 43
Et hauteur du pôle à Vouzon	47 39 17

Par les Triangles de la Méridienne, la diſtance de Vouzon au parallele de l'Obſervatoire, a été trouvée de 67962 toiſes,

toiſes, qui, ſuppoſant la grandeur du degré de 57097 toiſes, font 1° 11′ 18″, qu'il faut retrancher de la hauteur du Pôle de l'Obſervatoire de 48° 50′ 10″, pour avoir la hauteur du Pôle de Vouzon de . . . . 47° 38′ 52″.

Obſervations du premier Satellite de Jupiter.

Le 24 Août 1700.

A 11ʰ 1′ 39″   A Vouzon, Emerſion du premier Satel-
              lite de l'ombre de Jupiter.
  11 12 32   A Lyon, dans le Collége des Jéſuites,
              par le P. St. Bonnet.
    10 53   Différence entre les Méridiens de Lyon
              & de Vouzon, dont Vouzon eſt plus
              à l'Occident.

Le temps n'ayant pas permis de faire cette obſervation à Paris, on pourra l'y réduire, en ſe ſervant de deux Emer-ſions qui ont été obſervées à Paris & à Lyon un peu avant notre départ.

Le premier Août 1700.

A 10ʰ 41′ 32″   A l'Obſervatoire de Paris, Emerſion du
              premier Satellite de Jupiter.
  10 55 0   A Lyon.
    9 28   Différence entre les Méridiens de Paris
              & de Lyon, dont Paris eſt plus à
              l'Occident.

Le 9 Août.

A 0ʰ 41′ 23″   A l'Obſervatoire, par M. de la Hire.
  51 5   A Lyon.
    9 42   Différence.

La différence entre les Méridiens de Lyon & de Vouzon, ayant été trouvée par l'Obſervation du 24 Août 1700 de 10′ 53″; si l'on en retranche la différence entre les Méridiens de Paris & de Lyon, qui a été trouvée par l'obſervation du premier Août, de 9′ 28″, & par celle du 9 Août, de 9′ 42″, l'on aura par la première la différence entre les Méridiens de Paris & de Vouzon de 1′ 25″, & par la ſeconde de 1′ 11″, dont Vouzon eſt plus à l'Occident.

Par les Triangles, la diſtance Occidentale de Vouzon à la Méridienne de l'Obſervatoire, eſt de 10788 toiſes, qui étant réduites en ſecondes de tems, donnent la différence entre les Méridiens de l'Obſervatoire & de Vouzon de 11′ 7″ ⅓, à 4 ſecondes près de celle qui réſulte de l'obſervation du 9 Août.

A BOURGES.

A l'Hôtellerie du Bœuf couronné, près de l'Egliſe de S. Jean.

Hauteurs Méridiennes du bord ſupérieur du Soleil.

Le 27 Août 1700 par l'Octans	53°	13′	55″
Le 31 Août par le Quart-de-Cercle	51	48	45
Le 1 Septembre	51	26	40
Le 2	51	4	30
Le 3	50	42	40
Le 5	49	58	15
Le 8	48	58	35
Le 9	48	28	0
Le 10	48	5	30

La différence de déclinaiſon entre ces hauteurs Méridiennes, étant conforme à celle qui réſulte des Ephémérides du Soleil, il ſuffira d'en calculer une.

Soit donc la hauteur Méridienne du bord ſupérieur du Soleil obſervée à Bourges le premier Septembre,
de . . . . 51° 26′ 40″
Réfraction moins la parallaxe 42

Donc hauteur véritable . . . . 51° 25′ 58″
Demi-diamétre du Soleil 16 0
Donc hauteur véritable du centre du Soleil 51 9 58
Déclinaison du Soleil 8 14 44
Donc hauteur de l'Équateur 42 55 14
Donc hauteur du Pôle à Bourges 47 4 46
Hauteur du Pôle à l'Observatoire 48 50 10
Donc différence entre les paralléles de Bour-
   ges & de l'Observatoire 1 45 24

Le même jour à Paris, la hauteur Méridienne du bord su-
   périeur du Soleil fut observée de . . . . 49° 41′ 40″
A Bourges 51 26 40
Donc différence 1 45 40

Hauteur Méridienne de Venus.

Le 31 Août 1701 à Bourges par le Quart
   de Cercle . . . . 42° 8′ 50″
Le 1 Septembre 42 19 10
Le 2 . . . . 42 31 20
Le 3 . . . . 42 44 0
Le 10 . . . . 44 28 35

Hauteurs Méridiennes de diverses Etoiles fixes.

Le 8 Septembre à Bourges, hauteur Méridienne de la précédente des trois de l'Aigle par l'Octans 52° 51′ 45″
Mais à l'Observatoire on l'a trouvée de . . 51 6 20
Donc différence entre les paralléles de Bourges & de l'Observatoire 1 45 25

Le même jour à Bourges, hauteur Méridienne de la lui-
   sante de l'Aigle, par le Quart-de-Cercle 51° 3′ 0″
Mais à l'Observatoire on l'a trouvée de . . 49 17 20
Donc différence 1 45 40

Le même jour à Bourges, hauteur Méridienne de la suivante

des trois de l'Aigle par le Quart-de-Cercle 48° 38′. 5‴
Mais à l'Obſervatoire on l'a trouvée de . . 46 52 30
Donc 1 45 35

Le 10 Septembre à Bourges, hauteur Méridienne de la
 Chévre par le Quart-de-Cercle . . . . 88° 34′ 15″
A l'Obſervatoire 86 48 10
Donc différence . . . . 1 46 5.

Le même jour, hauteur Méridienne d'Alde-
 baram . . . . 58° 48′ 25″
A l'Obſervatoire 57 2 50
Donc différence . . . . 1 45 35.

Le lieu où nous obſervions à Bourges, eſt plus Septentrional que la Tour de la Cathédrale, de 110 toiſes, ou 7
ſecondes de degré, qu'il faut ajouter à la différence, entre
les paralléles de l'Obſervatoire & de Bourges, qui réſulte
des obſervations du Soleil & des Etoiles, pour avoir la
différence entre les paralléles de l'Obſervatoire & de la
Tour de la Cathédrale de Bourges.

Par les Triangles de la Méridienne, la différence entre
les paralléles de l'Obſervatoire & de la Cathédrale de Bourges, a été trouvée de 100197, qui ſuppoſant la grandeur du degré de 57097 toiſes, valent 1° 45′ 17″. Cette
différence eſt plus petite que celle qui réſulte des obſervations du Soleil, & des Etoiles de l'Aigle, qui ont
été réitérées pluſieurs fois, & faites avec beaucoup d'exactitude.

Obſervation du premier Satellite du Jupiter.

Le 9 Septembre.

A 9ₕ 26′ 32″. Emerſion du premier Satellite de l'ombre
 de Jupiter.
 9 26 4 A l'Obſervatoire, par M. de la Hire.

38 Différence entre les Méridiens de l'Obfervatoire & de Bourges , dont Bourges
eft plus à l'Orient.

Par les Triangles de la Méridienne , la diftance Orientale de Bourges au Méridien de l'Obfervatoire , eft de 2358
toifes , qui étant réduites en fecondes de tems , donnent
la différence entre les Méridiens de l'Obfervatoire & de
Bourges de 15 fecondes , plus petite de 13 fecondes que
celle qui réfulte de ces obfervations.

A S. SAUVIER.

Le 17 Septembre , hauteur Méridienne de la fupérieure
des trois de l'Aigle par l'Octans . . . 53° 33' 10"
A l'Obfervatoire. 51 6 20
Différence 2 26 50

Le même jour, hauteur Méridienne de l'Aigle 51° 44' 25"
A l'Obfervatoire 49 17 55
Différence 2 26 30

Le même jour , hauteur Méridienne de l'inférieure des trois
de l'Aigle par l'Octans . . . . . 49° 19' 15"
A l'Obfervatoire 46 52 30
Différence 2 26 45

Le lieu où nous avons obfervé à S. Sauvier , eft plus Septentrional que le Clocher de 66 toifes , ou 4 fecondes de
degré , qu'il faut ajouter à ces hauteurs.
Par les Triangles , la différence entre les paralléles de
Paris & de S. Sauvier , a été trouvée de 139944 toifes , ou
2° 27' 3" , un peu plus grande que par les obfervations
des Etoiles fixes.

A AUBUSSON.

Hauteur Méridienne du bord supérieur du Soleil.

Le 21 Septembre, par le Quart-de-Cercle . 44° 57′ 0″
Réfraction moins la parallaxe 51
Donc hauteur véritable 44 56 9
Demi-diamétre du Soleil 16 4
Donc hauteur du centre 44 50 5
Déclinaison du Soleil 37 53
Donc hauteur de l'Equateur 44 2 12
Et hauteur du Pôle à Aubusson . . . 45 57 48

A CROC.

Hauteur Méridienne du bord supérieur du Soleil.

Le 25 Septembre, par l'Octans . . . 43° 29′ 35″
Réfraction moins la parallaxe 55
Donc hauteur véritable 43 28 40
Demi-diamétre du Soleil 16 3
Donc hauteur du centre 43 12 37
Déclinaison du Soleil 55 57
Donc hauteur de l'Equateur 44 8 34
Et hauteur du Pôle à Croc 45 51 36
Hauteur du Pôle à l'Observatoire . . 48 50 10
Donc différence 2 58 34

Le lieu où nous avons observé à Croc, est plus Méridional que le Château d'environ 100 toises, ou 7 secondes,
qu'il faut ajouter à cette différence.

Par les Triangles, la différence entre les parallèles de
l'Observatoire, & du Château du Croc, a été trouvée de
169550 toises, ou 2° 58′ 10″, un peu plus petite que par
cette observation.

Observation du premier Satellite du Jupiter.

Le 25 Septembre.

A 7ʰ 50' 49" A Croc, Emerſion du premier Satellite
de l'ombre de Jupiter.

7 50 47   Emerſion à l'Obſervatoire, par le calcul
corrigé.

2   Différence entre les Méridiens de l'Obſervatoire & de Croc, dont Croc eſt
plus à l'Orient.

Par les opérations Trigonométriques, la diſtance Orientale de Croc à la Méridienne de l'Obſervatoire, a été trouvée (p. 73.) de 1113 toiſes vers l'Orient, qui étant réduites en ſecondes de tems, donnent la différence entre les Méridiens de l'Obſervatoire & de Croc de 6" 36'", à 4 ou 5 ſecondes près de celle que l'on a trouvée par l'obſervation de Croc.

A USSEL.

Hauteur Méridienne du bord ſupérieur du Soleil.

Le 28 Septembre, par le Quart-de-Cercle	42° 39'	30"
Réfraction moins la parallaxe		56
Donc hauteur véritable	42 38	34
Demi-diamétre du Soleil	16	5
Donc hauteur du centre	42 22	29
Déclinaiſon	2	6 21
Donc hauteur de l'Equateur	44 28	50
Et hauteur du Pôle à Uſſel	45 31	10

Détermination de la diſtance d'Uſſel à la Méridienne de l'Obſervatoire.

Il y a tout proche d'Uſſel, vers l'Orient, la Chapelle de Notre-Dame de la Chabanne, que l'on apperçoit du Signal de Bort, ce qui joint à la hauteur du Pôle de cette Ville, que l'on vient trouver de 45° 31′ 10″, peut fervir à déterminer fa fituation, par rapport aux Triangles de la Méridienne en cette maniere.

Soit B (Fig. 4.) le Signal de Bort, V la Chapelle de la Chabanne, qui eſt à peu-près dans le même paralléle que le lieu où nous avons obſervé, S, la Chapelle de S. Mary, Bξ la perpendiculaire tirée du Signal de Bort ſur la Méridienne, que l'on a trouvée de 4716. L'on a obſervé du Signal de Bort, l'angle SBV, entre la Chapelle de S. Mary, & la Chapelle de la Chabanne de 115° 21′ 10″, dont ſi l'on retranche l'angle SBξ de 61° 26′ 15″, que la Chapelle de S. Mary fait avec la perpendiculaire tirée du Signal du Bort ſur la Méridienne, l'on aura l'angle VBξ, que cette perpendiculaire fait avec la Chapelle de la Chabanne de 53°. 54′ 55″. La hauteur du Pôle d'Uſſel ayant été trouvée de 45° 31′ 10″, l'on aura la différence, entre les paralléles de Paris & d'Uſſel, de 3° 19′ 0″, ou 189371 toiſes, qui étant retranchées de 196494 toiſes, diſtance de Paris à la perpendiculaire tirée du Signal de Bort à la Méridienne, donne la diſtance VO d'Uſſel à cette perpendiculaire de 7123; & par conſéquent dans le Triangle BOV rectangle en O, dont le côté VO & l'angle VBξ, ou VBO, ſont connus; l'on aura BV, diſtance de Bort à la Chapelle de N. D. de la Chabanne, de 8814 toiſes, & BO de 5191, dont ſi l'on retranche Bξ, que l'on a déterminé de 4716, l'on aura Oξ, diſtance Occidentale de cette Chapelle à la Méridienne de 475 toiſes.

A BORT.

Nous avons obſervé à Bort, la hauteur Méridienne de deux Etoiles que nous avions obſervées à Bourges pendant notre ſéjour, ce qui ſervira à déterminer la hauteur du Pôle de cette Ville.

Le 7 Octobre, hauteur Méridienne de l'épaule ſuivante d'Aquarius, par l'Octans . . . . 42° 52′ 40″

Le 3

Le 3 Septembre , à Bourges 41 11 20
Donc différence 1 42 29

Le même jour , hauteur Méridienne de l'Etoile de la queue
   du Capricorne marquée β dans Bayer . 28° 56′ 20″
Le 9 Septembre , à Bourges 27 15 20
Donc différence 1 41 0
Différence de réfraction 9
Donc différence . . . ? 1 41 9

Si l'on ajoute à cette différence , celle qui réfulte des Triangles, entre les paralleles de Paris & du lieu où nous avons obfervé à Bourges, qui eft de 1° 45′ 10″, l'on aura la différence entre les paralleles de Paris & de Bort de 3° 26′ 19″.

Par les Triangles de la Méridienne, la diftance entre les paralleles de Paris & du Signal de Bort, eft de 196494 toifes, ou 3° 26′ 30″. Ce Signal eft environ 1000 toifes à l'Occident de cette Ville, mais l'on ne fçait pas s'il eft précifément fur le même parallele.

A AURILLAC.

Hauteurs Méridiennes du bord fupérieur du Soleil.

Le 12 Octobre , par le Quart-de-Cercle . . 37° 52′ 0″
Le 13 . . . . 37 29 0
Réfraction moins la parallaxe 1 8
Donc hauteur véritable 37 27 52
Demi-diamétre du Soleil 16 10
Donc hauteur du centre 37 11 42
Déclinaifon du Soleil, le 13 . . . 7 53 5
Donc hauteur de l'Equateur 45 5 47
Et hauteur du pôle à Aurillac . . . 44 55 13

Par les opérations Trigonométriques , la différence entre les paralleles de Paris & du Bois de la Fage qui eft fur une hauteur au Midi d'Aurillac, a été trouvée de 223633 toifes ou 8° 55′, qui étant retranchés de 48° 50′ 10″

hauteur du pôle de Paris, donnent la hauteur d'Aurillac de 44° 55′ 10″.

A RODE'S.

Observations des Taches dans le Soleil.

Le 11 Novembre après midi, ayant voulu prendre des hauteurs du Soleil pour vérifier l'horloge, nous apperçûmes deux Taches vers le bord Occidental du disque du Soleil, la plus grande desquelles étoit vers son bord Occidental. Nous déterminâmes leur situation par le paffage des bords du Soleil, & des Taches par les fils de la Lunette en cette maniere.

A 3^h 22′ 36″ Le bord inférieur du Soleil à l'horifontal.
    23 40 Les deux Taches à l'horifontal.
    25 16 Le bord précédent au vertical.
    25 38 La plus grande Tache au vertical.
    25 43 La plus petite Tache au vertical.
    26 22 Le bord précédent du Soleil à l'horifontal.

Hauteurs Méridiennes des bords fupérieurs du Soleil.

Le 12 Novembre . . . . 28° 9′ 15″
Hauteur Méridienne des deux Taches, que nous avions apperçues le jour précédent dans le difque du Soleil . . . . 27° 55′ 25″

La plus grande de ces deux Taches paffa par le Méridien 7 fecondes après le bord Occidental du Soleil, & la plus petite 10 fecondes après ce même bord.

Le 13 Novembre . . . . 27° 52′ 5″
Réfraction moins la parallaxe 1 43
Donc hauteur véritable 27 50 22
Demi-diamétre du Soleil 16 18
Donc hauteur du centre 27 34 4
Déclinaison 18 5 17
Donc hauteur de l'Equateur 45 39 21

Et hauteur du pôle à Rodès 44 20 39

Hauteur Méridienne de l'Etoile polaire.

Dans la partie supérieute de son cercle par
l'Octans . . . . 46° 39′ 55″
Réfraction 57
Donc hauteur véritable 46 38 58
Distance de l'Etoile polaire au pôle . . . 2 17 50
Donc hauteur du pôle à Rodès 44 21 8

Par les opérations Trigonométriques, la différence entre les paralleles de Paris & de Rodès, a été trouvée de 256495 toises, ou de 4°.29′ 32″, qui étant retranchés de 48° 50′ 10″, hauteur du pôle de Paris, donnent la hauteur du pôle de Rodès de 44° 20′ 38″.

A ALBY.

Hauteur Méridienne du bord supérieur du Soleil.

Le 21 Novembre, par le Quart-de-Cercle 26° 21′ 0″
Réfraction moins la parallaxe 1 50
Donc hauteur véritable 26 19 10
Demi-diamétre du Soleil 16 18
Donc hauteur du centre 26 2 52
Déclinaison du Soleil 20 1 46
Donc hauteur de l'Equateur 46 4 38
Et hauteur du pôle 43 55 22

Hauteur Méridienne de l'Etoile polaire.

Dans la partie supérieure de son cercle . . 46 14 30
Réfraction 58
Donc hauteur véritable 46 13 32
Distance de l'Etoile polaire au pôle . . . 2 17 50
Donc hauteur du pôle à Alby 43 55 42

Par les opérations Trigonométriques, la différence entre les paralleles de Paris & d'Alby, a été trouvée de 280636 toises, & de 4° 54′ 52″ qui étant retranchés de 48° 50′

10″, hauteur du pôle de Paris, donne la hauteur du pôle
d'Alby de 43° 55′ 18″.

A TOULOUSE.

Hauteur Méridienne du bord supérieur du Soleil.

Le 2 Décembre	24°	38′	0″
Réfraction moins la parallaxe		2	0
Donc hauteur véritable	24	36	0
Demi-diamétre du Soleil		16	20
Donc hauteur du centre	24	19	40
Déclinaison	22	3	10
Donc hauteur de l'Equateur	46	22	50
Et hauteur du pôle à Touloufe	43	37	10

Hauteur Méridienne de l'Etoile polaire.

Dans la partie fupérieure de fon cercle par le Quart-de-Cercle	45°	56′	0″
Réfraction			58
Donc hauteur véritable	45	55	2
Diftance de l'Etoile polaire au pôle . .	2	18	0
Donc hauteur du pôle à Touloufe . . .	43	37	2

A CARCASSONE.

Hauteurs Méridiennes du bord fupérieur du Soleil.

Le 9 Décembre, par le Quart-de-Cercle	24°	13′	0″
Le 13	23	53	30
Le 19	23	39	10
Le 23	23	38	15
Le 25	23	41	20
Le 27	23°	45′	20″
Réfraction moins la parallaxe		2	7
Donc hauteur véritable	23	43	13
Demi-diamétre du Soleil		16	22
Donc hauteur du centre	23	26	51

Déclinaison Méridionale 23 21 6
Donc hauteur de l'Equateur 46 47 57
Et hauteur du pôle de Carcaffone . . . 43 12 3

Hauteur Méridienne de l'Etoile polaire.

Dans la partie fupérieure de fon cercle . . 45° 32' 10″
Dans la partie inférieure 40 56 45
Différence 4 35 25
Donc diftance de l'Etoile polaire au pôle . 2 17 42
Donc hauteur du pôle apparente . . . 43 14 27
Réfraction 1 3
Donc hauteur du pole véritable . . . 43 13 24

Le lieu où nous obfervions à Carcaffone, étoit plus Méridional que la Tour de S. Vincent de 185 toifes ou 12 fecondes, qu'il faut ajouter à la hauteur du pôle, qui réfulte
des obfervations du Soleil & de l'Etoile polaire, pour avoir
la hauteur du pôle de cette Tour.

Par les opérations Trigonométriques, la différence entre les paralleles de Paris & de S. Vincent de Carcaffone,
a été trouvée de 321459 toifes, ou de 5° 37' 47″, qui
étant retranchés de 48° 50' 10″, hauteur du pole de Paris,
donne la hauteur du pôle de Carcaffone de 43° 12' 23″.

Obfervation de la conjonction de la Lune avec l'Oeil du Taureau Aldebaram.

Le 23 Décembre au foir, ayant placé le bord fupérieur
de la Lune, enforte qu'il rafoit, par fon mouvement à
l'Occident, le fil parallele d'une Lunette, nous obfervâmes la différence entre les paffages des bords de la Lune
& d'Aldebaram, par les Cercles horaires & les obliques,
en cette maniere.

A 11ʰ 19' 33″   Le bord précédent de la Lune au Cercle
horaire.
11 23 5   Aldebaram au Cercle horaire.

Y iij

3 32   Différence entre le passage du bord précédent & d'Aldebaram, par le Cercle horaire.

La déclinaison d'Aldebaram, à l'égard du bord supérieur de la Lune, étoit alors de 52″.

A 11ʰ 27′ 28″   Le bord précédent de la Lune au Cercle horaire.
11   30   46   Aldebaram.
3   18   Différence.

La déclinaison d'Aldebaram, à l'égard du bord supérieur de la Lune, étoit de 55″.

A 11ʰ 35′ 51″   Le bord précédent de la Lune au Cercle horaire.
11   38   55   Aldebaram.
3   4   Différence en ascension droite.
56   Différence de déclinaison.

A 11ʰ 42′ 32″   Le bord précédent de la Lune au Cercle horaire.
11   45   26   Aldebaram.
3   54   Différence en ascension droite.
58   Différence de déclinaison.

A 11ʰ 57′ 56″   Le bord précédent de la Lune au Cercle horaire.
12   0   24   Aldebaram.
2   28   Différence en ascension droite.
1   5   Différence de déclinaison.

La différence entre les passages du bord précédent & du suivant de la Lune, a été trouvée de 2′ 13″ $\frac{1}{2}$. On s'est servi ici du passage du bord précédent ou Occidental de la Lune, à cause que la Lune manquoit du côté de l'Orient, la pleine Lune ne devant arriver que le 26.

Le 24 Décembre.

A oh 5' 47" Aldebaram entre dans la partie obfcure
de la Lune.

1 20 27 Aldebaram fort de la partie éclairée.

1 14 40 Durée de l'Eclipfe d'Aldebaram par la
Lune.

37 20 Moitié de la durée.

0 43 7 Conjonction de la Lune avec Aldebaram.

Pour décrire la fituation de la Lune à l'égard d'Aldebaram, dans les différentes obfervations que nous avons faites avant l'immerfion de cette Etoile, l'on a d'abord réduit le diamétre de la Lune, obfervé par les paffages des bords de 2' 13" ½, à celui que l'on auroit trouvé, fi la Lune eût été pleine, & l'on a ôté le mouvement propre de la Lune, pendant le tems de ce paffage.

L'on a enfuite tracé le parallele d'Aldebaram (Fig 5.) que l'on a divifé en minutes & fecondes de tems. Dans la premiere obfervation, la différence entre le bord précédent de la Lune & d'Aldebaram, étant de 3' 32", on a placé cette Etoile à 3' 32" du commencement de la divifion. La déclinaifon d'Aldebaram, à l'égard du bord Septentrional de la Lune, étant de 0' 52", on l'a retranché de 1' 8" ¼, demi-diamétre de la Lune, pour avoir la diftance du centre de la Lune au parallele d'Aldebaram de 16" ½; & ayant tiré à 1' 8" ½ du commencement de la divifion une perpendiculaire CD ; l'on a placé le centre de la Lune au point D à 16" ½ du parallele d'Aldebaram vers le Midi.

L'on a placé de la même maniere le centre de la Lune, à l'égard du parallele d'Aldebaram, dans les obfervations fuivantes, & l'on a tiré par ces points une ligne D E, qui repréfente le chemin de la Lune à l'égard d'Aldebaram, qui eft fuppofé fixe dans cette figure.

L'on voit par-là, que cette Etoile a rencontré la Lune en *A* dans fa partie Méridionale, qu'elle en eft fortie à la même diftance de fon orbite , de forte que fi la Lune eût été diaphane , on l'auroit vû décrire une parallele *A B* au chemin de la Lune , avec une déclinaifon Méridionale de deux ou trois minutes à l'égard du centre de cette Planéte.

A PERPIGNAN.

Hauteurs Méridiennes du bord fupérieur du Soleil.

Le 21 Janvier 1701	27° 43′ 0″
Le 24	28 25 0
Le 28	29 25 15
Le 29	29 41 15
Le 31	30 15 15
Le 1 Février	30 31 15
Le 3	31 5 55
Le 7	32 18 45
Le 8	32 37 45
Le 9	32 57 15
Le 10	33 16 45
Le 12	33 55 25
Le 15	34 57 30

Le 17	35° 39′ 25″
Réfraction moins la parallaxe	1 13
Donc hauteur véritable	35 38 12
Demi-diamétre du Soleil	16 20
Donc hauteur du centre	35 21 52
Déclinaifon du Soleil	11 57 1
Donc hauteur de l'Equateur	47 18 53
Et hauteur du pôle	42 41 7

Hauteur Méridienne de l'Etoile polaire.

Dans la partie inférieure de fon cercle . .	40° 25′ 30″
Réfraction	1 10
Donc hauteur véritable	40 24 20
Diftance de l'Etoile polaire au pôle . .	2 17 50
Donc hauteur du pôle	42 42 10

Hauteur

Hauteur Méridienne d'Aldebaram . . . 63° 11' 35"
A l'Obfervatoire le 15 Février 57 3 0
Différence 6 8 35
Différence de réfraction 8
Donc différence véritable 6 8 43

Obfervation de la Conjonction de la Lune avec l'Oeil du Taureau Aldebaram.

Le 16 Février au foir, ayant placé le bord fupérieur de la Lune, enforte qu'il rafoit par fon mouvement à l'Occident le fil paralléle d'une Lunette, nous obfervâmes la différence entre les paffages de la Lune & d'Aldebaram par les fils perpendiculaires & les obliques, en cette maniere.

A 6ʰ 8' 13" Le bord précédent de la Lune au Cercle
                horaire.
    10 13½ Premiere corne au Cercle horaire.
    10 32 Seconde corne au Cercle horaire.
    10 33 Aldebaram au premier oblique.
    10 41 Aldebaram au Cercle horaire.
    10 49 Aldebaram au fecond oblique.
    2 28 Différence entre le paffage du bord Occidental de la Lune & d'Aldebaram par le Cercle horaire.
       8 Déclinaifon d'Aldébaram, à l'égard du bord Septentrional de la Lune.
    1 9¼ Différence entre le paffage du bord précédent & du centre de la Lune.

Ayant enfuite placé l'Etoile fur le fil horifontal du Quart-de-Cercle.

A 6ʰ 15' 49"½ Le bord précédent de la Lune au vertical.
    16 47 Premiere corne au vertical.
    17 11 Seconde corne au vertical.
    18 3 Aldébaram au vertical.

Hauteur Méridienne d'Aldébaram . . . 63^h 11′ 40″
Hauteur Méridienne du bord fupérieur de la
Lune 63 15 10

    2 13½ Différence entre le paffage du bord Occi-
            dental de la Lune & d'Aldébaram par
            le Cercle horaire.

    1 9½ Différence entre le paffage du bord Occi-
            dental & du centre de la Lune.

La déclinaifon Méridionale d'Aldébaram à l'égard du
bord Septentrional de la Lune étoit alors de 0° 3′ 30″.

Ayant enfuite placé le bord Septentrional de la Lune
fur le fil paralléle.

A 6^h 28′ 15″ Le bord précédent de la Lune au Cercle
            horaire.

    29 44 Aldébaram au Cercle horaire.

    30 6 Aldébaram au Cercle horaire.

    1 51 Différence entre le paffage du bord Occi-
            dental de la Lune & d'Aldébaram, par
            le Cercle horaire.

    22 Différence de déclinaifon.

A 6^h 30′ 18″ Aldébaram entre dans la partie obfcure
            de la Lune.

    7 44 9 Aldébaram fort de la partie éclairée.

    1 13 51 Durée de l'Eclipfe d'Aldébaram par la
            Lune.

    36 55½ Moitié de la durée.

    7 7 13½ Conjonction de la Lune avec Aldébaram.

On a, par le moyen de ces obfervations, déterminé de
la maniere qui a été expliquée ci-deffus, la fituation d'Aldébaram à l'égard de la Lune, comme il eft marqué dans
la Figure 6, où l'on voit que cette Etoile a paffé vers le
bord Septentrional de la Lune, avec une déclinaifon d'environ 7 minutes à l'égard du centre de cette Planéte.

A COLLIOURE.

Hauteurs Méridiennes du bord supérieur du Soleil.

Le 21 Février par le quart de Cercle . . . 37° 15′ 5″
Le 22 . . . . 37 37 20
Le 23 très-exacte 38 58 35
Le 25 . . . . 38 58 35
Le 26 . . . . 38 43 5
Le 27 . . . . 39 27 40
Le 2 Mars 40 35 55
Le 3 . . . . 40 58 10

L'obfervation du 23 Février ayant été faite avec beaucoup d'exactitude, l'on pourra s'en fervir pour calculer la
hauteur du Pôle.

Le 23 . . . . 37° 58′ 35″
Réfraction moins la parallaxe 1 7
Donc hauteur véritable 37 57 28
Demi-diamétre du Soleil 16 15
Donc hauteur du centre 37 41 13
Déclinaifon 9 47 45
Donc hauteur de l'Equateur 47 28 58
Et hauteur du Pôle à Collioure 42 31 2

Par les obfervations de la Chévre, faites à Collioure &
à Paris avec un inftrument de 10 pieds de rayon, l'on a
trouvé la différence entre les paralléles de ces deux Villes
de 6° 18′ 55″, qui étant retranchés de 48° 50′ 10″, hauteur du Pôle de Paris, donne la hauteur du Pôle de Collioure de 42° 31′ 15″

Observation de l'Eclipse de la Lune.

Le 22 Février 1701.

Le 22 Février 1701, la Lune vûe un moment entre les
   nuages, parut encore entiere à . . . . 10ᵇ 16′

La Lune s'étant un peu découverte, parut
   obscurcie dans son bord, mais on ne
   distinguoit ni le bord de l'ombre ni les
   Taches de la Lune 10 21

Elle parut entre les nuages éclipsée presque
   de la quatrième partie de sa circonférence. 10 35 26″

Les deux Taches de Snellius & Furnerius
   parurent au bord de l'ombre 11 6 58

L'ombre étoit éloignée de la Tache la plus
   Occidentale des trois qui forment le sinus Medius, de la largeur de cette Tache à 11 12 39

L'ombre à Petavius 11 20 10

Le milieu de Petavius dans l'ombre . . . 11 22 20

L'ombre au bord clair de la Tache Occidentale de sinus Medius qu'elle a rasée
   long-tems 11 23 40

Petavius est tout dans l'ombre 11 25 40

Grimaldi sort de l'ombre 11 26 20

Le milieu de Grimaldi sort 11 26 58

Grimaldi est entiérement sorti 11 29 35

L'ombre s'éloigne sensiblement de la Tache
   Occidentale de Sinus-Medius . . . 11 31 41

L'ombre au bord de Langrenus 11 38 22

Langrenus est tout hors de l'ombre . . 11 5 45

On voit Tycho dans l'ombre sur le bord. . 12 15 17

Le milieu de Tycho sort 12 16 31

La partie éclairée de Tycho sort . . . 12 17 46

Fracastorius sort 12 17 47

La bordure brune de Tycho est sortie. . 12 18 49

Le bord clair de Fracastorius est sorti . . 12 19 26

Petavius eſt ſorti avec un mouvement fort lent   12ʰ 20′ 26″
Deux doigts par eſtime reſtent éclipſés . . 12 23 47
Furnerius & Snellius ſont ſortis entiérement 12 29 20
Un doigt par eſtime reſte éclipſé 12 29 58
Fin de l'Eclipſe 12 36 57
La plus grande obſcurité meſurée par le Micrométre parut de 5 doigts 55 minutes.

En comparant enſemble les phaſes de la même grandeur, avant & après le milieu de l'Eclipſe, l'on trouve que le milieu de l'Eclipſe a dû arriver à . . . 11ʰ 27′ 40″
La fin totale à été obſervé à 12 36 57
Donc la moitié de la durée a été de . . 1 9 17
Et le commencement de l'Eclipſe à . . 10 18 23

Les nuages empêcherent d'obſerver cette Eclipſe à Paris, mais elle fut obſervée en divers endroits, comme on le peut voir dans les Mémoires de l'Académie Royale des Sciences de l'année 1701, où l'on a rapporté la comparaiſon de ſes phaſes principales.

A S. ELME.

Hauteur Méridienne du bord ſupérieur du Soleil.

Le 11 Mars, par l'Octans . . . . . 44° 5′ 40″
Réfraction moins la parallaxe 54
Donc hauteur du Pôle 44 4 46
Demi-diamétre du Soleil 16 9
Donc hauteur du centre 43 48 37
Déclinaiſon Septentrionale 3 41 0
Donc hauteur de l'Equateur . . . 47 29 37
Et hauteur du Pôle au Fort St. Elme . . 42 30 23

Par les opérations Trigonométriques, la Tour de S. Elme eſt plus Méridionale que Collioure de 570 toiſes ou 36″ de degré, qui étant retranchés de 42° 31′ 15″, hauteur

Z iij

du Pôle de Collioure, donne la hauteur du Pôle de S. Elme de 42° 30′ 39″.

A NARBONNE.

Hauteur Méridienne de l'Etoile polaire.

Dans la partie inférieure de son cercle le
17 Mars	40° 53′ 35″
Réfraction	1 7
Donc hauteur véritable	40 52 28
Distance de l'Etoile polaire au Pôle . .	2 17 45
Donc hauteur du Pôle à Narbonne . . .	43 10 13

Le lieu où nous avons observé à Narbonne, est sur le quay qui est à l'extrémité Orientale de la Ville.

A MONTPELLIER.

Hauteur Méridienne du bord supérieur du Soleil.

Le 28 Mars, par l'Octans.	49° 41′ 15″
Réfraction moins la parallaxe	50
Donc hauteur véritable	49 40 25
Demi-diamétre du Soleil	16 5
Donc hauteur du centre	49 24 20
Déclinaison	3 0 40
Donc hauteur de l'Equateur	46 23 40
Et hauteur du Pôle à Montpeiller . . .	43 36 20

Hauteur Méridienne de l'Etoile polaire.

Dans la partie inférieure de son Cercle le
28 Mars	41° 20′ 5″
Réfraction	1 6
Donc hauteur	41 18 59
Distance de l'Etoile polaire au Pôle . .	2 17 45
Donc hauteur du Pôle à Montpellier . .	43 36 44

Nous avons fait ces observations sur la Tour de la Maison de M. de Plantade, Conseiller de la Cour des Aides.

M. Picard obferva près de la Carnougue, qui eſt plus Septentrional que le lieu où nous avons obfervé la hauteur du Pôle de Montpellier de 43° 36' 50", comme il eſt rapporté dans le Livre des Voyages de l'Académie.

Par les opérations Trigonométriques, la différence entre les parallèles de Paris & de la Tour de M. de Plantade, où nous avons obfervé à Montpellier, a été trouvée de 299030, ou 5° 14' 13", qui étant retranchés de 48° 50' 10", hauteur du Pôle de Paris, donne la hauteur du Pôle de Montpellier de 43° 35' 57".

Obſervations des Taches dans le Soleil.

Le 29 Mars au foir, nous apperçûmes dans le Soleil un amas de Taches. Nous déterminâmes leur ſituation, par le paſſage des bords du Soleil & des Taches par les fils de la Lunette de l'Octans. Elles étoient alors dans la partie Orientale du Soleil, aſſez près de fon centre, où elles dévoient paſſer le foir fur les 8 heures du foir, avec une déclinaifon à l'égard de l'Equateur de 12° vers le Midi.

Le 30 Mars le Ciel fut couvert, & le 31 l'on ne voyoit plus ces Taches dans le Soleil.

Les obſervations que l'on a faites pour déterminer la fituation de cette Tache, font rapportées dans les Mémoires de l'Académie Royale des Sciences de 1701.

A AVIGNON.

Hauteur Méridienne du bord ſupérieur du Soleil.

Le 6 Avril, par l'Octans	52°	48'	0"
Réfraction moins la parallaxe			45
Donc hauteur véritable	52	47	15
Demi-diamétre du Soleil		16	0
Donc hauteur du centre	52	31	15
Déclinaifon		6 27	58
Donc hauteur de l'Equateur	46	3	17
Et hauteur du Pôle à Avignon	43	56	43

.Nous avons fait cette observation dans l'Hôtellerie de S. Omer près de la porte du Rhône.

Nous trouvâmes dans le même lieu en 1696, au retour de notre voyage d'Italie, la hauteur du Pôle d'Avignon de 43° 57′ 15″, de sorte qu'on peut l'établir de 43° 57′ 9″.

A THEIN en Dauphiné.

Hauteur Méridienne du bord supérieur du Soleil.

Par l'Octans le 10 Avril . . . . 53° 9′ 25″
Réfraction moins la parallaxe 39
Donc hauteur 53 8 46
Demi-diamétre du Soleil 16 1
Donc hauteur du centre 52 52 45
Déclinaison du Soleil 7 57 37
Donc hauteur de l'Equateur 44 55 8
Et hauteur du Pôle à Thein 45 4 52

Hauteur Méridienne de l'Etoile polaire.

Dans la partie inférieure de son cercle . . 42° 47′ 35″
Réfraction 1 5
Donc 42 46 30
Distance de l'Etoile polaire au Pôle . . 2 17 45
Donc hauteur du Pôle à Thein 45 4 15

A LYON, dans la Place des Tereaux.

Hauteur Méridienne de l'Etoile polaire.

Dans la partie inférieure de son cercle au mois d'Avril,
  par l'Octans . . . . 43° 28′ 55″
Réfraction 1 2
Donc hauteur 43 27 53
Distance 2 17 45
Donc hauteur du Pôle à Lyon 45 45 38

A TARARE

A TARARE.

Hauteur Méridienne de l'Etoile polaire.

Dans la partie inférieure de son cercle par
l'Octans . . . . 43° 36′ 0″
Réfraction 1 0
Donc 43 35 0
Distance 2 17 45
Donc hauteur du pôle à Tarare 45 52 45

A ROUANNE.

Hauteur Méridienne de l'Etoile polaire.

Dans la partie inférieure de son cercle par
l'Octans . . . . 43° 45′ 55″
Réfraction 1 2
Donc hauteur véritable 43 44 53
Distance 2 17 45
Donc hauteur du pôle à Rouanne . . . 46 2 38

A LA PACAUDIERE.

Hauteur Méridienne du bord supérieur du Soleil.

Le 19 Avril par l'Octans . . . . . . 55° 16′ 0″
Réfraction moins la parallaxe 35
Donc hauteur véritable 55 15 25
Demi-diamètre du Soleil 15 58
Donc hauteur du centre 54 59 27
Déclinaison 11 11 0
Donc hauteur de l'Equateur 43 48 27
Et hauteur du pôle à la Pacaudiere . . 46 11 33

A LA PALISSE.

Hauteur Méridienne de l'Etoile polaire.

Dans la partie inférieure de son cercle le 19 Avril
par l'Octans . . . . 43° 58′ 0″

Suite des Mém. de 1718. A a

Réfraction   1   0
Donc hauteur véritable 43 57   0
Diſtance de l'Etoile polaire au pôle . . .   2 17 45
Donc hauteur du pôle à la Paliſſe . . .   46 14 45

A MOULINS.

Hauteur Méridienne du bord ſupérieur du Soleil.

Le 21 Avril , par l'Octans . . . . .   55° 33′ 50″
Réfraction moins la parallaxe   35
Donc hauteur véritable 55 33 15
Demi-diamétre du Soleil , ...   15 58
Donc hauteur du centre 55 17 17
Déclinaiſon du Soleil 11 52   6
Donc hauteur de l'Equateur 43 25 11
Et hauteur du pôle à Moulins 46 34 49

Hauteur Méridienne de l'Etoile polaire.

Dans la partie inférieure de ſon cercle . . 44° 17′ 30″
Réfraction   1   0
Donc 44 16 30
Diſtance 2 17 45
Donc hauteur du pôle à Moulins . .   46 34 15

A S. PIERRE LE MONSTIERS.

Hauteur Méridienne du bord ſupérieur du Soleil.

Le 22 Avril , par l'Octans . . . .   55° 41′ 45″
Réfraction moins la parallaxe   35
Donc hauteur véritable 55 41 10
Demi-diamétre du Soleil   16   0
Donc hauteur véritable du centre du Soleil 55 25 10
Déclinaiſon 12 12 20
Donc hauteur de l'Equateur 43 12 50
Et hauteur du pôle à S. Pierre 46 47 10

Hauteur Méridienne de l'Etoile polaire.

Dans la partie inférieure de son cercle . :	44°	30'	45"
Réfraction		1	0
Donc hauteur véritable	44	29	45
Distance de l'Etoile polaire au pôle . .	2	17	45
Donc hauteur du pôle à S. Pierre . . .	46	47	30

A NEVERS.

Hauteur Méridienne du bord supérieur du Soleil.

Le 23 Avril par l'Octans	53°	21'	30"
Réfraction moins la parallaxe . . .			35
Donc hauteur véritable du bord supérieur	55	49	15
Demi-diamétre du Soleil		16	0
Donc hauteur du centre	55	33	15
Déclinaison	12	32	25
Donc hauteur de l'Equateur . . .	43	0	50
Et hauteur du pôle à Nevers. . . .	46	59	10

A LA CHARITE.

Hauteur Méridienne de l'Etoile polaire.

Dans la partie inférieure de son cercle . :	44°	53'	40"
Réfraction		1	0
Donc hauteur véritable	44	52	40
Distance de l'Etoile polaire au pôle . .	2	17	45
Donc hauteur du Pôle à la Charité . .	47	10	25

A POUILLY.

Hauteur Méridienne du bord supérieur du Soleil.

Le 24 Avril, par l'Octans	55°	51'	25"
Réfraction moins la parallaxe			35
Donc hauteur	55	50	50
Demi-diamétre du Soleil		15	57

Donc hauteur du centre 55 34 53
Déclinaison 12 52 17
Donc hauteur de l'Equateur 42 42 36
Et hauteur du pôle à Pouilly 47 17 24

A MONTARGIS.

Hauteur Méridienne de l'Etoile polaire.

Dans la partie inférieure de son cercle le 27 Avril par
  l'Octans . . . . 45° 43′ 10″
Réfraction 1 0
Donc hauteur véritable 45 42 10
Distance de l'Etoile polaire au pôle . . 2 17 45
Donc hauteur du pôle à Montargis . . 47 59 55

Par les opérations Trigonométriques, la distance de Paris
au parallele de Montargis, a été trouvée de 47815 toises,
ou de 0° 50′ 15″, qui étant retranchés de 48° 50′ 10″, hauteur du pôle de Paris, donne la hauteur du pôle de Montargis de 47° 59′ 55″, précisément de même qu'on l'a trouvée
par l'observation de l'Etoile polaire.

DE LA GRANDEUR
ET
DE LA FIGURE
DE
LA TERRE.

SECONDE PARTIE

Qui comprend les Observations faites pour déterminer la Ligne Méridienne de l'Observatoire Royal depuis Paris jusqu'à l'extrémité Septentrionale du Royaume.

APRE's avoir prolongé jusqu'à l'extrémité Méridionale du Royaume, la Ligne Méridienne qui passe par le milieu de l'Observatoire Royal de Paris ; il étoit nécessaire de la décrire jusqu'à l'extrémité Septentrionale, pour avoir toute l'étendue de ce Royaume, depuis le Midi jusqu'au Septentrion, qui comprend plus de huit degrés & demi de la circonférence de la Terre, c'est-à-dire, environ sa quarante-deuxiéme partie. Car ayant entrepris de déterminer tout le circuit de la Terre par la mesure d'une de ses parties, il est constant que plus l'étendue mesurée est grande, & moins il doit y avoir d'erreur dans toute la quantité qui en résulte.

Il étoit d'ailleurs avantageux, tant pour le progrès de

la Géographie, que pour réfoudre les queftions qui s'étoient
élevées dans le fiécle précédent fur la figure de la Terre,
de pouvoir s'affurer fi les degrés d'un même Méridien font
égaux dans toute fa circonférence, ou s'ils ont quelque inégalité fenfible, ce qui ne pouvoit fe déterminer qu'en mefurant vers le Nord une portion de ce Méridien, & examinant, fi les degrés compris dans cette étendue, font
égaux à ceux qui avoient été obfervés vers le Midi.

Il eft vrai que les obfervations de M. Picard, rapportées
dans fa mefure de la Terre, & comparées à celles que nous
avions faites vers le Midi, fembloient prouver que les degrés des Méridiens diminuoient en s'approchant du Pôle.
Mais la diftance de Paris à Amiens, où fe terminoient fes
mefures, qui n'eft que d'environ un degré, étoit trop petite, pour qu'on pût s'affurer que la différence des degrés
qui en réfultoit, ne fût pas caufée par quelques erreurs prefque inféparables des obfervations. Car M. Picard ayant
déterminé la grandeur du degré de 57060 toifes, plus petite feulement de 37 toifes que celle que nous avions trouvée vers le Midi, cette différence pouvoit être caufée par
une erreur de deux ou trois fecondes dans l'obfervation des
Aftres, qui eft une précifion au-delà de laquelle il avoue
qu'on ne peut jamais arriver.

Toutes ces confidérations ayant été repréfentées par M.
l'Abbé Bignon à S. A. R. Monfeigneur le Duc d'Orléans,
Régent du Royaume, je reçus ordre d'entreprendre cet
Ouvrage, de concert avec M. Maraldi & M. de la Hire le
fils, qui avoit depuis peu fuccédé à la place de M. fon Pere,
qui y avoit déja travaillé en l'année 1683.

Comme M. de la Hire n'avoit employé dans la plûpart
de fes obfervations, qui fe terminoient aux environs de
Béthune que de petits inftrumens, dans le deffein de reconnoître d'abord les objets qui pouvoient fervir à la
conftruction des Triangles, pour les déterminer enfuite
avec plus de précifion, par de grands inftrumens femblables à ceux que nous avons employés; nous jugeâmes à

propos de commencer nos opérations, aux endroits où
M. Picard avoit cessé ses plus exactes mesures.

Nous allâmes pour cet effet à Montdidier, d'où nous
observâmes le 2 Juin de l'année 1718, les angles de position entre Sourdon & les objets éloignés qui étoient aux
environs. Nous choisîmes entre ces objets, le Clocher de
Mézieres, qui se trouve à peu près à égale distance de Sourdon & de Montdidier, & qui forme avec ces deux lieux
un Triangle, dont tous les trois angles ont été observés,
& approchent fort de 60 degrés, qui est la disposition la
plus convenable pour l'exactitude des opérations Géométriques. Nous substituâmes ce Triangle à celui de M. Picard, formé par Montdidier, Sourdon & l'Arbre de Mo-
reuil, dont deux angles avoient été seulement observés, &
le troisiéme qui étoit le plus aigu avoit été conclu; &
nous continuâmes nos opérations, en observant successivement les angles de position, entre les lieux visibles les
uns des autres, pour former une suite de Triangles non in-
terrompue jusqu'à l'extrémité Septentrionale du Royaume, de même que nous l'avions pratiquée dans la partie
Méridionale.

Nous donnerons dans la suite de cet Ouvrage le détail
de nos observations; nous nous contenterons de remarquer
ici, que nous avons fait transporter nos Quarts-de-Cercle
dans les Tours ou Clochers, dont la situation étoit la plus
avantageuse pour la continuation des Triangles; & comme
dans la Picardie, l'Artois & la Flandre, la plûpart de ces
Clochers sont environnés d'Arbres très-élevés, il a fallu s'y
placer le plus haut qu'il a été possible, y dresser des échaf-
fauts, & y faire des ouvertures en différens endroits, pour
pouvoir découvrir les objets éloignés qui étoient aux environs.

Nous avons ainsi continué nos observations jusqu'à 3 ou
4 lieues en deçà de Béthune, où il y a quelques montagnes
qui s'étendent de l'Orient vers l'Occident, sur lesquelles il
n'y a aucun objet qui puisse se remarquer; c'est pourquoi

après y avoir cherché le lieu le mieux exposé, nous y avons fait dresser un Signal qui pût s'appercevoir, tant du côté du Septentrion que du côté du Midi, & nous servir à continuer nos Triangles. C'est de ces Montagnes que nous commençâmes à appercevoir diverses Villes ou objets remarquables, & sur-tout Mont-Cassel, que l'on distingue aussi du bord de la Mer.

Entre les Triangles, que nous avons formé pour décrire la Méridienne, nous avons choisi ceux dont les trois angles ont été observés, dont les angles sont les moins aigus, & dont les côtés sont les plus grands, ou du moins ceux dans lesquels il se rencontre la plûpart de ces circonstances; car la situation du terrein & des objets qui y sont placés, ne permet pas toujours de les décrire en la forme qui seroit la plus convenable.

Ces Triangles depuis Paris jusqu'à Dunkerque, sont au au nombre de 29, dont neuf anciens, observés par M. Picard, & vingt nouveaux, lesquels comprennent la partie Septentrionale du Royaume, qui est aux environs de la Méridienne.

Nous les avons appellé principaux, pour les distinguer d'un grand nombre d'autres que nous n'avons regardé que comme accessoires, & qui nous ont servi, non-seulement pour vérifier en différentes manieres les distances conclues par les premiers Triangles, mais même pour déterminer la situation de quantité de lieux, & de la plus grande partie des Villes de l'Artois & de la Flandre, ce qui est d'une très-grande utilité pour dresser ou rectifier les Cartes particulieres de ce Pays, tant pour régler les limites, que par rapport aux campemens qui s'y font dans le tems de la Guerre.

Enfin, pour éviter ou reconnoître les erreurs qui pourroient s'être glissées dans la multitude des opérations, nous avons vérifié notre dernier Triangle par une base de 5564 toises, dont la longueur a été mesurée exactement dans un terrein uni sur le bord de la Mer, depuis le Fort de Revers

jusqu'à

jufqu'à une Dune, à l'Orient de Dunkerque, où l'on avoit placé un Signal, & nous avons mefuré deux fois la plus grande partie de cette étendue, principalement dans les endroits où il paroiffoit y avoir quelques petites inégalités, à caufe des fables que la Mer tranfporte continuellement d'un lieu à l'autre.

Cette bafe actuelle s'eft trouvée s'accorder à une toife près, à celle qui réfultoit de la fuite des Triangles, que nous avions calculés fur une bafe de 5663 toifes, mefurée par M. Picard entre Villejuifve & Juvify, laquelle avoit fervi de fondement à fa mefure de la Terre.

Pour déterminer la fituation de la Ligne Méridienne, par rapport aux objets qui font aux environs, on a d'abord obfervé la déclinaifon de la Tour de Montlhery, à l'égard du Méridien qui paffe par le milieu de l'Obfervatoire Royal de Paris, (comme il eft rapporté au chap. 5. de la première partie.) Cette déclinaifon étant une fois connue, on a obfervé de la Tour de Montlhery, les angles de pofition entre l'Obfervatoire & les autres objets employés dans la mefure de M. Picard, d'où l'on a conclu la déclinaifon de ces objets par rapport au Méridien, & ainfi fucceffivement jufqu'au bord de la Mer. On a enfuite vérifié la direction de ce Méridien, par les obfervations faites fur le haut de la Tour de Dunkerque, au coucher du Soleil, & à fon paffage par le Méridien.

On a, par cette Méthode, déterminé en toifes la diftance entre les paralleles de l'Obfervatoire de Paris & de la Tour de Dunkerque, & la diftance de cette Tour à la Méridienne de Paris, qui paffe à l'Occident de Dunkerque, un peu en deçà de l'embouchure du Canal de Mardik.

Cette diftance avoit été déterminée en 1682, par les obfervations des Satellites de Jupiter, faites à Dunkerque par M. de la Hire, comparées à celles que mon Pere avoit faites en même tems à Paris. Deux de ces obfervations, qui font rapportées dans le Livre des Voyages de l'Académie imprimé en 1693, donnent la différence des Méridiens entre Paris & Dunkerque, l'une de trois secondes, & l'autre de huit secondes d'heure. Cette derniere détermination ne s'éloigne que d'une seconde & un tiers, de la différence entre les Méridiens de ces deux lieux, déterminée en toises & réduite en secondes d'heure, de la maniere pratiquée par les Astronomes.

Ayant, comme l'on a dit ci-dessus, déterminé la distance entre les paralléles de Paris & de Dunkerque, il étoit nécessaire, pour avoir la grandeur des degrés, de connoître l'arc du Méridien intercepté entre ces deux Villes. Ces observations demandent une précision encore plus grande que celle des opérations Géométriques; car l'erreur d'une seule seconde dans la hauteur des Astres, en cause une de 16 toises sur la circonférence de la Terre, au lieu que cette même erreur, dans l'observation d'un angle, est presqu'insensible dans la grandeur du côté opposé qui en résulte.

Pour faire ces observations avec toute l'exactitude possible, nous avions fait porter avec nous un instrument de près de 10 pieds de rayon, semblable à celui dont M. Picard s'étoit servi autrefois pour sa mesure de la Terre, à la réserve de la disposition de la Lunette; dont l'axe étoit paralléle à la ligne qui passoit par le centre, & par le milieu de la division, afin de pouvoir observer une même Etoile, en tournant l'instrument successivement du côté du Midi & du côté du Nord, ce qui donne exactement la distance apparente de l'Etoile au Zénith, sans avoir besoin d'aucune vérification. Le Limbe de cet instrument ne comprenoit que 12 degrés, qui étoient divisés par des transversales jusqu'en tiers de minutes, en sorte qu'on pouvoit observer les Etoiles qui étoient à la distance seulement de 6 degrés de côté & d'autre du Zénith, ce qui étoit suffisant pour avoir, par le même instrument, la différence entre les paralléles de Paris & de Dunkerque, qui ne different l'un de l'autre que de 2 degrés & un cinquiéme, au lieu que la distance de Paris à l'extrémité Méridionale du Royaume, étant de plus de 6 degrés, nous avions été obligés d'y employer un inftrument, qui étoit à peu-près de même rayon, mais qui comprenoit un arc de 30 degrés.

Pour placer cet inftrument, nous fimes conftruire fur un terrein folide, un petit Obfervatoire fermé exactement de tous les côtés, & découvert feulement par le haut, & nous obfervâmes diverfes fois, en tournant l'inftrument, tant du côté du Nord que du côté du Midi, les mêmes Etoiles à leur paffage par le Méridien, jufqu'à ce qu'elles donnaffent précifément la même hauteur.

Ces obfervations furent terminées le 10 Août 1718, & nous partîmes auffi-tôt après, pour nous en retourner à Paris, & y obferver la hauteur ou diftance au Zénith de ces mêmes Etoiles, ce qu'il étoit important de faire dans la même faifon, & le plus promptement qu'il feroit poffible, afin qu'on ne pût pas foupçonner qu'il y eût aucune variation dans la hauteur de ces Etoiles, produite par la paral-laxe de l'Orbe annuel, ou par quelque autre caufe incon-nue, comme on l'obferve fouvent en diverfes Etoiles fixes.

Nous fimes donc, auffi-tôt après notre retour, placer no-tre grand inftrument dans le lieu qu'on appelle le petit Ob-fervatoire, qui eft découvert par le haut, pour pouvoir ob-ferver les Etoiles qui paffent près du Zénith; & nous com-mençâmes le 23 Août nos obfervations, que nous conti-nuâmes jufqu'au 4 Septembre, après avoir déterminé la diftance d'une de ces Etoiles au Zénith fept fois de fuite de la même quantité, fans qu'il y ait eu aucune différence.

Enfin, pour ne laiffer aucun fcrupule de la part de cet inftrument, nous avons vérifié fes divifions avec un très-grand foin, & en différentes manieres, & nous y avons eû égard dans la comparaison que nous avons faite des obfer-vations, qui ont été employées pour déterminer la différen-ce des paralléles entre Paris & Dunkerque.

Nous ne devons pas oublier, qu'ayant, dès le commen-cement du Voyage, formé des alignements avec diverfes Villes de la Flandre & de l'Artois, qui étoient à l'Occident, nous y avons paffé à notre retour, pour déterminer leur po-

Bb ij

fition, & former d'autres alignements avec des Villes plus éloignées, qui ferviront pour le projet d'une Carte générale de la France, dont tous les lieux feront déterminés par rapport au Méridien de Paris. On a même d'autant plus fujet de l'efpérer, qu'il y a des perfonnes habiles & verfées dans les obfervations, qui fe font offertes d'eux-mêmes d'y travailler chacun dans leur pays, & à qui on a communiqué les Mémoires qui leur étoient néceffaires pour ce deffein.

CHAPITRE PREMIER.

Des Triangles qu'on a employés pour prolonger la Ligne Méridienne de l'Obfervatoire jufqu'à l'extrémité Septentrionale du Royaume.

NOUS avons diftribué tous les Triangles, qui nous ont fervi à la defcription de la Ligne Méridienne de l'Obfervatoire Royal de Paris vers la partie Septentrionale de la France, en deux Planches, dont la premiere comprend les Triangles principaux, formés par M. Picard pour fa mefure de la Terre, depuis Paris jufqu'à Sourdon; & la feconde, les Triangles que nous avons décrits, depuis Montdidier & Sourdon jufqu'à Dunkerque.

Quoique ces premiers Triangles, n'aient point été décrits dans le deffein de tracer le Méridien de Paris, cependant ils compofent préfentement une partie de cet Ouvrage, par la liaifon que nous en avons faite avec les nôtres, & par les obfervations que nous avons employées, pour déterminer la direction de leur côtés, par rapport à notre Méridien.

Pour ne point interrompre l'ordre que nous nous fommes propofé, nous ne rapporterons d'abord que les Triangles néceffaires pour la defcription de la Méridienne, nous réfervant enfuite de donner un abrégé de fa mefure de la Terre, pour faire juger du mérite de cet Ouvrage, qui eft préfentement rare, & le premier de ce genre qui ait été exécuté avec toute l'exactitude requise.

On a distingué dans la seconde Planche, les Triangles principaux, de ceux qui ne servent que pour leur vérification, & on a observé en tout l'ordre & la méthode qui ont été pratiqués au chapitre 7. de la première Partie de ce Traité.

Dans la Première Planche.

A, le milieu de la face Méridionale de l'Observatoire.

B, la Tour de Montlhery.

C, le gros Clocher de Brie-Comte-Robert.

F, la Tour de Montjay.

G, le milieu du Tertre de Mareuil.

H, le milieu du gros Pavillon en Ovale du Château de Dammartin.

I, le Clocher de S. Samson de Clermont.

K, le Moulin de Jonquieres proche Compiegne.

L, le Clocher de Coyvrel.

M, un petit Arbre sur la Montagne de Boulogne.

N, le Clocher de Sourdon.

R, le Clocher de Montdidier.

Pour déterminer la grandeur des côtés de ces Triangles, on a employé d'abord la distance *BC* de Montlhery à Brie-Comte-Robert déterminée de 13121 toises 4 pieds, par le moyen d'une base actuelle de 5663 toises, mesurée par M. Picard, entre Villejuifve & Juvisy, ainsi qu'il est rapporté au chapitre 7. de la première Partie de ce Traité, on a ensuite calculé, avec cette distance & les angles observés, les côtés du premier Triangle *BCF*, & ainsi successivement jusqu'au bord de la Mer, où les côtés des derniers Triangles ont été vérifiés par une base actuelle, ainsi qu'on l'expliquera dans la suite.

I. TRIANGLE BCF.

BC 13121^T 4^P
BCF 113 47 40
BFC 33 40 0
CBF 32 32 20

Donc BF 21657 5
& CF 12731 3

II. TRIANGLE BFG.

BF 21657 5
BFG 92 5 20
BGF 57 34 0
GBF 30 20 40

Donc BG 25643 3
& FG 12963 4

III. TRIANGLE FGH.

FG 12963 4
FGH 39 51 0
FHG 91 46 30
HFG 48 22 30

Donc GH 9695
& FH 8310 4

IV. TRIANGLE GHI.

GH 9695
GHI 55 58 0
GIH 27 14 0
IGH 96 48 0

Donc GI 17557 1
& HI 21037

V. TRIANGLE HIK.

HI 21037
HIK 65 46 0
HKI 80 59 40
KHI 33 14 20

Donc IK 11675
& HK 19422 4

VI. TRIANGLE IKL.

IK 11675
LIK 58 31 50
IKL 58 31 0

Donc KL 11180 3
& IL 11179

VII. TRIANGLE KLM.

KL 11180 3
LKM 28 52 30
KML 63 31 0

Donc LM 6032
& KM 12480 3

VIII. TRIANGLE LMR.

LM 6032
LMR 58 21 50
MRL 68 52 30

Donc LR 5505 4
& MR 5148 1

IX. TRIANGLE LRN.

LR 5505 4
NRL 115 1 30
RNL 27 50 30

Donc NR 7116 3
& LN 10682 0

C'eſt ainſi que nous avons conclu la diſtance *NR* de Montdidier à Sourdon, qui nous a ſervi de baſe pour la continuation des Triangles de la Méridienne. Nous avons employé pour cette détermination, les Triangles principaux de M. Picard, que nous avons jugé préférables aux autres, par leur diſpoſition qui paroît plus avantageuſe, ce qui les avoit fait choiſir d'abord par M. Picard, qui en a abandonné dans la ſuite quelques-uns, pour ſuivre les Triangles qui leur ſervent de vérification, par les raiſons que nous rapporterons dans la ſuite.

Méthode que l'on a employée pour décrire la ſituation de la Ligne Méridienne de l'Obſervatoire par rapport aux Triangles de M. Picard.

Ayant (comme il a été rapporté au chap. 5. de la premiere Partie) obſervé que la Tour de Montlhery déclinoit du Midi vers l'Occident, de 11° 57′ 50″, qui ſont meſurés (Pl. 1.) par l'angle *BAβ*, on a eu ſon complément *ABβ* de 78° 2′ 10″, qui meſure l'angle, dont l'Obſervatoire, vû de Montlhery, décline de la perpendiculaire *Bβ* tirée de Montlhery ſur la Méridienne. L'angle *CBF* ayant été obſervé par M. Picard de 32° 32′ 20″, & l'angle *GBF* de 30° 20′ 40″, on a l'angle total *CBG* de 62° 53′ 0″; mais l'angle *ABC* a été déterminé (au chap. 7. de la premiere Partie, p. 53.) de 64° 1′ 30″, on a donc l'angle *ABG* obſervé de Montlhery, entre l'Obſervatoire & le Tertre de Mareuil de 1° 8′ 30″, le retranchant de *ABβ*, qui vient d'être déterminé de 78° 2′ 10″, on aura l'angle *GBβ* de 76° 53′ 40″.

Du Point *B*, ſoit menée *BS* paralléle à la Méridienne *βγ*, qui rencontre en *S* la perpendiculaire *GγS*, tirée du point *G* ſur la Méridienne, & prolongée en *S*. Dans le Triangle rectangle *BGS*, l'angle *BGS*, qui, à cauſe des paralléles *Bβ*, *GS*, eſt égal à l'angle *GBβ*, étant connu de 76° 53′ 40″, & le côté *BG* ayant été déterminé dans le ſecond Triangle de 25643 toiſes & 3 pieds, on aura *BS* ou $\beta\gamma$, qui lui est parallèle & égal de 24976 toises, qui mesurent la distance entre les perpendiculaires, tirées de Montlhery & du Tertre de Mareuil sur la Méridienne. On aura aussi GS de 6814 toises. Retranchant de $B\gamma$ la distance $A\beta$ de l'Observatoire à la perpendiculaire, tirée de Montlhery sur la Méridienne, qui a été trouvée (au chap. 7 de la première Partie, p. 56.) de 11501 toises, on aura la distance $A\gamma$ de l'Observatoire à la perpendiculaire, tirée de Mareuil sur la Méridienne, de 13475 toises. Si l'on retranche aussi de GS, trouvé de 6814 toises, $S\gamma$ ou $B\beta$, distance de Montlhery à la Méridienne, qui a été trouvée de 2437 toises, on aura la distance $G\gamma$ de Mareuil à la Méridienne de 3376. toises 3 pieds, ce qu'il falloit chercher.

On trouvera de la même maniere la distance du point F à la Méridienne, & la distance de l'Observatoire à la perpendiculaire tirée de ce point sur la Méridienne, & ainsi successivement à l'égard des autres lieux déterminés par les Triangles.

Distances de divers lieux à la Méridienne de l'Observatoire.			Distance de l'Observatoire à la perpendiculaire tirée de divers lieux sur la Méridienne.	
	Toises.	Pieds.	Toises.	Pieds.
La Tour de Montjay	12457	3 Or.	4222	0
Le Château de Dammartin	13024	5 Or.	12513	3
Le Tertre de Mareuil	3377	3 Or.	13474	3
Clermont	3037	1 Or.	31028	2
Le Moulin de Jonquieres	14682	0 Or.	31865	2
Le Clocher de Coyvrel	8174	3 Or.	40956	5
L'Arbre de Boulogne	13221	4 Or.	44260	0
Montdidier	8562	0 Or.	46448	0
Sourdon	2341	3 Or.	49905	4

Dans

Dans la Seconde Planche.

A, le gros Clocher de Montdidier.
B, le Clocher de Sourdon.
C, le Clocher de Mesieres.
D, le Clocher de Villers-Bretonneux.
E, le Clocher de la Cathédrale d'Amiens.
F, la Tour du Château de Villers-Bocage qui sert d'escalier.
G, le Clocher de Vignacourt.
H, le Clocher de Candas.
I, le Clocher de Beauquene.
K, le Clocher de Bonnieres.
L, le Clocher de Sauti.
M, le Clocher de Bryas.
N, le Clocher de Betansars.
O, Signal sur le Mont de Rebreuve.
P, le Clocher de Fiefe.
Q, la Tour de S. Vast de Bethune.
R, le Clocher d'Helfaut.
S, la Tour de Notre-Dame du Mont-Cassel.
T, la Tour de Waten.
V, la Tour de Dunkerque.
X, le Clocher de Honschotte.
Y, le Signal des Dunes.
Z, le Fort de Revers.

X. TRIANGLE **ABC.**	XI. TRIANGLE **BCD.**
AB 7116 3	BC 7229 3
ABC 66 52 0	BCD 111 14 45
BAC 57 15 0	BDC 42 8 15
ACB 55 53 0	
Donc AC 7904 4	Donc CD 4827 4
& BC 7229	& BD 10043 2

XII. TRIANGLE BED.

BD 10043 2

EBD 44 24 30
BDE 74 59 50

Donc BE 11135 3
& ED 8067 2

Autrement pour BE, CD &
DE, au Triangle BCE.

BC 7229 3

BCE 71 4 45
EBC 71 1 30

Donc CE 11130 3
& BE 11134 1

Au Triangle CDE.

CE 11130 3

DCE 40 10 0
CDE 117 8 5

Donc DC 4826 2
& ED 8067 2

XIII. TRIANGLE DEF.

DE 8067 2

EDF 34 33 20
DEF 93 58 10
DFE 51 28 30

Donc DF 10287 0
& EF 5848 5

XIV. TRIANGLE EFG.

EF 5848 5

FEG 36 47 30
EFG 94 16 0
FGE 48 56 30

Donc EG 7735 1
& FG 4645 3

Autrement pour EG, DF &
FG, au Triangle DEG.

DE 8067 2

EDG 24 4 10
DEG 130 45 20
DGE 25 10 30

Donc DG 14365 5
& EG 7734 4

Au Triangle DFG.

DG 14365 5
FDG 10 29 10
DFG 145 44 50
DGF 23 46 0

Donc DF 10286 2
& FG 4645 1

XV. TRIANGLE FGH.

FG 4645 1

GFH 59 20 40
FGH 77 48 10
FHG 42 51 10

Donc GH 5876 0
& FH 6676 2

XVI. Triangle GHI.

GH 5876 0

HGI 36 20 5
GHI 100 6 20
HIG 43 33 35

Donc GI 8394 3
& HI 5052 1

Autrement pour G I , au Triangle FGI.

FG 4645 1

FGI 41 27 40
GFI 106 29 10

Donc FI 5796 6
& GI 8393 5

Autrement pour FI & HI, au Triangle FHI.

FH 6676 2

HFI 47 8 30
FHI 57 15 35

Donc FI 5797 5
& HI 5052 5

XVII. Triangle HIK.

HI 5052 1

HIK 48 20 15
HKI 28 17 15

Donc HK 7964 3
& IK 10371 5

Autrement par Berneuil pour HI, au Triangle GHb.

GH 5876 0

HGb 54 1 40
GbH 89 30 50

Donc Gb 4897 4
& Hb 3288 2

Au Triangle HKb.

Hb 3288 2

HbK 59 13 15
HKb 20 46 5

Donc Kb 9132 2
& HK 7967 2

XVIII. Triangle IKL.

IK 10371 5

KIL 63 25 50
IKL 51 57 0
KLI 64 37 10

Donc IL 9040
& KL 10267 3

XIX. Triangle KLM.

KL 10267 3

KLM 53 22 30
LKM 73 44 55
KML 52 52 35

Donc KM 10334 4
& LM 12362 4

Cc ij

XX. TRIANGLE LMN.

LM 12362 4

MLN 31 1 45
LMN 45 3 0
LNM 103 55 15

Donc LN 9014 1
& MN 6565 3

Autrement par S. Eloy pour
KM, LM & LN, au
Triangle KLe.

KL 10267 3

LKe 29 47 40
KLe 117 57 55
KeL 32 14 25

Donc Ke 16999
& Le 9563 2

Au Triangle KeM.

Ke 16999

MKe 43 57 5
KMe 99 11 5
KeM 36 51 50

Donc KM 10331
& Me 11952

Au Triangle LMe.

Le 9563 2

MLe 64 35 45
LMe 46 18 10
LeM 69 6 5

Donc Me 11948
& LM 12357

Au Triangle LNe.

Le 9563 2

NLe 33 34 5
LNe 78 51 15
LeN 67 35 40

Donc Ne 5390
& LN 9010

XXI. TRIANGLE MNO.

MN 6565 3

MNO 85 27 55
NMO 31 35 55
MON 62 56 10

Donc NO 3863 0
& MO 7349 4

Autrement pour MO , au
Triangle LMO.

LM 12362 4

LMO 76 38 55
LOM 69 29 55

Donc LO 12842
& MO 7352

On auroit pû substituer
ce Triangle à la place des
deux précédens LMN &
MNO, qui lui ont été pré-
férés, à cause que les trois
angles en ont été observés,

au lieu que dans ce dernier Triangle l'angle aigu *LMO* n'a pas été observé.

XXII. TRIANGLE MOP.

MO 7349 4
PMO 98 57 35
MOP 34 34 35
Donc MP 5753 3
& OP 10014 4

Autrement pour MP , NO & OP, au Triangle MNP.

MN 6565 3
MNP 22 59 10
NMP 130 33 30
MPN 26 27 20
Donc MP 5755
& NP 11196 3

Au Triangle NOP.

NP 11196 3

NOP 97 30 50
PNO 62 28 45

Donc NO 3864
& OP 10015 3

Autrement pour NP , au Triangle LNP.

LN 9014 1

LNP 126 54 25
LPN 23 27 45

Donc NP 11193 2
& LP 18103 0

XXIII. TRIANGLE OPQ.

OP 10014 4
POQ 92 34 25
PQO 58 22 0
Donc OQ 5713 1
& PQ 11750 3

XXIV. TRIANGLE PQS.

PQ 11750 3
PQS 78 39 30
PSQ 39 42 15
Donc SQ 16185 3
& PS 18034 4

XXV TRIANGLE PRS.

PS 18034 4
RPS 34 3 25
PRS 109 45 20
PSR 36 11 15
Donc PR 11314 1
& RS 10731 2

Autrement par Aire pour QS, PR & RS, au Triangle PaQ.

PQ 11750 3
PQa 42 57 20
PaQ 74 49 30
Donc Pa 8296 3
& Qa 10771 4

C c iij

Au Triangle QaS.

$$Qa \quad 10771 \quad 4$$

SQa   35   42   10
SaQ   104   5   55
QSa   40   11   55

Donc Sa   9739   2
& SQ   16186   1

Au Triangle RaS.

Sa 9739 4

RaS   80   42   55
SRa   63   36   5
RSa   35   41   0

Donc Ra   6342   2
& RS   10730   4

Au Triangle PRa.

Pa 8296 4

PaR   100   22   45
PRa   46   9   30

Donc Ra   6342   2
& PR   11313   4

Autrement pour R S, *au Triangle QRS.*

SQ   16185   3

QRS   66   37   5
QSR   75   53   25

Donc QR   17102
& RS   10732   5

Autrement par le Moulin de Burbure pour Qa, *au Triangle* ObQ.

OQ   5713   1

QOb   50   59   55
OQb   63   53   0
ObQ   55   7   5

Donc Ob   6253   3
& Qb   6091   1

Au Triangle Qba.

Qb 6091 1

bQa   37   26   40
Qab   31   58   20
Qba   110   35   0

Donc ba   6994   0
& Qa   10769   0

XXVI. TRIANGLE RST.

RS 10731 2

SRT   61   43   5
RST   43   38   15
RTS   74   38   40

Donc RT   7679   5
& ST   9800   1

Autrement par Aire pour ST, RT *&* Ra, *au Triangle* SaT.

Sa 9739 4

STa   50   7   40
TSa   79   19   20
aTS   50   33   0

Donc ST 9799 0
& aT 12468 3

Au Triangle RaT.

Ra 12468 3
TRa 125 19 25
RTa 24 31 0
Donc RT 7679 0
& Ra 6342 2

XXVII. TRIANGLE STV.

ST 9800 1
STV 74 29 10
TSV 63 24 20
SVT 42 6 30
Donc TV 13069 0
& SV 14083 0

Autrement par le Moulin du Mont du Cat pour SV, *au Triangle* QSc.

SQ 16185 3
SQc 23 47 30
QSc 62 24 20
Donc Qc 14376 2
& Sc 6544 0

Au Triangle SVc.

Sc 6544

VSc 114 40 5
SVc 19 28 40

Donc Vc 17833 3
& SV 14082 4

Autrement par Aire pour QC, Sa & SC, *au Triangle* Qac.

Qa 10771 4

Qac 74 20 15
aQc 59 29 40

Donc ac 12865 2
& Qc 14377 4

Au Triangle Sac.

ac 12865 2
aSc 102 36 5
Sac 29 45 40
Donc Sa 9740 5
& Sc 6543 5

XXVIII. TRIANGLE SVX.

SV 14083 0
VSX 35 21 35
SVX 51 7 15
SXV 93 31 10
Donc SX 10983 5
& VX 8165 2

XXIX. TRIANGLE VXY.

VX 8165 2
VXY 42 17 15
VYX 88 32 30
XVY 49 10 15

Donc XY 6180 3
& VY 5495 5

Autrement pour VY.

SV 14083 0
SVY 100 17 35
SYV 59 57 55

Donc SY 16005 3
& VY 5494 5

On a préféré les deux Triangles précédens à celui-ci, à caufe que les trois angles en ont été obfervés, au lieu que dans ce dernier on n'a pas déterminé l'angle aigu VSY.

Autrement pour SX & XY, au Triangle SYX.

SY 16005 3
SXY 135 48 25
SYX 28 34 55

Donc SX 10984 5
& XY 6178 5

Autrement par Bergues pour TV & VY, au Triangle TβS.

ST 9800 1
STβ 55 7 55
TSβ 69 39 15

Donc Tβ 11188 0
& Sβ 9720 3

Au Triangle TVβ.

Tβ 11188 0
VTβ 19 21 40
TVβ 55 53 45

Donc TV 13067
& Vβ 4479 3

Au Triangle VβY.

Vβ 4479 3
YVβ 86 29 50
VYβ 40 34 10

Donc Yβ 6874 4
& VY 5496

Autrement pour SX, XY & Yβ, au Triangle SβX.

Sβ 9790 3
XSβ 29 6 40
SXβ 62 58 45

Donc Xβ 5346 3
& SX 10982 3

Au Triangle XβY.

Xβ 5346 3
YXβ 72 49 35
XYβ 47 58 20

Donc VY 6182 4
& Yβ 6876 5

XXX.

XXX. TRIANGLE XYZ | *Autrement pour YZ au Triangle XYZ.*

VY 5495 5
YVZ 83 56 40
VZY 90 0 0
VYZ 6 3 15

Donc VZ 579 3
& ZY 5465 1

XY 6180 3
XZY 45 56 0
XYZ 94 36 30
ZXY 37 27 30

Donc ZY 5466 2
& XZ 8573 4

Distances entre divers lieux, déterminés par les Observations.

Toises.

12458 Distance de Montdidier au Clocher de la Paroisse de Lihons.

8095 De Mezieres au clocher de la Paroisse de Lihons.

15044 De Sourdon au Clocher de la Paroisse de Lihons.

12471 De Montdidier au Clocher de l'Abbaye de Lihons.

8142 De Mezieres au Clocher de l'Abbaye de Lihons.

15035 De Sourdon au Clocher de l'Abbaye de Lihons.
12838 De Montdidier au Château de Chaunes.
15957 De Sourdon au Château de Chaunes.
10309 Du Clocher de la Cathédrale d'Amiens, au Clocher de Marché-les-Caves.

2343 De Villers-Bretonneux à Marché-les-Caves.
3526 De Mezieres à Marché-les-Caves.
4591 De Mezieres au Clocher de Cachi.
1682 De Villers-Bretonneux à Cachi.
2612 De Villers-Bretonneux au Clocher de Gentelles.
4849 De Mezieres à Gentelles.
7978 De Sourdon à Gentelles.

Suite des Mém. de 1718. D d

2332 Du Clocher de la Cathédrale d'Amiens au Clocher de Corbie.

7723 De Villers-Bretonneux au Clocher de Corbie.

3340 Du Clocher de la Cathédrale d'Amiens au Clocher de S. Fuscien.

7876 De Sourdon à S. Fuscien.

6384 Du Clocher de la Cathédrale d'Amiens au Clocher de Flechelles.

2242 Du Château de Villers-Bocage au Clocher de Flechelles.

2403 Du Clocher de Vignacourt au Clocher de Flechelles.

5834 Du Clocher de la Cathédrale d'Amiens au Clocher de Villers-Bocage.

70 Du Château de Villers-Bocage au Clocher de la Paroisse.

1881 Du Château de Villers-Bocage au Clocher de Talmas.

4834 Du Clocher de Vignacourt au Clocher de Talmas.

2784 Du Château de Villers-Bocage au Château de Rubempré.

9726 Du Clocher de Villers-Bretonneux au Château de Rubempré.

7093 Du Clocher de Vignacourt au Château de Rubembré.

2091 Du Clocher de Berneuil au Clocher de Bernaville.

6988 Du Clocher de Vignacourt au Clocher de Bernaville.

8402 De Beauquene à l'Arbre de Soüy, près de Boquemaison.

7706 De Candas à l'Arbre de de Soüy.

3259 De Bonnieres à l'Arbre de Soüy.

3598 Du Clocher de Bonnières au Clocher de Boquemaison.

7408 Du Clocher de Beauquene au Clocher de Bo-
quemaifon.

1060 De l'Arbre de Soüy au Clocher de Boquemai-
fon.

8720 De Beauquene au Clocher de S. Leger.

6347 De Bonnieres au Clocher de S. Leger.

3980 Du Clocher de Sauty au Clocher de S. Leger.

3284 De l'Arbre de Soüy au Clocher de S Leger.

9747 Du Clocher de Sauty au Clocher de S. Vaft
d'Arras.

4357 Du Clocher de S. Eloy au Clocher de S. Vaft
d'Arras.

9351 Du Clocher de Betanfars au Clocher de S. Vaft
d'Arras.

3440 Du Clocher de Sauty au Clocher d'Avene-le-
Comte.

5639 De Betanfars au Clocher d'Avene-le-Comte.

9066 D'Arras au Clocher d'Avene-le-Comte.

4322 De Betanfars au Moulin de Noyel-Vion.

6335 De S. Eloy au Moulin de Noyel-Vion.

8588 De Bryas au Moulin de Noyel-Vion.

4451 Du Moulin de Noyel-Vion au Clocher d'Averdoin.

4119 De Betanfars au Clocher d'Averdoin.

4768 Du Moulin de Noyel-Vion au Clocher de Cheler.

2397 De Betanfars à Cheler.

3367 De Bryas au Clocher de Bailleuil.

4642 De Betanfars à Bailleuil.

9772 De S. Eloi à Bailleuil.

5108 De Betanfars au Clocher de Mazieres.

4249 Du Moulin de Noyel-Vion à Mazieres.

3927 De Betanfars au Clocher de Grand-Servin.

3927 De S. Eloy au Clocher de Grand-Servin.

2709 De Betanfars au Clocher d'Etrée-Cauchies.

4111 De S. Eloy au Clocher d'Etrée-Cauchies.

D d ij

1473   De Bryas au Clocher de Boom.

11566   De Bonnieres à Boom.

7365   De Betanfars à Boom.

13477   De Sauty au Clocher de Monchy-preux.

13801   De Betanfars au Clocher de Monchy-preux.

8540   De S. Eloy à Monchy-preux.

4545   D'Arras à Monchy-preux.

8908   De Monchy-preux au Clocher de S. Pierre de Douay.

12103   D'Arras au Clocher de S. Pierre de Douay.

11306   Du Clocher de S. Vaft d'Arras à Bapaume.

15321   De S. Eloy à Bapaume.

12321   De Douay au Clocher de la Cathédrale de Cambray.

13443   De Monchy-preux à Cambray.

17962   D'Arras à Cambray.

5140   De Douay au milieu des quatre Clochers d'Anchin.

11998   De Cambray à Anchin.

6742   De Douay à la groffe Tour de Marchiennes.

12873   De Cambray à Marchiennes.

9645   De la Tour de N. D. de Mont-Caffel à la Guirite de S. Pierre d'Aire.

218   De la Tour de N. D. d'Aire à la Guirite de S. Pierre d'Aire.

9150   De la Tour de S. Vaft de Béthune à la Tour d'Ifbergue.

1722   De la Tour de N. D. d'Aire à Ifbergue.

7484   De la Tour de Bethune à la Tour de l'Abbaye d'Ham.

3544   De la Tour de N. D. d'Aire à la Tour de Ham.

3658   Du Moulin de Burbure à la Tour de Ham.

6215   D'Helfaut à la Tour de Boidinghem.

12556   De la Tour de N. D. d'Aire à la Tour de Boidinghem.

18086   De Fiefe au Clocher de Mont-Caffel.

10682 D'Helfaut au Clocher de Mont-Caffel.

9749 De la Tour de Wate au Clocher de Mont-Caffel.

14357 De Bethune au Moulin Oriental du Mont du Cat.

12949 De N. D. d'Aire au Moulin Oriental du Mont du Cat.

16332 D'Helfaut au Moulin Oriental du Mont du Cat.

12377 De Bethune au gros Clocher de Bailleuil.

13583 De N. D. d'Aire à Bailleuil.

9492 De la Tour de Caffel à Bailleuil.

3428 Du Moulin Occidental du Mont du Cat à Bailleuil.

6560 De Bailleuil à Merville.

10460 De la Tour de Caffel à Merville.

5642 De N. D. d'Aire à S. Venant.

9976 De la Tour de Caffel à S. Venant.

4769 De Wate à la Tour de la Cathédrale de S. Omer.

3024 D'Helfaut à la Tour de la Cathédrale de S. Omer.

9051 De la Tour de Caffel à la Tour de la Cathédrale de S. Omer.

3296 D'Helfaut à la Tour de l'Abbaye de S. Bertin à S. Omer.

4697 De Wate à S. Bertin.

8592 De Caffel à S. Bertin.

10219 D'Helfaut au Clocher de Broulezele.

4364 De Wate au Clocher de Broulezele.

9875 De Dunkerque au Clocher de Broulezele.

14160 De Wate au Moulin de Fiennes.

22629 De Dunkerque au Moulin de Fiennes.

15215 De la Tour de Wate au gros Clocher de Calais.

19348 De la Tour de Dunkerque au gros Clocher de Calais.

9547 De Wate au gros Clocher de Gravelines.

9341 De Dunkerque à Gravelines.

10677 De Wate au Clocher d'Oye.

12448 De Dunkerque au Clocher d'Oye.

19040 De Mont-Caffel au Clocher d'Oye.

8316 De Wate au Clocher de S. Georges.

8475 De Dunkerque au Clocher de S. Georges.

6798 De Wate au Clocher de Bourbourg.

8217 De Dunkerque à Bourbourg.

10930 De Wate à la Tour du Vieux Mardik.

4614 De Dunkerque à la Tour du Vieux Mardik.

11288 De Wate au Clocher de Petite-Sainte.

2190 De Dunkerque au Clocher de Petite-Sainte.

15205 De la Tour de Mont-Caffel à la Tour de Zudcote.

4345 De Dunkerque à la Tour de Zudcote.

1194 Du Signal des Dunes à la Tour de Zudcote.

13551 De Mont-Caffel au Clocher de la Fernouk.

3121 De Dunkerque à la Fernouk.

3040 Du Signal des Dunes à la Fernouk.

16799 De Mont-Caffel au Clocher de Furnes.

10527 De Dunkerque à Furnes.

5434 De Mont-Caffel au gros Clocher de Nieuport.

21068 De Mont-Caffel au gros Clocher de Nieuport.

14490 De Dunkerque à Nieuport.

10303 Du Clocher de Honfchotte à Nieuport.

29572 De Mont-Caffel au Clocher d'Oftende.

22951 De Dunkerque à Oftende.

On ne peut pas être certain d'avoir apperçu Oftende de Mont-Caffel, mais on l'a vû diftinctement de Dunkerque.

14605 De Mont-Caffel à la groffe Tour d'Ypres.

21102 De Dunkerque à Ypres.

13049 D'Honfchotte à Ypres.

19227 De Mont-Caffel à Dixmude.

13013 Du Signal à Dixmude.

15190 De Mont-Caffel à Loo.

13924 De Dunkerque à Loo.

10478 De Mont-Caffel à Beveren.

9053 Du Signal des Dunes à Beveren.

11573 De la Tour de Mont-Caffel à Oudekerque.
5947 Du Signal des Dunes à Oudekerque.
12607 De Mont-Caffel à Houten, ou Houchen.
4014 De Dunkerque à Houten.
4356 Du Fort de Revers à Houten.
11778 De Mont-Caffel à la Tour d'Eversham.
4963 De Honfchotte à Eversham.
25030 De Mont-Caffel à Middelkerque.
18096 De Dunkerque à Middelkerque.
9631 De Mont-Caffel au Clocher de Refpou.
7539 De Dunkerque au Clocher de Refpou.
6830 De Dunkerque au Clocher de Leyfele.
9765 Du Signal des Dunes à Leyfele.
10083 De Dunkerque au Clocher de Volverghen.
6263 Du Signal des Dunes au Clocher de Volverghen.
10477 De Dunkerque au Clocher de Winchem.
6625 Du Signal des Dunes au Chocher de Winchem.
4285 De Dunkerque à la Tour de S. Martin de Bergues.
6951 Du Signal des Dunes à la Tour de S. Martin de
      Bergues.
2600 De Dunkerque au Clocher de Teteghem.
3040 Du Fort de Revers au Clocher de Teteghem.
9467 De Dunkerque à l'Abbaye des Dunes.
6329 De Honfchotte à l'Abbaye des Dunes.
12230 De Dunkerque au Clocher de Welpen.
7938 De Honfchotte à Welpen.
5371 De Dunkerque à Waerem.
3406 De Honfchotte à Waerem.
8457 De Dunkerque à Adynkerque.
5386 De Honfchotte à Adynkerque.
8476 De Dunkerque au Clocher de Outen, au-delà
      de la Moere.
2347 De Honfchotte à Outen.
5383 De Honfchotte au Clocher de Bulfcamp.
4208 Du Signal des Dunes à Bulfcamp.

Diſtances de divers lieux à la Méri-dienne de l'Obſervatoire.	*Diſtance de l'Obſervatoire à la perpendiculaire tirée de divers lieux ſur la Méridienne.*		
	Toiſes.	Pieds.	Toiſes. Pieds.
Le Clocher de Montdidier	8562	0 Or.	46448 5
Le Clocher de Sourdon	2341	3 Or.	49905 4
Le Clocher de Mezieres	8053	3 Or.	54337 1
Villers-Bretonneux.	6677	3 Or.	58964 4
Amiens	1252	5 Occ.	60445 1
Tour de Villers-Bocage	580	0 Occ.	66255 1
Vignacourt	5142	1 Occ.	67131 3
Beauqueſne	2084	3 Or.	71404 3
Bapaume	18904	4 Occ.	72289 5
Gandas	2839	4 Occ.	72537 3
Cambray	32704	2 Or.	76738 2
Sauty	7234	1 Or.	78833 3
Bonnieres	2896	5 Or.	80501 5
Monchy-preux	20344	4 Or.	82006 0
Arras	15947	3 Or.	83202 1
Saint Eloy	3031	5 Or.	86439 0
Douay	27169	1 Or.	87735 1
Beranſars	7824	4 Or.	87828 2
Bryas	1569	0 Or.	89821 5
Lens	18200	0 Or.	91164 0
Signal du M. de Rebreuve	8703	9 Or.	91590 2
Fiefe	6668	1 Occ.	95122 4
Bethune	10956	1 Or.	96840 3
Noire-Dame d'Aire	2084	2 Or.	102949 2
Helfaut	3424	3 Occ.	106095 5
Bailleuil	14375	2 Or.	108733 3
Cathédrale de S. Omer	3011	3 Occ.	109101 3
Mont du Cat	1270	4 Or.	111185 0
Tour de Mont-Caſſel	5488	0 Or.	112074 3

Tour

Tour de Wate	4170 2	Occ.	113739 2
Ypres	19767 3	Or.	115134 3
Calais	17436	Occ.	121192 0
S. Winok de Bergues	3693	Or.	121698 5
Honschotte	8981 2	Or.	122487 5
Gravelines	7478 3	Occ.	122695 2
Dunkerque	1414 0	Or.	125555 9
Fort de Revers	1206	Or.	126096 2
Furnes	11726	Or.	127673 4
Signal des Dunes	6306 2	Or.	128059 2
Nieuport	14865	Or.	130937 3

CHAPITRE II.

De la bafe mefurée actuellement aux environs de Dunkerque.

APRE's avoir prolongé les Triangles de la Méridienne jufqu'à l'extrémité Septentrionale du Royaume, de la maniere qui a été expliquée ci-deſſus, il étoit néceſſaire de s'aſſurer, ſi dans la multiplicité des opérations il ne s'étoit point gliſſé quelques erreurs, qui jointes enſemble, auroient donné la grandeur des côtés différente de celle qui étoit effectivement. Ainſi nous jugeâmes à propos de terminer nos derniers Triangles, par une baſe meſurée actuellement ſur le terrein, dont on pût comparer la longueur, à celle qui réſultoit de la ſuite des Triangles, formés depuis Paris juſqu'à Dunkerque.

Nous avons décrit, au chap. 8. de la premiere Partie de cet ouvrage, les opérations qui ont été faites dans le Rouſſillon ſur le bord de la Mer, pour meſurer une baſe de 7246 toiſes & 2 pieds. La longueur de cette baſe étoit néceſſaire pour vérifier les Triangles obſervés vers la partie Méridionale du Royaume, dont les côtés, obſervés ſur les diverſes Montagnes du Languedoc & du Rouſſillon, avoient une grande étendue.

Nous n'avions pas besoin de mesurer une si grande base, pour vérifier les Triangles observés vers le Nord de Paris, dont la plûpart des côtés étoient beaucoup plus petits, attendu la disposition du terrein, qui ne permet pas de découvrir des objets fort éloignés, & il suffisoit qu'elle fût à peu-près égale à celle dont M. Picard s'étoit servi pour sa mesure de la Terre, & que nous avions employée pour calculer nos Triangles.

Dans l'incertitude où nous étions, de pouvoir trouver au bord de la Mer, un terrein sans inégalité, où on pût mesurer une ligne droite de la longueur requise, nous examinâmes, pendant le cours du Voyage, la disposition des lieux où nous passions, & nous ne trouvâmes dans toute cette étendue qu'une plaine près de l'Abbaye d'Ham, dont la plus grande longueur n'avoit qu'environ 2000 toises. Ainsi nous continuâmes nos observations jusqu'à Dunkerque, où nous cherchâmes aussi-tôt après notre arrivée les lieux les plus propres pour une mesure actuelle.

La Côte de la Mer y est dirigée de l'Est-Nord-Est à l'Ouest-Sud-Ouest. Elle est bordée, dans presque toute son étendue par des Dunes ou Monticules de Sable, que la Mer arrose dans le tems des plus grandes Marées, & qui l'empêchent de s'étendre dans les campagnes. Ces Dunes forment en divers endroits, plusieurs rangs en avançant dans les terres, ce qui rend le terrein inégal. Derriere la Ville, est situé le commencement du Canal de Mardik, qui est dirigé à peu-près de l'Orient vers l'Occident dans l'espace de 1200 toises, après quoi il fait un coude, d'où il se prolonge vers le Nord-Nord-Ouest jusqu'à son embouchure dans la Mer. Vis-à-vis le commencement du Canal de Mardik du côté de l'Orient, est placé le Canal de Furnes qui s'étend en ligne droite paralléle à la Côte de la Mer, dans l'espace d'environ 3000 toises, après lequel il s'incline diversement jusqu'à son arrivée à Furnes. Le terrein, qui est de part & d'autre de ces deux Canaux, est assez égal & commode à mesurer, mais nous ne jugeâmes pas cette étendue

fuffifante pour notre deffein. Ainfi nous prîmes la réfolution
d'entreprendre notre mefure au-delà des Dunes, fur le rivage
de la Mer, qui eft découvert dans le tems des baffes Marées, ou bien lorfque la Mer s'eft retirée. La Côte qui eft à
l'Occident de Dunkerque, étant coupée par le Canal de
Mardik, & fe trouvant d'ailleurs difficile à mefurer, parce
que les fables en font mouvants & un peu limoneux; nous
jugeâmes à propos de nous étendre vers l'Orient, le plus
loin qu'il nous feroit poffible, & nous prîmes pour terme
une Dune qui eft près des limites du Royaume vers l'Orient,
laquelle s'avance dans la Mer, & fe diftingue facilement des
autres. On voyoit du haut de cette Dune, le Mont-Caffel,
la Tour de Dunkerque, Furnes, Bergues, Gravelines,
Honfchotte, & divers points qui nous avoient fervi pour
la continuation des Triangles. Nous choifimes pour l'autre
terme, le pignon d'un Mur qui eft refté de la démolition
du Fort de Revers, lequel eft fur le bord de l'ancien Canal du Port de Dunkerque, & que l'on découvre de tout
le rivage de la Mer.

Pour mefurer l'efpace compris entre ces deux termes,
nous fîmes conftruire trois perches, chacune de trois toifes
de longueur, ferrées par les extrémités, & mefurées exactement avec une Régle de 4 pieds, que nous avions portée
exprès de Paris, & qui nous avoit fervi dans le premier
Voyage.

Après avoir dreffé au haut de la Dune, un Signal qui
pût s'appercevoir du Fort de Revers & de la Tour de
Dunkerque, nous difposâmes fur le rivage divers piquets
dans l'alignement de ce Signal & du Fort de Revers.

Nous commençâmes enfuite à mefurer l'efpace horifontal *IE* (Fig. 1. Pl. 3.) compris, entre la perpendiculaire *AI*
tirée du haut de la Dune fur le rivage & l'extrémité *E* de
cette Dune, en plaçant au pied du Signal *AS* l'extrémité
A de la perche *AB* dans une fituation horifontale; on
abbaiffoit de l'autre extrémité *B* de cette perche, qui étoit
dirigée vers le Fort de Revers, un plomb *C* fufpendu à un

fil, au-deſſous duquel il y avoit une tablette, ſur laquelle on marquoit le point perpendiculaire C, qui répondoit au point B. On plaçoit enſuite une autre perche CD au point C, & on abbaiſſoit du point D un plomb E, & ainſi ſucceſſivement juſqu'au rivage de la Mer; ce que l'on recommença une ſeconde fois, de peur qu'il ne ſe fût gliſſé quelque erreur dans la premiere opération. On continua enſuite de meſurer la baſe, ſur un terrein uni ſans aucune inégalité ſenſible, juſqu'au Fort de Revers, où l'on termina cette meſure de la même maniere qu'on l'avoit pratiquée ſur la Dune.

Pour ſe conſerver toujours dans le même alignement, on plaçoit ſur un des piquets, une Lunette, dans l'ouverture de laquelle on appercevoit le Fort de Revers; & on avoit ſoin de dreſſer l'extrémité de chaque perche, enſorte qu'elle fût préciſément dans la même direction; ce que l'on exécutoit par le moyen d'un autre piquet, qu'une perſonne ſituée à l'extrémité de la perche, tenoit à la main, & plaçoit à droit ou à gauche, ſuivant le ſignal qui lui étoit fait par celui qui regardoit par l'ouverture de la Lunette. On avoit ſoin de placer les trois perches ſur le terrein, l'une au bout de l'autre, & on relevoit la premiere, pendant que les deux autres étoient encore ſur le ſable. Chaque perſonne avoit ſa meſure marquée, afin de ne ſe point tromper dans le nombre, & on plaçoit un nouveau piquet à demeure, après cent de ces meſures, chacune de trois toiſes, c'eſt-à-dire, de 300 en 300 toiſes.

C'eſt de cette maniere, que nous meſurâmes d'abord l'intervalle, entre le Signal des Dunes & le Fort de Revers, que nous trouvâmes de 5464 toiſes & trois pieds. Nous ne rencontrâmes dans tout cet eſpace d'autre obſtacle, que quelques flaques d'eau très-peu profondes, que la Mer laiſſoit en ſe retirant, que nous meſurâmes en dreſſant une corde tendue entre deux piquets, au long de laquelle on plaçoit les meſures.

Pour reconnoître ſi dans ces endroits il n'y avoit pas eu

quelques erreurs dans les mesures, nous entreprîmes de les recommencer une seconde fois dans presque toute leur étendue, depuis les Dunes, qui commencent à l'Orient de Dunkerque, jusqu'au Signal, & nous ne trouvâmes dans tout cet espace, qui étoit de 4000 toises, qu'une différence de trois pieds.

Nous remarquâmes dans la seconde mesure, qu'entre les piquets que nous avions placés de 300 en 300 toises à fleur de terre, les uns étoient élevés sur la surface du sable de près d'un pied, & les autres y étoient enfoncés d'à peu-près la même quantité, ce qui provenoit des sables que la Mer, par son flux & reflux, retire de certains endroits, & transporte en d'autres. Nous trouvâmes aussi les intervalles entre les piquets, tantôt plus petits, tantôt plus grands, de quelques pouces, que dans la première mesure, avec une différence néanmoins, qui dans toute cette étendue, n'excédoit pas la quantité de trois pieds.

Ayant observé des extrémités de cette base, les angles de position avec Dunkerque, Mont-Cassel, Honschotte & divers autres objets qui terminoient les derniers Triangles, nous avons trouvé qu'elle s'accordoit, à une toise ou environ près, à celle qui résultoit de la suite des Triangles calculés depuis Paris, ce qui est une exactitude plus que suffisante, puisqu'elle ne va pas à la sixième partie d'une ligne sur chaque toise, qui y est absolument insensible.

CHAPITRE III.

Obſervations faites pour déterminer l'Arc du Méridien intercepté entre les paralléles de Paris & de Dunkerque.

APRE's avoir prolongé les Triangles de la Méridienne, depuis l'Obſervatoire Royal de Paris juſqu'à l'extrémité Septentrionale du Royaume; il reſtoit à déterminer, par l'obſervation des Etoiles, l'arc du Méridien intercepté entre les lieux de nos obſervations à Dunkerque & à Paris, pour pouvoir le comparer à la différence entre ces deux Villes meſurée en toiſes, & connoître la grandeur des degrés du Méridien compris dans cet intervalle.

Pour faire ces obſervations, avec le plus d'exactitude qu'il étoit poſſible, nous choiſîmes une Maiſon appellée la Cour de France, qui étoit placée ſur le Méridien de la Tour de Dunkerque. Il y avoit ſur le haut de cette Maiſon, une Terraſſe d'où l'on découvroit la Mer & les lieux aux environs, ce qui ſervoit à y régler nos inſtruments; & on voyoit de la cour, qui étoit au niveau de la rue, le ſommet de la Tour de Dunkerque, ce qui nous donnoit la facilité d'y réduire nos obſervations.

Comme il eſt néceſſaire, que le lieu où l'on obſerve ſoit ferme & inébranlable, afin que les inſtruments y ſoient invariables; nous fîmes conſtruire dans cette cour un petit édifice de charpente, fermé des quatre côtés, & découvert ſeulement par le haut, pour obſerver les Etoiles qui devoient paſſer près du Zénith. Nous y plaçâmes, ſur quatre groſſes pierres diſpoſées en forme de croix, l'inſtrument que nous avions deſtiné pour nos obſervations, qui étoit ſemblable à celui dont M. Picard s'étoit ſervi dans ſa meſure de la Terre. La longueur de ſon demi-diamétre, depuis le centre juſqu'à l'arc intérieur du Limbe, étoit de

9 pieds 6 pouces 7 lignes & un quart, & depuis le centre jufqu'à l'arc extérieur de 9 pieds 8 pouces.

Son Limbe ne comprenoit que 12 degrés. Chaque degré étoit divifé en 20 parties, de 3 en 3 minutes, & chacune de ces parties étoit foudivifée en 9, par des lignes tranfverfales, qui coupoient des Cercles concentriques, enforte que chaque divifion étoit de 20 fecondes, dont on diftinguoit aifément le quart ou le cinquiéme.

Nous avions auffi un Limbe de cuivre de 30 degrés, femblable à celui qui eft décrit dans le premier Voyage de la Méridienne, dans le deffein de le faire monter, au cas que le Limbe du premier n'eût pas affez d'étendue pour obferver les Etoiles qui devoient paffer de côté & d'autre du Zénith.

Comme la grandeur de ces inftruments, les rend fujets à s'altérer par le tranfport, nous employâmes pour nos obfervations, la même méthode que nous avions pratiquée à Collioure, qui porte avec elle fa vérification, & qui eft propofée par M. Picard dans fa mefure de la Terre.

Cette méthode confifte à obferver, avec la même Lunette de l'inftrument, une Etoile en deux fens contraires, en dirigeant dans la feconde obfervation vers le Septentrion, l'extrémité du Limbe, qui dans la première obfervation étoit tournée vers le Midi. La différence de hauteur, marquée fur la divifion par le fil perpendiculaire, étant partagée en deux également, donne la diftance véritable du l'Etoile au Zénith.

M. Picard regarde cette méthode comme difficile, & ne pouvant toujours fe pratiquer, parce que de la maniere qu'étoit difpofée fa Lunette, dont l'objectif étoit fort près du centre, on ne pouvoit obferver par ce moyen, que les Etoiles qui paffoient fort près du Zénith, auffi nous ne voyons point qu'il l'ait employée. Il fe contenta donc d'obferver à Malvoifine dans le Gatinois, qui étoit l'un des termes de fa mefure, la diftance au Zénith du genouil de Caffiopée, qui en étoit éloigné d'environ 10 degrés,

& ayant fait transporter fon inftrument fur des braneards portés par des hommes, afin qu'il fût moins fujet à s'altérer dans le tranfport, il obferva à Sourdon & enfuite à Amiens, la diftance au Zénith de cette même Etoile, pour avoir l'arc du Méridien intercepté entre ces divers lieux, qu'il employa pour déterminer la grandeur du degré de la circonférence de la Terre.

Il eft furprenant, que nonobftant les altérations qui peuvent furvenir dans le tranfport d'un inftrument de cette grandeur, quelque précaution qu'on y apporte, M. Picard ait pû arriver à un fi grand degré de précifion; que dans ces obfervations, comparées à ce qui réfulte des nôtres, la différence ne monte pas à plus de 5 ou 6 fecondes, comme on le verra dans la fuite; ce qui eft un degré de précifion, au-delà duquel il eft difficile d'arriver.

Pour nous, dont les dimenfions comprennent un intervalle de 8 degrés & demi, 2 degrés & un fixiéme du côté du Nord de Paris, & 6 degrés & un tiers vers le Midi, dans des pays où de femblables tranfports d'inftruments n'auroient pas été faciles à exécuter; nous avions befoin d'une méthode, avec laquelle on pût déterminer exactement la diftance d'une Etoile au Zénith, quelque altération qui fût arrivée dans l'inftrument.

Nous fimes donc placer fur cet inftrument, une Lunette AE, (Fig. 2.) de 3 pieds de longueur, portée fur fon alidade ou régle de fer, dont on appliqua l'extrémité A qui eft vers l'oculaire fur le Limbe AB, & l'autre extrémité E où eft l'objectif fur une barre de fer GE, enforte que fon axe fût paralléle au rayon CF, qui paffe par le centre C & le milieu F du Limbe, & nous l'arrêtames fixe dans cette fituation. On pouvoit par ce moyen obferver toutes les Etoiles, dont la diftance au Zénith, à leur paffage par le Méridien, n'excédoit pas l'angle BCF ou ACF; qui dans cet inftrument n'étoit que d'environ 6 degrés.

Avant de placer cette Lunette, nous avions dirigé exactement au niveau de la Mer, les fils qui fe croifent à angles
gles

gles droits au foyer commun des deux verres, & après
l'avoir appliquée sur l'instrument, nous les vérifiâmes encore plusieurs fois, en la dirigeant à un objet placé horison-
talement, le Limbe *AB* étant dans une situation verticale.

Nous dirigeâmes aussi le Limbe de l'instrument sur le
plan du Méridien, le plus exactement qu'il étoit possible,
ce qui est une précaution très-nécessaire dans ces sortes
d'observations; car pour peu que le plan du Limbe *AB*
de l'instrument (Fig. 3.) décline du Méridien *AM* de côté
ou d'autre, il suit que les fils *DC* & *EF*, dont l'un est
dans un plan parallele au Limbe, & l'autre lui est perpendiculaire, doivent paroître aussi décliner du même côté,
ensorte qu'une Etoile *S* qui passe par le Méridien, & qui
devroit suivre pendant quelque tems le fil *DC*, paroîtra
décrire une route *S I* inclinée à ce fil. L'instrument étant
en cet état, nous observâmes par des hauteurs correspondantes, le tems du passage par le Méridien de quelques
Etoiles dans les Constellations du Dragon & du Cygne,
qui étoient peu éloignées du Zénith, & nous déterminâmes leur passage par le Méridien pour les jours suivans,
afin d'observer dans cet instant, s'il étoit possible, leurs distances au Zénith; ce qui nous fut très-utile dans la suite,
pour découvrir la cause de quelques apparences singulieres
dans la hauteur des Astres, avant & après leur passage par
le Méridien, qui n'avoient point, à ce que je crois, été re-
marquées jusqu'à présent, & qu'il ne sera pas hors de propos de rapporter ici.

On sçait que les Etoiles sont dans leur plus grande hauteur sur l'horison, lorsqu'elles passent par le Méridien dans
la partie supérieure des cercles qu'elles décrivent autour du
Pôle; qu'elles s'élévent en s'approchant du Méridien, &
s'abbaissent en s'en éloignant. Nous nous apperçûmes plusieurs fois cependant, que notre instrument étant placé
exactement sur le Méridien, quelques-unes des Etoiles que
nous observions paroissoient baisser en s'approchant du Méridien, & s'élever en s'en éloignant; en sorte que dans le

tems de leur paffage par le Méridien, on trouvoit leur hauteur plus petite qu'avant & après.

Nous remarquâmes plufieurs fois ces apparences, qui nous obligerent de vérifier avec encore plus de foin que nous n'avions fait, la direction des fils de la Lunette, celle du plan de l'inftrument, & l'heure du paffage de ces Etoiles par le Méridien ; mais les mêmes apparences continuant toujours, quelque précaution que nous euffions prife, nous en cherchâmes la caufe, & nous trouvâmes que l'inftrument étant placé fixe fur le plan du Méridien, les Etoiles qui paffent près du Zénith, vers la partie Méridionale de notre Hémifphere, devoient en effet paroître diminuer de hauteur en s'approchant du Méridien, & s'élever après leur paffage à mefure qu'elles s'en éloignent ; au lieu que les Etoiles qui paffent du côté du Nord paroiffent, fuivant la régle ordinaire, s'élever en s'approchant du Méridien, & s'abbaiffer en s'en écartant.

Pour éclaircir ce fait, il faut confidérer la Lunette de l'inftrument dans une fituation verticale, en forte que fon axe étant dirigé exactement au Zénith, le fil AB (Fig. 4.) qui avoit été placé à l'horifon, concoure avec le plan du premier vertical qui paffe par le Zénith & le point des Equinoxes ; & le fil CD qui lui eft perpendiculaire, avec le plan du Méridien. Soit une Etoile S fituée vers le Midi à l'égard du Zénith, qui à fon paffage par le Méridien, foit vûe en S, au-deffous du fil AB.

Cette Etoile, par fa révolution journaliere autour du Pôle P, paffant du Midi vers le Nord, rencontrera en quelque endroit, comme en B, le plan du premier vertical, fur lequel l'œil eft fitué, & paroîtra par conféquent toucher le fil horifontal AB, qui eft dans le même plan, & dirigé exactement au Zénith ; cette Etoile aura donc paru s'élever après fon paffage par le Méridien, & fa hauteur apparente fera plus grande que dans l'inftant de fon paffage, lorfqu'elle étoit au point S.

Par la même raifon, l'Etoile S, avant que d'arriver au

Méridien en *S*, a rencontré en quelque point, comme *A*, le plan du premier vertical qui paffe par notre œil & le fil *AB*, qui eft dirigé au Zénith. Cette étoile a donc paru alors plus élevée, que dans le tems de fon paffage par le Méridien, ce qu'il falloit démontrer.

Il n'en eft pas de même d'une Etoile placée vers le Nord entre le Zénith *Z* & le Pôle *P*, car à mefure qu'elle s'éloigne du Méridien, elle s'éloigne auffi du plan du premier vertical, en s'approchant du Pôle, d'où il fuit qu'elle doit paroître plus élevée dans le tems de fon paffage par le Méridien, qu'avant ou après, conformément à la régle ordinaire.

Ces apparences, qui peuvent caufer des erreurs confidérables dans les obfervations des hauteurs Méridiennes des Aftres, & qu'il eft par conféquent très-important de connoître dans la pratique de l'Aftronomie, nous ont donné lieu d'examiner quelles en étoient les limites; & nous avons trouvé, qu'elles devoient s'appercevoir dans toutes les Etoiles qui paffent par le Méridien, entre le Zénith & l'Equateur, d'où l'on tire ces régles générales.

1°. Que les Etoiles qui parcourent l'Equateur, ou un cercle qui lui eft fort proche, doivent paroître, à leur paffage par le Méridien, fuivre le fil horifontal de la Lunette d'un inftrument placé exactement fur le Méridien, fans hauffer ni baiffer, quelque ouverture qu'on ait donné à la Lunette.

2°. Que toutes les Etoiles qui ont une déclinaifon Septentrionale, depuis l'Equateur jufqu'au Zénith, plus petite que la hauteur du Pôle du lieu où l'on obferve, doivent paroître, dans un inftrument placé exactement fur le Méridien, s'abbaiffer en s'approchant du Méridien, & s'élever en s'en éloignant.

3°. Que les Etoiles, dont la déclinaifon eft Méridionale, doivent paroître s'élever en s'approchant du Méridien & s'abbaiffer en s'en écartant.

4°. Que les Etoiles, dont la déclinaifon Septentrionale

F f ij

excéde la hauteur du Pôle du lieu où l'on observe, ou lui
est égale, doivent à leur passage par le Méridien dans la
partie supérieure de leur cercle, paroître s'élever en s'approchant du Méridien, & baisser en s'en éloignant.

5°. Que les Etoiles, dont la déclinaison Septentrionale
excéde la hauteur de l'Equateur, & qui ne se couchent
point sur notre horison, doivent à leur passage par le Méridien, dans la partie inférieure de leur cercle, baisser en
s'approchant du Méridien, & hausser en s'en éloignant.

Demonstration.

Soit *AZBH*, (Fig. 5.) le Méridien du lieu où l'on observe, *P*, le Pôle, *Z* le Zénith, *AB* l'horison, *DMEL*
l'Equateur, *FQKY* le parallele d'une Etoile, dont la déclinaison excéde la hauteur du Pôle du lieu où l'on observe,
GRST, le parallele d'une Etoile, dont la déclinaison est
plus petite que cette hauteur du Pôle, *HXIV* un autre
parallele, dont la déclinaison est Méridionale, *NSO* le plan
d'un grand cercle de la Sphere, qui passe par le Méridien
entre l'Equateur & le Zénith.

Dans le premier cas, où l'on suppose une Etoile placée
sur l'Equateur, l'instrument étant dirigé au Méridien; si on
éléve la Lunette, ensorte que l'Etoile à son passage par
le Méridien, soit sur le fil horisontal dans son intersection
avec le fil vertical, qui se confond avec le Méridien. Ce
fil horisontal sera dans un plan qui passe par notre œil &
l'Etoile, & qui est perpendiculaire au Méridien; mais le
plan de l'Equateur *DMEL* passe par l'Etoile & notre œil,
& est perpendiculaire au Méridien *AZB*. Le fil horisontal de la Lunette concourera donc avec le plan de l'Equateur; d'où il suit que quelque ouverture qu'on ait donnée
à la Lunette, une Etoile placée sur l'Equateur doit paroître suivre ce fil horisontal, sans hausser ni baisser en s'approchant, ou s'éloignant du Méridien.

A l'égard d'une Etoile *S*, dont la déclinaison Septentrionale *ES*, est plus petite que l'arc *EZ* ou *AP*, qui me-

fure la hauteur du Pôle ; le plan du parallele *GRST*, qu'elle
décrit par fa révolution journalière , eft élevé au-deffus du
plan du cercle *NSO* , qui paffe par notre œil & le fil horifontal de la Lunette , & le touche à fon paffage par le
Méridien dans un feul point *S.* Dans toutes les autres fitua-
tions de l'Etoile, avant & après fon paffage par le Méridien , comme en *a* , & en *b* , ces points étant élevés au-
deffus du plan du cercle *NSO*, il fuit que l'Etoile doit paroître au-deffus du fil horifontal de la Lunette , qui eft la
Tangente commune des deux plans circulaires *NSO* &
GRST, d'où il eft néceffaire de conclure que l'Etoile *S*
doit paroître , dans l'inftant de fon paffage par le Méridien,
moins élevée fur l'horifon qu'avant ou après.

- Pour ce qui eft des Etoiles dont la déclinaifon eft Méridionale , le plan *HXIV* du parallele qu'elles décrivent , eft
abbaiffé au-deffous du rayon *C I* , dirigé de notre œil à l'E-
toile *I* , dans le tems de fon paffage par le Méridien , d'où
il fuit que tous les points de ce plan doivent paroître au-
deffous du point *I* ; & par conféquent on doit voir l'Etoile
s'élever en s'approchant du Méridien , & s'abbaiffer en s'en
éloignant.

On démontrera de la même maniere , qu'une Etoile *K* ,
dont la déclinaifon Septentrionale *EK* excéde l'arc *E Z*
ou *AP* , qui mefure la hauteur du Pôle , doit paroître s'é-
lever en s'approchant du Méridien , & s'abbaiffer en s'en
éloignant ; puifque le plan du parallele *F Q K Y* , qu'elle
décrit par fa révolution journaliere , eft abbaiffé au-deffous
du rayon *CK* , qui va de notre œil à cette Etoile, dans le
tems de fon paffage par le Méridien.

On remarquera enfin que le plan du parallele *G R ST*,
d'une Etoile *G* , dont la déclinaifon Septentrionale *E S*
ou *DG* , excéde la hauteur *BE* ou *DA* de l'Équateur , &
qui par conféquent ne fe couche point fous notre horifon ,
eft élevé au-deffous du rayon *CG*, dirigé de notre œil à cette Etoile , dans le tems de fon paffage par le Méridien dans
la partie inférieure de fon cercle ; & que par conféquent

cette Etoile doit paroître s'abbaisser en s'approchant du Méridien, & s'élever en s'en écartant, ce qu'il falloit démontrer.

Il résulte de ces remarques, qu'un instrument étant placé fixe sur le Méridien, toutes les hauteurs des Etoiles qui ont été observées, un peu avant ou après leur passage par le Méridien, sont fautives & défectueuses; à la réserve de celles qui sont situées près de l'Equateur. Et ces erreurs sont d'autant plus sensibles, que les Etoiles sont éloignées de l'Equateur, & approchent du Zénith, ce qui montre la nécessité où l'on est de placer exactement l'instrument dans le plan du Méridien, & d'observer la hauteur des Etoiles, dans l'instant de leur passage par le Méridien.

Après avoir expliqué les précautions nécessaires pour observer les hauteurs des Etoiles fixes, avec toute l'exactitude possible, il est à propos de rapporter les observations que nous avons faites, pour déterminer la différence entre les parallèles de Paris & de Dunkerque.

Nous commençâmes ces observations le 15 Juillet de l'année 1718, & nous choisîmes diverses Etoiles dans les constellations du Dragon & du Cygne, qui devoient passer par le Méridien après le coucher du Soleil. Nous dirigeâmes aux mêmes Etoiles la Lunette de l'instrument, successivement du côté du Midi & du côté du Nord, & nous continuâmes ces observations jusqu'à ce que nous en eûmes plusieurs d'une même Etoile, qui donnassent précisément la même distance au Zénith.

La distance au Zénith de l'Etoile β de la tête du Dragon
    fut observée de . . . . . 1° 29' 41" vers le Nord.
De l'Etoile γ, de la tête du Dragon
    de . . . . 0 30 30 vers le Nord.
De l'Etoile κ, dans les pattes du
    Cygne de . . . . . 1 56 2 ½ vers le Nord.
De l'Etoile ι, dans les pattes du
    Cygne de . . . . . 0 6 36 ½ vers le Nord.

De l'Etoile σ, dans les pattes du
Cygne de . . . . . . 1 26 22　vers le Midi.
De la queue du Cygne de . . 6 45 45　vers le Midi.

Nous ne pûmes obferver la queue du Cygne que d'un feul côté, à caufe des divifions de l'inftrument qui ne s'étendoient pas de l'autre côté, autant qu'il eût été néceffaire, & nous nous contentâmes de déterminer fa diftance au Zénith, en la comparant aux autres Etoiles, dont la diftance étoit exactement connue.

Entre les autres Etoiles, celle de la tête du Dragon nommée γ par Bayer, qui étoit la plus claire, fut obfervée avec beaucoup d'exactitude, d'autant plus qu'on la diftinguoit de jour, fans qu'il fut néceffaire éclairer l'objectif par une lumiere, qui caufe fouvent fur le verre des réfractions qui élévent ou abbaiffent en apparence les Etoiles qui font fur le fil.

L'Etoile β fut couverte le plus fouvent à fon paffage par le Méridien, & on eut de la peine à obferver les trois autres Etoiles, qu'on ne voyoit diftinctement que lorfque le Ciel étoit fort ferein. Car nous avons remarqué, qu'il eft rare que l'air foit fi pur à Dunkerque qu'à Paris, même dans les tems qui paroiffent le plus fereins, en forte que nous ne pûmes appercevoir la Lyre, qu'une feule fois à fon paffage par le Méridien, fur les huit heures du matin, quoique le Ciel fût fouvent fans aucuns nuages ; au lieu que nous la diftinguons à Paris par les mêmes Lunettes, dans des tems où le Soleil eft plus élevé fur l'horifon.

Ayant terminé nos obfervatious le 10 Août, nous partîmes le 12 du même mois de Dunkerque, pour nous en retourner à Paris, & y faire les obfervations des mêmes Etoiles dans la même faifon ; ce que nous eftimions néceffaire, pour éviter les variations caufées par le mouvement de ces Etoiles en déclinaifon, ou bien par la parallaxe de l'orbe annuel, en cas qu'il y en ait quelqu'une de fenfible ; ou par quelqu'autre caufe, qui fait varier en différentes

faifons les hauteurs des Etoiles de la quantité de quelques
fecondes, comme il a été remarqué en différentes occa-
fions.

Nous fîmes pendant notre route diverfes obfervations à
Lille, à Douay, à Cambray & en d'autres Villes, tant pour
déterminer la latitude de ces lieux, que pour établir leur
pofition & celles des Villes voifines, par rapport au Méridien de Paris.

Auffi-tôt après notre arrivée à Paris, nous fîmes dreffer
notre grand inftrument dans le petit obfervatoire, qui eft
près de la Terraffe fupérieure. C'eft un lieu deftiné pour
obferver les Etoiles fixes qui paffent vers le Zénith, percé
par le haut d'un trou rond de 4 pieds de diamétre, dont le
centre eft éloigné de la Méridienne de l'Obfervatoire de
14 toifes.

Nous commençâmes ces obfervations le 23 Août, &
nous les continuâmes jufqu'au 4 Septembre fuivant, par
un tems qui fut prefque toujours ferein.

La diftance au Zénith de l'Etoile β de la tête du Dragon
    obfervée de . . . . 3° 42′ 12″ ½ vers le Nord.
De l'Etoile γ de la tête du Dragon
    de . . . . . . 2 42 43 ½ vers le Nord.
De l'Etoile $\varkappa$ du Cygne de 4 2 28 ½ vers le Nord.
De l'Etoile ι du Cygne de 2 19 10   vers le Nord.
De l'Etoile σ du Cygne de 0 45 36   vers le Nord.
Et de la queue du Cygne de 4 33 5   vers le Midi.

On ne put appercevoir qu'avec beaucoup de peine, l'E-
toile β, qui paffoit de jour par le Méridien, mais on détermina par fept obfervations qui s'accordoient parfaitement enfemble, la diftance au Zénith de l'Etoile γ de la
tête du Dragon, qui eft celle que nous avions obfervée à
Dunkerque, avec le plus d'exactitude.

Après avoir terminé nos obfervations, nous vérifiâmes
avec un très-grand foin, & en différentes manieres, les divisions

vifions du limbe de notre inftrument, & nous trouvâmes que le centre véritable étoit une ligne en deçà du point, où l'on avoit fufpendu le cheveu qui portoit le plomb, d'où il réfulte que les diftances des Etoiles au Zénith, que nous avions obfervées, étoient trop grandes de trois fecondes pour chaque degré, aufquelles il faut avoir égard dans l'examen des obfervations.

Pour déterminer préfentement l'arc du Méridien intercepté entre Paris & Dunkerque, on confidérera que la diftance au Zénith de l'Etoile γ de la tête du Dragon, a été obfervée à Dunkerque de 0° 30′ 30″ vers le Nord, dont il faut retrancher 1″. & demie pour la correction de l'inftrument, & on aura la diftance apparente de cette Etoile au Zénith de 0° 30′ 28″ $\frac{1}{2}$, y ajoutant la réfraction, qui, fuivant la connoiffance des tems, eft d'une demi-feconde à cette hauteur, on aura la diftance véritable de cette Etoile au Zénith de 0° 30′ 29″ vers le Nord.

On a obfervé à Paris la diftance de cette Etoile au Zénith de 2° 42′ 43″ $\frac{1}{4}$, dont il faut retrancher 8 fecondes pour la correction de l'inftrument, & on aura fa diftance apparente au Zénith de 2° 42′ 35″ $\frac{3}{4}$. Y ajoutant la réfraction, qui eft de 2″ $\frac{3}{4}$ à cette hauteur, on aura la diftance véritable de l'Etoile γ au Zénith de Paris de 2° 42′ 38″ $\frac{1}{2}$ vers le Nord. Retranchant de cette diftance, celle qui a été obfervée à Dunkerque de 0° 30′ 29″ vers le Nord, on aura l'arc véritable du Méridien compris entre Paris & Dunkerque de 2° 12′ 9″ $\frac{1}{2}$.

On trouvera cet arc, par l'obfervation de l'Etoile β de la tête du Dragon, de . . . . 2° 12′ 27″
Par l'Etoile κ, de 2 12 22
Par l'Etoile ι, de 2 12 31
Par l'Etoile σ, de 2 11 54
Et par la queue du Cygne de 2 12 35

Quoique nous euffions pû nous contenter de la détermination qui réfulte des obfervations de l'Etoile γ, faites à

Paris auſſi-tôt après notre retour ; nous réſolûmes de les recommencer l'année ſuivante, préciſément dans le même tems que nous les avions faites l'année précédente à Dunkerque, & ayant placé nôtre inſtrument au même endroit, nous obſervâmes depuis le 28 Juillet juſqu'à la fin d'Août de l'année 1719, la diſtance des mêmes Etoiles au Zénith, & nous trouvâmes celle de l'Etoile β de . . 3° 42′ 0″
de l'Etoile γ, de 2 42 37½
de l'Etoile κ, de 4 2 22½
de l'Etoile η, de 2 19 6⅔
de l'Etoile σ, de 0 45 37½
Et de la queue du Cygne de 4 33 0

   La déclinaiſon de l'Etoile γ, diminue dans l'eſpace d'une année, d'environ une ſeconde, ce qui diminue auſſi ſa diſtance au Zénith d'une pareille quantité, de ſorte qu'au mois d'Août 1718, la diſtance apparente de cette Etoile au Zénith, devoit être de 2° 42′ 38″ ½, à 5 ſecondes près de celle que nous avions obſervée l'année précédente, que nous avons préféré à celle-ci, à cauſe du plus grand nombre d'obſervations qui s'accordoient enſemble.

   Ayant ainſi déterminé l'arc du Méridien, intercepté entre les parallèles de Paris & de Dunkerque, il reſte à le comparer à la diſtance, entre les lieux où les obſervations ont été faites, déterminée en toiſes.

   La diſtance de la face Méridionale de l'Obſervatoire à la perpendiculaire, tirée de la Tour de Dunkerque ſur la Méridienne de Paris, a été marquée au chap. 3. de 125555 toiſes. Cette diſtance, à cauſe de la proximité de la Tour de Dunkerque à la Méridienne de Paris, eſt ſenſiblement égale à la différence entre les parallèles de ces deux Villes, & il faut ſeulement avoir égard à la réduction qu'il convient faire à nos dimenſions, à cauſe qu'elles ont été priſes ſur un terrein élevé au-deſſus du niveau de la Mer.

   On conſidérera pour cet effet, que la Terraſſe ſupérieure de l'Obſervatoire, où nous avons commencé nos obſer-

vations eſt élevée ſur la ſurface de la Mer d'environ 50
toiſes ; ce que l'on a reconnu par l'élévation de cette Terraſſe ſur la Riviere de la Seine, & par la pente de cette Riviere, depuis Paris juſqu'à la Mer.

Comme dans le cours du Voyage nous nous ſommes
toujours approchés de la Mer; l'élévation du terrein de la
plus grande partie des lieux où nous avons obſervé, n'a
pas dû être ſenſiblement plus grande que celle de l'Obſervatoire, & nous n'avons trouvé aucunes Montagnes plus élevées que celle de Mont-Caſſel, dont nous avons meſuré la
hauteur perpendiculaire, ſur le niveau de la Mer, de 96
toiſes. On peut donc prendre 70 toiſes, pour la hauteur
moyenne du terrein où nous avons pris nos dimenſions ;
ce qui augmente le diamétre de la Terre d'une pareille
quantité, & ſa circonférence de 440 toiſes, ce qui eſt à
raiſon d'une toiſe & un pied par degré, & de deux toiſes
& demie pour l'intervalle entre Paris & Dunkerque. Les
retranchant de 125555 toiſes, on aura la diſtance entre
les paralléles de la face Méridionale de l'Obſervatoire, &
de la Tour de Dunkerque, réduite au niveau de la Mer, de
125552 toiſes & demie.

Nous obſervâmes du haut de cette Tour, l'abbaiſſement
de notre petit Obſervatoire, au-deſſous de l'horiſon de
17° 0′ ; la hauteur de la Tour, ſur le niveau du terrein où
nous obſervions, a été déterminée géométriquement, par
M. de la Navere Ingénieur à Dunkerque, de 27 toiſes 2
pieds 5 pouces; la hauteur de l'œil ſur la platte-forme de la
Tour étoit de 4 pieds & demi, ce qui donne l'élévation
de l'œil ſur le terrein de 28 toiſes 1 pied, dont retranchant
2 toiſes 3 pieds, hauteur du toit du petit Obſervatoire ſur
le terrein, on aura la hauteur de l'œil ſur le toit du petit
Obſervatoire de 25 toiſes 4 pieds, avec laquelle on trouve
la diſtance horiſontale du pied de la Tour de Dunkerque,
au lieu où nous obſervions, de 84 toiſes; les retranchant
de 125552 toiſes, à cauſe que ce lieu, qui étoit placé à
peu-près ſous le même Méridien que la Tour, étoit vers le

Midi à son égard, on aura la différence, entre les parallèles de la face Méridionale de l'Observatoire de Paris, & du lieu où nous observions à Dunkerque, de 125468 toises ; retranchant de cette distance 14 toises, dont le lieu où nous avons observé à Paris, est plus Septentrional que la face Méridionale de l'Observatoire ; on aura la distance entre les parallèles des lieux où nous avons observé à Paris & à Dunkerque, de 125454 toises.

Partageant ces 125454 toises, par 2° 12′ 9″ 30‴, arc du Méridien intercepté entre les lieux de nos observations, tel qu'il résulte de l'observation de l'Etoile γ de la tête de Dragon, qui est la plus exacte ; on aura la grandeur du degré d'un Méridien, compris entre les parallèles de Paris & de Dunkerque de 56960 toises.

Par l'observation de l'Etoile γ, faite pendant l'année 1719, la grandeur du degré seroit plus grande d'environ 36 toises, que celle que nous venons de déterminer, mais on la trouveroit encore plus petite par l'observation de la plûpart des autres Etoiles, ausquelles nous préférons l'Etoile γ par les raisons que nous avons expliquées.

Le lieu où nous avons observé à Paris, étant plus Septentrional, que la face Méridionale de l'Observatoire de 14 toises, & celui où nous avons observé à Dunkerque, étant plus Méridional que la Tour de 84 toises, la distance entre les lieux où nous avons observé, est plus petite que celle qui est entre les parallèles de la face Méridionale de l'Observatoire & de la Tour de Dunkerque, de 98 toises, ausquelles il convient 6 secondes de degré, qui étant ajoutées à 2° 12′ 9″ 30‴, arc intercepté entre les lieux de nos observations, donnent l'arc, entre la face Méridionale de l'Observatoire & la Tour de Dunkerque, de 2° 12′ 15″ 30‴ ; les ajoutant à la hauteur du Pôle de Paris, qui est de 48° 50′ 10″, on a la hauteur du Pôle de la Tour de Dunkerque de 51° 2′ 25″ ½.

CHAPITRE IV.

De la grandeur des Degrés de la circonférence de la Terre.

AYANT déterminé dans le Chapitre précédent, l'arc du Méridien intercepté entre Paris & Dunkerque, & la grandeur du degré qui en résulte; nous la comparerons aux observations de M. Picard, & à celles que nous avons faites dans le premier Voyage.

La mesure de la Terre de M. Picard, s'étend depuis le parallèle d'Amiens, qui est de 49° 54′ 46″, jusqu'au parallèle de Malvoisine, qui est de 48° 31′ 48″, & il a trouvé dans cet intervalle, qui est d'environ un degré & un tiers, la grandeur du degré d'un Méridien de 57060 toises.

Nos premieres mesures commencent à l'Observatoire Royal de Paris, qui est sous le parallèle de 48° 50′ 10″, & se terminent à Collioure, qui est vers l'extrémité Méridionale de la France sous le parallèle de 42° 31′ 14″. Dans cette étendue, qui est de 6° 18′ 56″ $\frac{1}{3}$, la grandeur du degré a été déterminée de 57097 toises.

Enfin nos dernieres observations ont été faites depuis Paris jusqu'à Dunkerque, & dans cet intervalle, qui est de 2° 12′ 15″ $\frac{1}{2}$, la grandeur du degré a été trouvée de 56960 toises. Ainsi il paroît avec assez d'évidence, que les degrés d'un Méridien sont plus grands, plus ils sont près de l'Equateur, & diminuent, au contraire, à mesure qu'ils s'approchent du Pôle; d'où l'on peut conclure que la circonférence de la Terre n'est pas de figure Sphérique.

Pour connoître exactement son étendue, depuis un Pôle jusqu'à l'autre, il faudroit déterminer la grandeur de tous les degrés d'un même Méridien, par des opérations Trigonométriques, & par des observations des Etoiles, de la maniere que nous l'avons exécuté; mais comme cette métho-

de n'eſt point pratiquable, à cauſe des Mers ou Pays inha-
bitables, qui ſe rencontrent ſous un même Méridien, &
qu'il ſeroit impoſſible de traverſer ; nous eſſayerons de meſurer ſon étendue, après avoir démontré, qu'à la réſerve des
inégalités cauſées par les Montagnes, ſa ſurface doit avoir
la figure d'une Ellipſe allongée vers les Pôles, dont la propriété eſt telle, qu'étant diviſée en degrés, par des perpendiculaires élevées ſur ſa ſurface, chacun de ces degrés diminue en s'approchant des Pôles, & augmente en s'en écartant.

Soit BKC (Fig. 6.) une Ellipſe qui repréſente la
circonférence de la Terre, dont les Pôles B & C ſont à
l'extrémité du grand axe BC, & dont les foyers E & F
ſoient pris à diſcrétion ; ſoient placés ſur la circonférence
de cette Ellipſe divers points G, H, I, K, d'où l'on éléve
les perpendiculaires GZ, HL, IM, KN, qui ſont dirigées
au Zénith. Si l'on prolonge ces perpendiculaires en dedans de l'Ellipſe, il eſt manifeſte par ſa propriété, qu'elles
ſe rencontreront aux points O, R, S, qui ſont diſpoſés
de maniere que le point O ſera plus proche du point H
que le point R, & le point R plus proche du point I, que
le point S.

On peut conſidérer préſentement la ſurface de l'Ellipſe,
comme compoſée d'une infinité de petits arcs de cercle,
GH, HI, IK. Si l'on ſuppoſe que les points, $G, H,
I, K$, ſoient diſpoſés de maniere, que la diſtance du
Pôle au Zénith de chacun de ces lieux, diffère d'une
égale quantité ; enſorte que l'angle PGZ ou BQZ, qui meſure la diſtance du Pôle au Zénith du point G, diffère de
l'angle THL, qui meſure la diſtance du Pôle au Zénith
du point H, de la même quantité que l'angle THL diffère
de l'angle VIM, & l'angle VIM de l'angle XKN, on trouvera que les angles GOH, HRI & ISK ſont égaux entre-
eux ; car l'angle PGZ ou TYZ eſt égal à l'angle THL
moins l'angle GOH. Pareillement l'angle THL ou $V\omega L$
eſt égal à l'angle VIM moins l'angle HRI, & l'angle
VIM ou XxM eſt égal à l'angle XKN moins l'angle

ISK. Mais par la conſtruction les angles *PGZ*, *THL*, *VIM*, *XKN*, different d'une égale quantité, donc les angles *GOH*, *HRI* & *ISK*, différence entre ces angles, ſont égaux entr'eux. Ces angles égaux *GOH*, *HRI*, *ISK*, ſont compris par les côtés *GO*, *OH*, *HR*, *RI*, *IS* & *SK*; mais les côtés *GO*, *OH*, ſont plus petits que les côtés, *HR*, *RI*, de même que les côtés *HR*, *RI*, ſont plus petits que les côtés *IS*, *SK*. Donc l'arc *GH*, compris entre les plus petits côtés, *GO*, *OH*, ſera plus petit que l'arc *HI*, compris entre les côtés *HR* & *RI*, qui ſont plus grands; & par la même raiſon l'arc *HI* ſera plus petit que l'arc *IK*; d'où il ſuit que, ſi l'on attribue à la Terre la figure d'une Ellipſe allongée vers les Pôles, les parties égales d'un Méridien, telles que les degrés, minutes & ſecondes, comprennent ſur la ſurface de la Terre des intervalles inégaux, qui diminuent en s'approchant des Pôles, & augmentent en s'en éloignant, ce qu'il falloit démontrer.

La figure de la Terre étant ainſi établie, il eſt néceſſaire préſentement, afin d'en connoître les dimenſions, de pouvoir la diviſer en degrés, de même qu'on le pratique dans la Sphere, & de déterminer la grandeur de chacun de ces degrés; ce que l'on exécutera en cette maniere.

Soit menée d'un des foyers de l'Ellipſe *E*, (Fig. 6.) la ligne *ED*, qui faſſe avec l'axe *BC* un angle *BED* égal à la diſtance donnée du Pôle au Zénith. Soit pris avec un compas, un intervalle égal à l'axe *BC*, & de l'autre foyer *F* comme centre, ſoit décrit à cet intervalle un arc de cercle qui coupe en *D*, la ligne *ED*. Joignez *FD*, qui rencontre l'Ellipſe en *G*. Je dis que le point *G* eſt ſitué ſur la ſurface de l'Ellipſe à la diſtance du Pôle donnée; enſorte que menant de ce point, la ligne *GZ* perpendiculaire à la ſurface de l'Ellipſe, qui étant prolongée, rencontre l'axe en *Q*; & *GP* parallele à l'axe *AB* qui ſoit dirigée au Pôle, que l'on ſuppoſe à une diſtance infinie; l'angle *BQZ* ou *PGZ*, qui meſure la diſtance du Pôle au Zénith du point *G*, ſera du nombre de degrés donné. On trouvera de la même maniere les points *H*, *I*, *K*, à la diſtance du Pôle cherchée.

DÉMONSTRATION.

Par la conftruction, *FD* eft égale à l'axe *BC*, mais par la propriété de l'Ellipfe, *BC* eft égale à *EG* plus *GF*, retranchant *FG* commun, on aura *EG* égal à *GD*. Les angles *DEG*, *EDG*, feront donc égaux entr'eux, & par conféquent chacun la moitié de l'angle externe *EGF*. Mais par la propriété de l'Ellipfe, l'angle *EGF* eft partagé en deux parties égales par la perpendiculaire *GQ*; l'angle *EGQ* fera donc la moitié de l'angle *EGF*, & par conféquent égal à l'angle *DEG*, d'où il fuit que les lignes *GQ*, *ED* font parallèles, & que l'angle *BQZ* eft égal à l'angle *BED*, qui par la conftruction a été pris égal à la diftance donnée du Pôle au Zénith. L'angle *BQZ* mefurera donc la diftance cherchée du Pôle au Zénith, ce qu'il falloit démontrer.

Ayant ainfi divifé l'Ellipfe en degrés, on pourra déterminer par le calcul la fituation de tous les points, comme *H*, *I*, *K*, qui terminent les degrés auffi-bien que la diftance entre ces points, en faifant, comme *FD* ou *BC* eft à *EF*, ainfi le finus de l'angle *BED*, diftance donnée du Pôle au Zénith, eft au finus de l'angle *EDF* ou *DEG*, dont la valeur fera par conféquent connue. Cet angle *DEG* étant ajouté à l'angle *BED*, diftance donnée du Pôle au Zénith du point *G*, on aura la valeur de l'angle *BEG*, que la ligne *EG*, tirée du foyer au point *G* cherché, fait avec l'arc de l'Ellipfe. Maintenant dans le Triangle *EGF*, dont le côté *EF* eft connu, auffi-bien que l'angle *EGF*, qui eft le double de l'angle *DEG*, & l'angle *FEG*, fupplément de l'angle *BEG*, on aura la valeur du côté *EG*, connu en parties de l'axe *BC*.

On trouvera par la même méthode les angles *BEH*, *BEI* & *BEK*, &c. & la valeur des lignes *EH*, *EI*, *EK*, pour la diftance du Pôle au Zénith de tous les degrés de la circonférence de la Terre; & dans les Triangles *GEH*, *HEI*, *IEK*, rectilignes, dont les côtés *GE*, *EH*, *EI*, *EK*, font connus, auffi-bien que les angles compris entre ces

côtés

côtés, qui font la différence entre les angles *BEG*, *BEH*, *BEI* & *BEK*, déterminés ci-deſſus, on connoîtra la valeur des cordes *GH*, *HI*, *IK*, compriſes entre chaque degré.

On aura donc la proportion exacte des cordes de chaque degré de la circonférence de la Terre dans l'hypothèſe elliptique ; & comme la proportion de ces cordes entr'elles ne différe pas ſenſiblement de la proportion qu'ont entre eux les arcs des Ellipſes qu'elles ſoutendent, on aura en même tems la proportion entre les degrés de la circonférence de la Terre ſuppoſée Elliptique.

Pour une plus grande préciſion, on pourroit calculer la proportion qu'il y a entre les cordes des demis & quarts de degré, & même des minutes de la circonférence de la Terre, enſorte que la différence entre les arcs & les cordes ſeroit entiérement inſenſible ; mais ſi l'on conſidere que l'excès de l'arc d'un degré d'un Méridien de la Terre ſur la corde qui le ſoutend, n'eſt que d'environ 4 pieds, il eſt aiſé de juger que la différence qu'il y a entre la proportion des cordes de chaque degré & celle des arcs des Ellipſes qu'elles ſoutendent, ne peut être ſenſible, joint à cela que les obſervations que nous avons employées pour déterminer la grandeur des degrés, ont été faites ſuivant des lignes droites, & non point ſuivant la courbure de la circonférence de la Terre.

Ayant appliqué la méthode qu'on vient d'expliquer à nos obſervations, nous avons trouvé que ſuppoſant l'excentricité de la Terre de 14400 parties, dont le rayon eſt 100000, c'eſt-à-dire, environ comme 1 à 7, cette Ellipſe repréſente aſſez exactement la figure d'un Méridien de la Terre, tel qu'il réſulte de nos dimenſions.

On trouve, par exemple, que le degré compris entre la hauteur du Pôle de 48 & de 49 degrés, tel qu'il eſt aux environs de Paris, eſt de 57005 toiſes ; que dans l'étendue de la France la grandeur du degré diminue d'environ 31 toiſes, en s'approchant du Pôle, & augmente à peu près de la même quantité en s'en éloignant, enſorte

que le degré compris entre les paralleles de 50 & 51 degrés est de 56944 toises. 2 pieds , & le degré compris entre les paralleles de 42 & de 43 degrés est de 57192 toises
& 4 pieds.

Ajoutant ensemble les degrés compris dans l'étendue
de nos dimensions , on trouve que la distance en toises
qui répond à 6° 18′ 56″, intervalle entre les paralleles de
Paris & de Collioure , est de 360602 toises , à 2 toises près
de celle qui a été mesurée par les opérations Trigonométriques , qui l'ont donnée de 360604 toises ; & que la
distance qui répond à 8° 31′ 11″ $\frac{1}{2}$ depuis le parallele de
Collioure jusqu'à celui de Dunkerque , est de 486156 toises & demie , précisément de même que celle que nous
avons déterminée.

L'inégalité qui est entre les degrés d'un même Méridien dans l'hypothèse elliptique , n'est pas toujours de la
même quantité. Elle est la plus grande qui soit possible
sous le parallele de 45 degrés. Elle diminue ensuite presqu'également, en s'approchant de l'Equateur & du Pôle,
où la différence d'un degré à l'autre n'est que de 7 à 8
pieds. Ce sont aussi les termes du plus grand & du plus
petit degré d'un Méridien de la Terre , le degré qui est
vers l'Equateur étant de 58019 toises 4 pieds., & celui qui
est vers les Pôles de 56224 toises 4 pieds.; de sorte qu'il y
a une différence de 1795 toises du plus grand au plus petit
degré d'un Méridien de la Terre.

Il suit de-là que les lieux qui sont les plus propres pour
connoître s'il y a quelque inégalité dans les degrés d'un
Méridien , sont aux environs de 45 degrés , tels que ceux
dont nous avons mesuré l'étendue.

Le rapport des degrés à l'axe de la Terre & à la distance entre les foyers étant connu, on aura la longueur
de cet axe de 6579368 toises , & la distance entre les
foyers de 947434 ou d'environ 474 de nos lieues, de
2000 toises chacune , telles qu'elles sont aux environs de
Paris.

On trouvera aussi la grandeur du petit axe qui représente le diamétre de l'Equateur de la terre. Car dans le Triangle rectangle *KAE* (Fig. 7.) dont le côté *AE*, moitié de l'intervalle entre les deux foyers est connu, aussi-bien que l'hypothénuse *EK*, qui, par la propriété de l'Ellipse, est égale à la moitié du grand diamétre *BC*, on aura la valeur de *AK*, dont le double *IK* mesure le diamétre de l'Equateur, qui sera de 6510796 toises plus petit que l'axe *BC* de 68572 toises, ou 34 de nos lieues.

La différence entre l'axe de la Terre & le diamétre de l'Equateur, sera donc la quatre-vingt-quinziéme partie de ce diamétre, plus grande que celle qui a été déterminée par Mrs Huygens & Newton, qui ont jugé la Terre applatie vers les Pôles. Le premier ayant trouvé la différence entre le diamétre de l'Equateur & l'Axe de la Terre de la 578me partie de ce diamétre, & le second de la 230me partie.

Le diamétre de l'Equateur étant connu, on aura sa circonférence de 20454274 toises, qui étant partagées en 360, donnent la grandeur des degrés de l'Equateur, qui dans cette hypothèse font égaux entr'eux, de 56817 toises, à peu près de même que celui du Méridien qui est à la distance du Pôle de 36 degrés.

Ajoutant ensemble les degrés du Méridien, ou aura sa circonférence de 20563100 toises. Sa différence à la circonférence de l'Equateur, est de 108826 toises, ou environ 54 de nos lieues, dont le circuit de la Terre autour d'un de ses Méridiens excéde son circuit autour de l'Equinoxial.

On déterminera aussi, suivant cette hypothèse, le diamétre, la circonférence & les degrés de chaque parallele; car dans le Triangle rectangle *ELH*, dont *LH* représente le demi-diamétre du parallele du point *H*; l'angle *LEH* étant connu aussi-bien que l'hypothénuse *EH*, on trouvera la valeur *LH*, demi-diamétre du parallele du point *H*, dont la circonférence & les degrés feront par conséquent connus.

La grandeur des degrés des Méridiens & des paralleles de la Terre étant ainsi déterminée, on pourra l'employer dans la conſtruction des Globes Terreſtres & des Cartes Géographiques.

Pour en faciliter la deſcription, nous avons dreſſé une Table où l'on a marqué en toiſes & en pieds la grandeur de tous les degrés des Méridiens, depuis les Pôles juſqu'à l'Equateur.

Table des Degrés d'un Méridien de la Terre.

Hauteur du Pole.	Distance du Pole au Zénith.	Grandeur des Degrés d'un Méridien.		Hauteur du Pole.	Distance du Pole au Zénith.	Grandeur des Degrés d'un Méridien.		Hauteur du Pole.	Distance du Pole au Zénith.	Grandeur des Degrés d'un Méridien.	
Degrés.	Degrés.	Toises.	Pieds.	Degrés.	Degrés.	Toises.	Pieds.	Degrés.	Degrés.	Toises.	Pieds.
90	0	56224	4	60	30	56682	5	30	60	57580	3
89	1	56225	5	59	31	56710	3	29	61	57607	2
88	2	56228	2	58	32	56738	3	28	62	57633	4
87	3	56232	1	57	33	56766	5	27	63	57659	2
86	4	56237	1	56	34	56795	4	26	64	57684	3
85	5	56243	2	55	35	56824	5	25	65	57709	0
84	6	56250	3	54	36	56853	2	24	66	57732	4
83	7	56258	3	53	37	56884	0	23	67	57755	4
82	8	56267	2	52	38	56914	0	22	68	57777	5
81	9	56277	0	51	39	56944	2	21	69	57799	1
80	10	56287	3	50	40	56975	0	20	70	57819	3
79	11	56299	0	49	41	57006	0	19	71	57838	5
78	12	56311	3	48	42	57037	0	18	72	57857	1
77	13	56324	5	47	43	57068	1	17	73	57874	3
76	14	56339	1	46	44	57099	2	16	74	57890	2
75	15	56354	5	45	45	57130	3	15	75	57905	4
74	16	56370	4	44	46	57161	3	14	76	57920	2
73	17	56387	5	43	47	57192	4	13	77	57934	0
72	18	56405	5	42	48	57223	4	12	78	57946	4
71	19	56424	4	41	49	57254	3	11	79	57958	2
70	20	56444	3	40	50	57285	2	10	80	57969	0
69	21	56465	1	39	51	57316	0	9	81	57978	4
68	22	56486	4	38	52	57346	4	8	82	57987	2
67	23	56508	5	37	53	57377	1	7	83	57995	0
66	24	56531	4	36	54	57407	3	6	84	58001	4
65	25	56555	1	35	55	57437	3	5	85	58007	2
64	26	56579	2	34	56	57467	1	4	86	58012	0
63	27	56604	1	33	57	57496	2	3	87	58015	4
62	28	56629	4	32	58	57525	0	2	88	58018	2
61	29	56655	5	31	59	57553	0	1	89	58019	4
60	30			30	60			0	90		

CHAPITRE V.

De la grandeur des Degrés d'un Méridien
supposés égaux entr'eux.

NOus avons déterminé au Chapitre précédent, la grandeur des degrés d'un Méridien, telle qu'elle réfulte de la comparaison de nos observations faites, tant du côté du Midi que du côté du Nord, à l'égard de l'Obfervatoire Royal de Paris.

La diſtance qu'il y avoit de l'Obfervatoire à l'extrémité Méridionale du Royaume, ne permettant pas d'y faire dans la même faifon les observations correfpondantes des Etoiles fixes, on fut obligé d'attendre l'année fuivante, en fuppofant que ces Etoiles, après le cours d'une année, n'ont fait d'autre mouvement que celui qu'on leur attribue en longitude; ce qui fait varier leur déclinaifon d'une quantité connue.

Cette fuppofition paroît affez bien fondée, puifqu'ayant recommencé ces obfervations deux années après, on n'y a trouvé aucune différence fenfible.

A l'égard des obfervations faites dans le dernier voyage à l'extrémité Septentrionale du Royaume, on a eu foin de faire leurs correfpondantes à l'Obfervatoire dans l'efpace de moins d'un mois, pour éviter les inégalités Phyfiques que l'on a remarqué faire varier la fituation de quelques Etoiles fixes en diverfes faifons; ainfi il y a lieu de croire qu'il n'y a eu de cette part aucune erreur fenfible, non plus que dans les divifions des inftrumens que nous avons vérifiées avec un grand foin.

Cependant fi, en attendant que ces obfervations foient confirmées par d'autres faites fur le même fujet, on veut fçavoir la grandeur des degrés fuppofés égaux dans toute l'étendue du Royaume; on trouvera, par ce qui a été dit ci-deſſus, la diſtance entre les paralleles de Collioure & de Dunkerque de 486156, toutes réductions faites.

Partageant cette diſtance par 8° 31′ 11″ ⅙, arc du Méridien intercepté entre les paralleles de ces deux villes; on aura la grandeur du degré d'un Méridien, l'un portant l'autre de 57061 toiſes, ce qui approche ſi fort de celle qui a été déterminée par M. Picard, que nous avons cru devoir nous y conformer.

Grandeur de la Circonférence de la Terre.

Si l'on ſuppoſe la Terre de figure Sphérique, on aura ſa circonférence de . . . 20541600 toiſes de Paris.

Grandeur du Diamétre de la Terre.

La proportion de la circonférence du cercle à ſon diamétre étant connue, on aura ſon diamétre de 6538594 toiſes de Paris, & ſon demi-diamétre de . . 3269297 toiſes.

Grandeur des Lieues.

La grandeur des lieues eſt aſſez arbitraire, puiſque dans un même Royaume elles ſont différentes en diverſes Provinces: cependant on peut les réduire à trois différentes, ſçavoir, la lieue des environs de Paris, qui eſt de . . . . 2000 toiſes.

La lieue commune, dont 25 au degré & 9000 à la circonférence de la Terre qui eſt de . . . . 2282 toiſes.

La lieue de Marine, dont 20 au degré & 7200 à la circonférence qui eſt de . . . 2853 toiſes.

Grandeur des Minutes & Secondes d'un Degré d'un Méridien.

Minutes.	Toises.	Secondes.	Toises.	Pieds.	Pouces.
1	951	1	15	5	1
2	1902	2	31	4	2
3	2853	3	47	3	3
4	3804	4	63	2	4
5	4755	5	79	1	6
6	5706	6	95	0	7
7	6657	7	110	5	8
8	7608	8	126	4	9
9	8559	9	142	3	10
10	9510	10	158	3	0
11	10461	11	174	2	1
12	11412	12	190	1	2
13	12363	13	206	0	3
14	13314	14	221	5	4
15	14265	15	237	4	6
16	25216	16	253	3	7
17	16167	17	269	2	8
18	17118	18	285	1	9
19	18069	19	301	0	10
20	19020	20	317	0	0
21	19971	21	332	5	1
22	20922	22	348	4	2
23	21873	23	364	3	3
24	22824	24	380	2	4
25	23775	25	396	1	6
26	24726	26	412	0	7
27	25677	27	427	5	8
28	26628	28	443	4	9
29	27579	29	459	3	10
30	28530	30	475	3	0

Grandeur

Grandeur des Minutes & Secondes d'un Degré d'un Méridien.

Minutes.	Toifes.	Secondes.	Toifes.	Pieds.	Pouces.
31	29481	31	491	2	1
32	30432	32	507	1	2
33	31383	33	523	0	3
34	32334	34	538	5	4
35	33285	35	554	4	6
36	34236	36	570	3	7
37	35187	37	586	2	8
38	36138	38	602	1	9
39	37089	39	618	0	10
40	38040	40	634	0	0
41	38991	41	649	5	1
42	39942	42	665	4	2
43	40893	43	681	3	3
44	41844	44	697	2	4
45	42795	45	713	1	6
46	43746	46	729	0	7
47	44697	47	744	5	8
48	45648	48	760	4	9
49	46599	49	776	3	10
50	47550	50	792	3	0
51	48501	51	808	2	1
52	49452	52	824	1	2
53	50403	53	840	0	3
54	51354	54	855	5	4
55	52305	55	871	4	6
56	53256	56	887	3	7
57	54207	57	903	2	8
58	55158	58	919	1	9
59	56109	59	935	0	10
60	57060	60	951	0	0

Rapport des Mesures de divers Pays.

Quoique la longueur du pied de Roi, dont nous nous sommes servi dans nos mesures, soit connue dans presque tous les Pays Etrangers ; cependant afin que ceux qui ne sçavent pas exactement le rapport de ce pied aux mesures qu'ils connoissent, puissent profiter de cet ouvrage, & s'en servir dans la description de leur Pays, on a cru devoir donner ici la proportion du pied de Roi, aux mesures étrangères, dont nous avons pû avoir connoissance.

Quelques-unes de ces mesures nous ont été communiquées, & nous en avons pris d'autres sur les lieux avec beaucoup de soin en Italie, où nous avons remarqué que le pied de Bologne, rapporté par M. Picard dans sa mesure de la Terre, est un peu plus petit que celui qui est exposé au public dans la Salle des Colléges ; & qu'il a employé la brasse de Florence à drap, qui n'est d'usage que dans le commerce, à la place de la brasse de Florence à terre, dont on se sert dans la Géographie & dans les Bâtimens.

A l'égard des personnes qui n'ont point de connoissance d'aucune de ces mesures, ils pourront employer les Pendules, dont la longueur doit être à Paris de 3 pieds huit lignes $\frac{1}{2}$, pour que leurs vibrations soient exactement d'une seconde de tems. Cette mesure est sensiblement la même dans presque toute l'Europe, & on pourroit la regarder comme universelle, si les Pendules étoient d'égale longueur dans tous les Pays, ce qui n'est pas conforme aux expériences qui en ont été faites à Cayenne en Amérique, & au Cap-verd en Afrique, comme on peut le voir dans le Livre des Voyages de l'Académie.

Le pied de Paris se divise en douze pouces, & chaque pouce en douze lignes ; c'est pourquoi si on suppose chaque ligne divisée en dix parties, on aura le pied de Paris de . . . . 1440 parties.
Le pied de Bologne de . . . . 1682 de ces
mêmes parties.

Le pied de Dannemark de 1404
Le pied de Rhein ou de Leyde de 1390
Le pied de Londres de 1350
Le pied de Suéde de 1316
Le pied Romain du Capitole de . . . 1306
Le pied de Dantzik de 1272
Le pied d'Amsterdam de 1258
Le palme de Naples de 1169
Le Palme de Gènes de 1113
Le Palme de Palerme de 1073
Le Palme Romain de 990
La brasse de Bologne de 2640
La brasse de Florence à terre de . . . 2430
La brasse de Parme & de Plaisance de . 2423
La brasse de Reggio de . . . . . . 2348 ½
La brasse de Milan de 2166
La brasse de Bresse de 2075
La brasse de Mantouë de 2062

Suivant nos dimensions une Tierce de la circonférence de la Terre est au pied de Paris comme 2282 à 1440.

Cette mesure est moyenne entre celle de la brasse de plusieurs Villes d'Italie, & on pourroit l'appeller brasse Géographique.

Hauteur du niveau apparent au-dessus du véritable.

Si l'on suppose la Terre de figure Sphérique ; le niveau de la Mer ou de l'eau, qui suit la courbure de la circonférence de la Terre, différe du niveau apparent, qui se fait suivant la Tangente de cette circonférence ; c'est pourquoi il faut tenir compte de cette différence dans les nivellemens.

Le demi-diamétre de la Terre étant connu par nos observations de 3269297 toises, on trouvera à chaque minute & seconde de sa circonférence, la hauteur du niveau apparent au-dessus du véritable, qui est l'excès de la sécante sur le rayon. On a calculé ces hauteurs jusqu'à la distance de deux degrés, où la hauteur du niveau apparent eſt près de 2000 toiſes au-deſſus du véritable, cette hauteur excédant celle du Canigou, qui eſt une des plus hautes Montagnes des Pyrénées.

On pourra ſe ſervir de ces hauteurs pour déterminer l'é-lévation d'un lieu qui eſt à l'horiſon apparent, lorſque ſa diſtance connue, & réciproquement la hauteur d'un lieu qui eſt à l'horiſon apparent étant connue, on aura ſa diſtance au lieu d'où on l'apperçoit.

Table de la Hauteur du Niveau apparent au-dessus du véritable.

Secondes.	Toises.	Pieds.	Pouces.	Lignes.
0	0	0	0	0
5	0	0	0	0 5/6
10	0	0	0	3 1/3
20	0	0	1	1 1/3
30	0	0	2	6
40	0	0	4	5 1/3
50	0	0	6	11 1/4

Minutes.	Toises.	Pieds.	Pouces.	Lignes.
1	0	0	10	0
2	0	3	3	10 2/3
3	1	1	5	9
4	2	1	3	
5	3	2	9	
6	4	5	11	
7	6	3	9	
8	8	5	2	
9	11	1	3	
10	13	5	0	
11	16	4	5	
12	19	5	6	
13	23	2	3	
14	27	0	8	
15	31	0	8	
16	35	2	4	
17	39	5	8	
18	44	4	8	
19	49	5	3	
20	55	1	6	
21	60	5	6	
22	66	5	2	
23	73	1	0	
24	79	4	0	
25	86	2	8	
26	93	3	0	
27	100	5	0	
28	108	2	8	
29	116	2	0	
30	124	2	11	

Minutes.	Toises.	Pieds.	Pouces.
30	124	2	11
31	132	5	7
32	141	3	11
33	150	3	10
34	159	5	5
35	169	2	8
36	179	1	7
37	189	2	2
38	199	4	5
39	210	2	4
40	221	1	11
41	232	3	1
42	244	5	11
43	255	4	5
44	267	4	9
45	280	0	8
46	292	4	2
47	305	3	4
48	318	4	2
49	332	0	8
50	345	4	6
51	359	4	8
52	374	0	2
53	388	3	4
54	403	2	2
55	418	2	8
56	433	4	10
57	449	2	8
58	465	2	2
59	481	3	3

D. Min.	Toises.		
1 0	498		
1 10	678		
1 20	886		
1 30	1121		
1 40	1384		
1 50	1675		
2 0	1994		

EXEMPLE I.

On veut fçavoir ce qu'il faut retrancher du niveau apparent, pour avoir le véritable, à la diftance de 80 toifes.

On trouvera dans la Table des Minutes & Secondes
d'un degré d'un Méridien, que 80 toifes font 5 fecondes &
un peu plus de la circonférence de la Terre ; on cherchera
enfuite dans la Table précédente, la différence entre le niveau apparent & le véritable à la diftance de 5 fecondes,
qui eft de ⅘ de ligne, qu'il faut retrancher de la hauteur du
niveau apparent pour avoir le véritable.

Lorfque la diftance donnée en toifes n'eft pas d'un nombre exact de minutes ou fecondes ; alors il faut prendre le
nombre de toifes qui répond à une certaine quantité de
minutes ou fecondes, & qui en approche le plus près, &
faire comme le quarré de ce nombre, eft au quarré du
nombre des toifes cherché ; ainfi la différence qui répond
au premier nombre, eft à la différence cherchée.

EXEMPLE II.

On veut trouver la différence entre le niveau apparent
& le véritable, qui répond à la diftance de 1000 toifes.

On trouvera dans la première Table, qu'une minute
de la circonférence de la Terre eft de 951 toifes o pied,
qui eft le nombre qui approche le plus près de 1000 toifes.
On fera donc, comme le quarré de 951 eft au quarré de
1000, c'eft-à-dire, comme 9044 font à 10000, ainfi 10
pouces o ligne, qui répondent à une minute, font à 11
pouces & ⅔ de ligne, qui mefurent la différence entre le
niveau apparent & le véritable, qui convient à la diftance
de 1000 toifes.

CHAPITRE VI.

De la Mesure de la Terre de M. Picard.

AYANT employé dans la description de la ligne Méridienne qui passe par l'Observatoire Royal de Paris, plusieurs Triangles, dont M. Picard s'étoit servi pour sa mesure de la Terre ; on a cru qu'il seroit à propos de donner ici un extrait ou abrégé de ce Traité ; afin de faire connoître la précision de ses opérations à ceux qui n'ont pas entre les mains cet ouvrage, qui est assez rare, le premier de ce genre qui ait été exécuté avec toute l'exactitude requise.

On a rapporté dans cet Abrégé, toutes les opérations que M. Picard a faites pour la description de ses Triangles avec quelques réflexions, pour justifier le choix que nous en avons fait pour la prolongation de la Méridienne ; & afin que le public soit en état d'en porter son jugement, on a employé les propres termes de l'Auteur en cette maniere.

Dans le dessein que l'on s'étoit proposé de travailler à « la mesure de la Terre, on a jugé que l'espace contenu en- « tre Sourdon en Picardie, & Malvoisine dans les confins du « Gatinois & du Hurepois, seroit très-commode pour l'exécu- « tion de cette entreprise : car ces deux termes qui sont dis- « tans l'un de l'autre d'environ 32 lieues , sont situés à peu « près dans un même Méridien ; & l'on avoit sçû par plu- « sieurs courses faites exprès, qu'ils pouvoient être liés par « des Triangles avec le grand chemin de Villejuifve à Ju- « visy, lequel chemin étant pavé en ligne droite, sans aucune « inégalité considérable, & d'une longueur telle qu'on verra « ci-après, est propre pour servir de base fondamentale à « toute la mesure qu'on avoit entreprise. «

Pour mesurer actuellement la longueur de ce chemin, « on choisit quatre bois de pique, de 2 toises chacun, qui «

V. Art. 3.
p. 3. de la
Mesure de la
Terre.

» se joignant à vis deux à deux par le gros bout, faisoient
» deux mesures de quatre toises chacune.

»   L'ordre que l'on garda en mesurant fut, que lorsqu'une
» des mesures avoit été posée à terre, on y joignoit l'autre
» bout à bout le long d'un grand cordeau, puis on relevoit
» la premiere, & ainsi de suite. Et pour compter avec plus
» de facilité, on avoit donné dix fiches à celui des mesureurs
» qui s'étoit rencontré la premiere fois à la tête des deux
» mesures, lequel devoit laisser une fiche à chaque fois qu'il
» poseroit sa mesure à terre ; ainsi chaque fiche valloit huit
» toises, & quand les dix fiches avoient été relevées, on
» marquoit 80 toises.

»   C'est ainsi qu'on a mesuré deux fois la distance depuis
» le milieu du Moulin de Villejuive tout le long du grand
» chemin, jusqu'au Pavillon de Juvisy, laquelle distance a
» été trouvée de 5662 toises 5 pieds en allant, puis de
» 5663 toises un pied en revenant : mais comme l'on n'es-
» péroit pas pouvoir approcher plus près de la justesse, on a
» partagé le différend, s'arrêtant au compte rond de 5663
» toises, pour la longueur de la ligne ou base fondamentale,
» sur laquelle nous avons établi tous les calculs ci-après :
» outre que sur la fin de l'ouvrage nous avons vérifié le tout
» par une seconde base de 3902 toises actuellement mesurée
» comme la premiere. En quoi nous aurons sans doute beau-
» coup d'avantage par-dessus ceux qui nous ont précédés,
» car Snellius ayant commencé par une distance mesurée de
» 326 verges 4 pieds, mesure du Rhein, qui font 630 de
» nos toises, s'est ensuite réglé sur une qui n'étoit que de 87
» verges du Rhein, ou 168 toises, & le P. Riccioli a fondé
» toute sa mesure sur une base de 1088 pas de Bologne, ou
» environ 1064 toises de Paris.

V. p. 5. Art.
5.   Pour observer les angles de position, M. Picard s'est servi
d'un Quart-de-Cercle de 38 pouces de rayon, garni de
Lunettes, de même que ceux dont nous avons fait la description au commencement de cet Ouvrage, & il assure
que sa précision étoit telle, » Que sur le tour de l'horison,
                                                          pris

pris en cinq ou fix angles, on n'a jamais trouvé qu'environ une minute de plus ou de moins qu'il ne falloit, & que fouvent auffi l'on a approché du compte jufte à cinq fecondes près.

La diftance que l'on s'étoit propofé de mefurer, depuis *Art. 6. p. 7.* Malvoifine jufqu'à Sourdon, s'eft trouvée comme partagée en trois lignes ; fçavoir, de Malvoifine à Mareuil, de Mareuil à Clermont ; & de Clermont à Sourdon. Ces diftances particulieres ont été connues par le moyen de treize Triangles. Il y en a même deux qui ne demandent aucune obfervation particuliere, de forte que l'on pourroit ne compter qu'onze principaux Triangles ; les autres qui font repréfentés dans la feconde Figure, ayant principalement fervi de vérification.

Voici la Lifte des ftations & des endroits précis aufquels on a pointé pour former les Triangles.

A, eft le milieu du Moulin de Villejuive. *Pl. IV.*

B, le plus proche coin du Pavillon de Juvify.

C, la pointe du Clocher de Brie-Comte-Robert.

D, le milieu de la Tour de Montlhery.

E, le haut du Pavillon de Malvoifine.

F, une piéce de bois dreffée exprès au haut des ruines de la Tour de Monjay, & groffie de paille.

G, le milieu du Tertre de Mareuil, où l'on a été obligé de faire des feux pour le marquer.

H, le gros Pavillon en ovale du Château de Danmartin.

I, le Clocher de St. Samfon de Clermont.

K, le Moulin de Jonquieres proche Compiegne.

L, le Clocher de Coyvrel.

M, un petit Arbre fur la Montagne de Boulogne.

N, le Clocher de Sourdon.

O, un petit Arbre fourchu fur la butte du Griffon, proche Villeneuve St. Georges.

P, le Clocher de Montmartre.

Q, le Clocher de St. Chriftophe proche Senlis.

» R , le Clocher de St. Pierre de Montdidier.

» T , un Arbre fur la Montagne de Mareuil.

» V , le Clocher de N. D. d'Amiens.

» S , une Guerite au-deſſus du degré de la Tour Méridio-
»　　　nale de Notre-Dame de Paris.

» Z , le milieu de la face Méridionale de l'Obſervatoire.

» AB , eſt la premiere baſe actuellement meſurée de 5663
»　　　toiſes de Paris.

» XY , eſt une ſeconde baſe de 3903 toiſes actuellement
»　　　meſurée comme la premiere.

Art. 6. p. 8.　» 　On peut juger qu'il n'a pas été poſſible de placer un
» grand Quart-de-Cercle fur les pointes des Clochers, & des
» autres lieux ſemblables que nous avions choiſi pour for-
» mer exactement les Triangles ; mais afin de pouvoir re-
» médier à cela, nous avons toujours eu ſoin d'obſerver la
» groſſeur apparente des objets auſquels nous pointions. Par
» exemple , en pointant à une Tour , on ne s'eſt pas contenté
» de l'avoir priſe par le milieu , mais on a encore obſervé
» combien ſa groſſeur emportoit de minutes & de ſecondes ;
» ce qui a donné lieu enſuite de ſe placer à quel endroit on
» vouloit de cette même Tour, au cas que le milieu fût
» embarraſſé , ou inacceſſible. Il eſt vrai qu'avec toutes les
» précautions que l'on a pû prendre , & après être même
» retourné deux ou trois fois à une même ſtation , il a été
» quelquefois impoſſible d'éviter l'erreur de quelques ſecon-
» des ſur la ſomme des trois angles d'un même Triangle ; au-
» quel cas on n'a point fait de difficulté de corriger le Trian-
» gle , ſans craindre qu'il ne s'en enſuivît aucune erreur con-
» ſidérable , parce que tous les angles étoient grands , & qu'il
» y en avoit toujours quelqu'un dont on n'étoit pas ſi aſſuré
» que des autres , & ſur lequel la faute devoit être rejettée.
» On marquera les principales corrections qui ont été faites.
»　Dans la Liſte des Triangles on a gardé cette régle , de
» ne donner aucun angle qui n'eût été obſervé avec le Quart-

de Cercle dont on a parlé ci-deſſus, & d'obmettre ceux
qu'on a été obligé de conclurre, quoiqu'en effet il n'y
eût pas grande différence à faire entre les uns & les autres,
à cauſe de la grande préciſion avec laquelle on pointoit,
& du grand ſoin qu'on prenoit de ne ſe pas tromper à la
valeur des angles obſervés, en réitérant pluſieurs fois l'Obſervation d'un même angle, & la faiſant faire par pluſieurs
Obſervateurs qui gardoient leurs Mémoires à part ; outre
que dans les premieres courſes qui avoient été faites pour
la découverte des ſtations propres, tous les angles géné-
ralement avoient été obſervés ; & quoique c'eût été avec
de moindres inſtruments qui ne donnoient les minutes
que de ſix en ſix, ils n'ont pas laiſſé d'approcher de la
juſteſſe autant qu'il étoit néceſſaire, pour faire voir qu'on
ne s'étoit point trompé aux concluſions.

I. TRIANGLE ABC.

Pour connoître le côté AC

CAB	54°	4′	35″
ABC	95	6	55
ACB	30	48	30
AB	5663 toiſes de meſure actuelle.

Donc AC 11012 toiſes 5 pieds,
& BC 8954 toiſes.

II. TRIANGLE ADC.

DAC	77	25	50
ADC	55	0	10
ACD	47	34	0
AC	11012 toiſes 5 pieds.

Donc DC 13121 toiſes 3 pieds.
& AD 9922 toiſes 2 pieds.

III. TRIANGLE DEC.

Pour DE & CE

DEC 74 9 30

DCE   40   34   0
CDE   65   16   30
DC   13121 toises 3 pieds.
Donc DE   8870 toises 3 pieds.
& CE   12389 toises 3 pieds.

IV. TRIANGLE DCF.

DCF   113   47   40
DFC   33   40   0
FDC   32   32   20
DC   13121 toises 3 pieds.
Donc DF   21658 toises.

Notez que dans ce quatriéme Triangle, l'angle DFC a été augmenté de 10 secondes qui manquoient à la somme des trois angles.

V. TRIANGLE DFG.

Pour D G & F G.
DFG   92   5   20
DGF   57   34   0
GDF   30   20   40
DF   21658 toises.
Donc DG   25643 toises.
& FG   12963 toises 3 pieds.

Ensuite de ces cinq Triangles, il a été facile de conclurre la distance GE entre Malvoisine & Mareuil, sans supposer aucune nouvelle observation.

VI. TRIANGLE GDE.

Pour G E
GDE   128   9   30
DG   25643 toises.
DE   8870 toises 3 pieds.
Donc GE   31897 toises.

Par le calcul du même Triangle on trouvera les angles, «
DGE de 12° 38', & *DEG* de 39° 12' 30'', tels que d'ail- «
leurs ils ont été trouvés par observation; ce qui doit servir «
de preuve pour *GE*. Et l'on doit considérer, que comme «
ce Triangle n'est qu'une suite des précédents, qu'il a deux «
côtés connus, & tous les angles bien établis, la petitesse de «
l'angle *DGE* ne peut empêcher la certitude de la conclu- «
sion pour *GE*, outre que ci-après la même distance *GE* «
sera vérifiée par d'autres Triangles. «

Ce fut principalement au sujet des angles *DGE*, & «
DEG, que plusieurs fois on fit faire des feux à Mareuil, «
à Montlhery, & à Malvoisine. Un feu large de trois pieds «
fait à Mareuil, & vû de Malvoisine paroissoit à la vûe sim- «
ple, environ comme une étoile de la troisiéme grandeur. «

Nous avons dit ci-dessus, que la distance *EN* se trou- « *Art. 6. p. 8.*
voit partagée en trois lignes. «

La premiere, sçavoir *GE*, vient d'être calculée; mais «
avant que de passer à la seconde, il est à propos de véri- «
fier par plusieurs autres Triangles, tout ce que nous avons «
établi jusques ici. «

Autrement pour A D, au Triangle A O B.

AOB	62	22	0
ABO	75	8	20
BAO	42	29	40
AB	5663 toises.		
Donc *AO*	6178 toises 2 pieds.		

Mais au Triangle A O D.

AOD	76	50	0
ADO	37	19	20
DAO	65	50	40
AO	6178 toises 2 pieds.		
Donc *AD*	9922 toises 2 pieds.		
& *DO*	9298 toises.		

K k iij

Autrement pour D E, *au Triangle* D O E.

DOE 47   0   0
DEO 50   2   50
EDO 82 57 10
DO 9298 *toises.*
Donc DE 8870 *toises* 5 *pieds, au lieu de*
8870 *toises* 3 *pieds.*

Autrement pour C E, *au Triangle* A C E.

ACE 88   8   0
AEC 41 27 30
EAC 49 24 30
AC 11012 *toises* 5 *pieds.*
Donc CE 12388 *toises* 2 *pieds, pour*
12389 *toises* 3 *pieds.*

Encore autrement pour C E, *au Triangle* B C E.

BCE 57 19 30
BEC 44 55 45
EBC 77 44 45
Donc BC 8954 *toises.*
Donc CE 12390 *toises.*
L'angle EBC *a été diminué de* 10″.

Encore autrement pour C E, *au Triangle* P D C.

PDC 65 31   0
PCD 62   2 40
PC 13121 *toises* 3 *pieds.*
Donc PC 15064 *toises* 3 *pieds.*
& DP 14621 *toises* 3 *pieds.*

Mais au Triangle P C E.

PCE 102 36 40
PEC   43   9 30
PC 15064 *toises* 3 *pieds.*

Donc CE 12389 *toifes*, *au lieu de* 12389 «
toifes 3 *pieds.* «

Autrement pour D F, *au Triangle* A CF.

ACF 66 13 40
AFC 50 33 20
FAC 63 13 0
AC 11012 *toifes* 5 *pieds.*
Donc AF 13051 *toifes.*

Mais au Triangle FAD.

FAD 140 38 50
AF 13051 *toifes.*
AD 9922 *toifes* 2 *pieds.*
Donc DF 21657 *toifes* 3 *pieds pour*
21658 *toifes.*

Autrement pour FG, *au Triangle* GAF.

GAF 52 8 50
GFA 75 12 10
FGA 52 39 0
AF 13051 *toifes.*
Donc FG 12963 *toifes pour* 12963 *toi-*
fes 3 *pieds.*

La fomme des deux angles AFC, GFA, excéde de 10
fecondes, celle des deux CFD, DFG, ce que l'on a négligé, parce qu'une erreur fi peu confidérable, ne méritoit pas
que l'on s'exposât encore une fois au danger qu'il y a de
monter au haut de la Tour de Montjay, qui eft à moitié
ruinée.

Autrement pour G E *au Triangle* G D C.

GDC 62 53 0
DG 25643 *toifes.*
DC 13121 *toifes* 3 *pieds.*

Donc GCD 86 24 25
& GC 22869 *toises* 3 *pieds.*

Mais au Triangle GCE , ayant mis ensemble GCD & DCE.

GCE 126 58 25
GC 22869 *toises* 3 *pieds.*
CE 12389 *toises* 3 *pieds.*
Donc GE 31893 *toises* 3 *pieds , au lieu de*
31897 *toises.*
Mais partageant le différend , nous ferons G E *de* 31895
toises.

VII. TRIANGLE FGH.

Pour G H.

FGH 39 51 0
FHG 91 46 30
HFG 48 22 30
FG 12963 *toises* 3 *pieds.*
Donc GH 9695 *toises.*

Dans ce Triangle on a diminué l'angle G F H *de* 10″.

VIII. TRIANGLE GHI.

Pour GI & IH.

GHI 55 58 0
GIH 27 14 0
IGH 96 48 0
GH 9695 *toises.*
Donc G I 17557 *toises.*
& HI 21037 *toises.*

Autrement pour G I , *au Triangle* QFG.

QFG 36 50 0
QIG 104 48 30
FG 12963 *toises* 3 *pieds.*
Donc QG 12523 *toises.*

Mais

Mais au Triangle QGI

QGI   31   50   30
QIG   43   39   30
QG   12523 *toifes*
Donc GI   17562 *toifes*
& QI   9570 *toifes*.

Par le Triangle *Q HI*, on avoit trouvé *G I* de 17557 toifes feulement : mais pour la raifon que nous dirons ci-après, on a fuivi ce dernier calcul, faifant *G I* de 17562 toifes, & par conféquent *HI* de 21043 toifes.

IX. TRIANGLE HIK.

Pour I K

HIK   65   46   0
HKI   80   59   40
KHI   33   14   20
HI   21043 *toifes*
Donc IK   11678 *toifes*.

La fomme de ces trois angles étoit trop grande de 20 fecondes, dont on a diminué l'angle HKI; fur quoi il faut remarquer que le point H, pris pour le milieu du gros pavillon en ovale de Dammartin, eft difficile à déterminer, lorfqu'on le regarde de la ftation K, & qu'il a pû arriver que dans une diftance de 19436 toifes, le côté Oriental de ce Pavillon ait paru groffi de quelques autres objets voifins, ce qui aura fait obferver l'angle HKI plus grand qu'il n'étoit.

Autrement pour I K, au Triangle Q IK.

QIK   49   20   30
QKI   53   6   40
QI   9570 *toifes*
Donc IK   11683 *toifes*.

» Après ce qui a été dit du point *H*, il y a lieu de s'en tenir
» plutôt à ce dernier calcul, qu'à celui du Triangle *HIK*;
» d'autant plus que nous étions affurés d'avoir pointé très-
» exactement au Clocher de S. Chriftophe, qui étoit vû de
» tous côtés comme une aiguille très-fine. Nous n'avons pû
» placer le Quart-de-Cercle dans ce Clocher, ni dans celui
» de Coyvrel, pour y obferver les angles que nous avons
» été obligés de conclure : mais nous avons pris tant de foin
» à bien obferver tous les autres angles, & l'inftrument don-
» noit alors le tour de l'horifon fi juftement, qu'il ne doit
» refter aucun doute là-deffus.

Réflexions fur les conclufions des trois derniers Triangles
& de ceux qui leur fervent de vérification.

Quelque déférence que nous ayons pour les fentimens
de M. Picard, nous croyons devoir remarquer, que quoique les trois angles du feptiéme, du huitiéme & du neuviéme Triangle, aient été obfervés, M. Picard les a abandon-
nés pour fuivre les conclufions de trois autres Triangles qui
fe terminent à S. Chriftophe, dans chacun defquels il n'y
a eu que deux angles obfervés ; & cela, fur le fondement
qu'il a pû arriver, que dans une diftance de 19136 toifes,
le côté Oriental de ce pavillon vû du point *K*, ait paru
groffi de quelques autres objets voifins, ce qui aura fait
obferver l'angle *HIK*, plus grand qu'il n'étoit. Il auroit pû
s'éclaircir aifément de ce fait fur les lieux, en regardant
du pavillon de Dammartin, le Moulin de Jonquieres, &
examinant s'il n'y avoit point d'objets voifins à peu près dans
cette direction, qui auroient pû caufer cette apparence.
Mais quand même cette conjecture feroit bien fondée, elle
ne pourroit avoir lieu que pour l'augmentation de l'angle
HIK, & non pas pour les autres angles, n'étant pas vrai-
femblable que le Château de Dammartin, vû des autres
ftations, ait été confondu avec d'autres objets. Ainfi les
trois angles du feptiéme & du huitiéme Triangle ayant été
obfervés, le doute ne peut tomber que fur le troifiéme

angle du neuviéme Triangle, dont deux angles ont été obfervés exactement. La conclufion de ces trois Triangles principaux, dans deux defquels les trois angles ont été obfervés fans aucun foupçon d'erreur, paroît donc préférable à celle des trois autres Triangles, dans chacun defquels il n'y a eu que deux angles obfervés.

Cependant le côté *GI* ayant été déterminé par le huitiéme Triangle de 17557 toifes un pied, M. Picard le fuppofe de 17562 toifes, tel qu'il réfulte des deux Triangles *QFG*, *QGI*, d'où il conclut que le côté *IH* eft de 21043 toifes, plus grand de 6 toifes qu'il n'avoit été déterminé; ce qui n'eft point une conféquence néceffaire, puifque quand même le Château de Dammartin auroit paru de Clermont & de Mareuil groffi de quelques objets vers fa partie Orientale, il ne s'enfuit pas que l'augmentation du côté *IH*, qui en réfulte, foit proportionnelle à celle du côté *GI*; l'augmentation ou la diminution de l'angle *HGI* qui approche d'un droit, ne produifant pas la même différence fur le côté *HI* qui lui eft opofé, que celle des deux autres angles de ce Triangle.

Cette fuppofition de M. Picard eft fuivie d'une autre de même nature : car ayant établi le côté *HI* de 21043 toifes, ainfi que nous venons de le remarquer; il détermine dans le neuviéme Triangle, dont tous les trois angles font obfervés, le côté *IK* de 11678 toifes, qu'il abandonne enfuite pour prendre la détermination du côté *IK* de 11683 toifes qui réfulte du Triangle *QIK*, dont il n'y a eu que deux angles obfervés.

Il eft à remarquer que la fomme des trois angles du Triangle principal *HIK*, ayant été obfervée trop grande de 20 fecondes, M. Picard a diminué de cette quantité l'angle *HKI*, au lieu de diftribuer cette différence fur tous les trois angles, comme nous l'avons pratiqué en pareille occafion ; ce qui auroit donné le côté *KI* encore plus petit qu'il ne l'a déterminé par le Triangle *HIK*.

Toutes ces confidérations nous ont perfuadé qu'il fal-

loit plutôt fuivre la détermination des côtés qui réfultent
des Triangles principaux, comme préférables aux autres,
en ce que tous les trois angles en ont été obfervés; ce
qui s'eft trouvé dans la fuite s'accorder mieux à la bafe
mefurée actuellement près de Dunkerque fur le rivage de
la Mer.

X. TRIANGLE IKL.

Pour KL & IL.

LIK   58   31   50
IKL   58   31   0
IK   11683 toifes.
Donc KL   11188 toifes 2 pieds.
& IL   11186 toifes 4 pieds.

XI. TRIANGLE KLM.

Pour LM.

LKM   28   52   30
KML   63   31   0
KL   11188 toifes 2 pieds.
Donc LM   6036 toifes 2 pieds.

XII. TRIANGLE LMN.

Pour LN.

LMN   60   38   0
MNL   29   28   20
LM   6036 toifes 2 pieds.
Donc LN   10691 toifes.

XIII. TRIANGLE ILN.

Pour NI.

La fomme des Angles ILK, KLM, MLN étant ôtée de
360^d, il reftera

ILN   119   32   40
Mais LN   10691 toifes.
& IL   11186 toifes 4 pieds.
Donc IN   18905 toifes.

Réflexions fur le douziéme & le treiziéme Triangle.

Il eſt à remarquer qu'il y a eu dans le douziéme Triangle une erreur de calcul, le côté L N qui réſulte des angles LMN, MNL obſervés, & de la baſe LM, devant être de 10693 toiſes, au lieu de 10691 toiſes. On trouvera par cette raiſon, dans le treiziéme Triangle ILN dont le côté LN eſt de 10693 toiſes, l'angle LIN de 29° 28′ 28″, l'angle LNI de 30° 58′ 52″, & le côté IN de 18906 toiſes 2 pieds, plus grand d'une toiſe & deux pieds qu'il n'a été déterminé par M. Picard.

C'eſt ainſi que ſur le fondement de la premiere baſe *AB* «*Art. 6. p. 13.* qui avoit été actuellement meſurée, nous avons conclu la " grandeur des trois lignes *EG*, *GI*, *IN*, depuis Malvoiſine " juſqu'à Sourdon. Mais parce que les quatre derniers Trian- " gles n'étoient accompagnés d'aucune vérification, & que " nous deſirions avoir un nouvel éclairciſſement ſur le huitié- " me & neuviéme Triangle, nous jugeâmes qu'il étoit né- " ceſſaire d'en venir à la meſure actuelle d'une nouvelle baſe. " La ligne de diſtance *LM*; entre Coyvrel & la Montagne " de Boulogne, ſe trouva la plus propre pour ſervir à cette " derniere vérification, non pas que cette ligne pût être " actuellement meſurée, mais parce qu'elle paſſe au travers " d'une grande plaine, où l'on eut la commodité de prendre " la baſe tranſverſale *XY*, depuis le Moulin de Mery juſ- " qu'auprès du Valon de S. Martin à Pas, proche Montdidier, " laquelle baſe actuellement meſurée avec les mêmes bois " de piques qui avoient ſervi à la premiere, & qu'on avoit " vérifiés tout de nouveau, fut trouvée de 3902 toiſes. Voici " le calcul qui fut fait enſuite. "

Au Triangle X Y L.

XYL	50	37	40
YXL	54	10	45
XY	3902	*toiſes de meſure actuelle.*	
Donc YL	3273	*toiſes 2 pieds.*	

L l iij

»   *Mais au Triangle XY M.*

$$
\begin{array}{lrrr}
XYM & 56 & 46 & 15 \\
YXM & 65 & 20 & 45 \\
XY & 3902 & \textit{toifes.} \\
\textit{Donc } MV & 4187 & \textit{toifes.}
\end{array}
$$

»   *Enfin au Triangle MYL.*

$$
\begin{array}{lrrr}
MYL & 107 & 23 & 55 \\
YL & 3272 & \textit{toifes 3' pieds.} \\
YM & 4187 & \textit{toifes} \\
\textit{Donc } ML & 6037 & \textit{toifes , au lieu de } 6036
\end{array}
$$

»   *toifes 2 pieds.*

» *Donc à proportion IN*   18907 *toifes.*

»   *& GI*   17564 *toifes.*

» *Mais la ligne EG doit être laiſſée , parce qu'elle a été vérifiée* » *en trop de manieres.*

»   Le peu de différence qu'il y avoit entre la diſtance que » nous avions conclue ſur la premiere baſe, & celle que nous » trouvâmes par la derniere, fit voir que nous avions eu » raiſon de tenir pour ſuſpects les Triangles qui aboutiſſent » au point *H*, & que ceux du point *Q* euſſent mieux mérité » de paſſer pour principaux : mais nous n'avons rien voulu » changer à l'ordre que nous avions tenu.

Réflexions ſur la derniere baſe de M. Picard.

Voilà apparemment ce qui a déterminé M. Picard à abandonner ce qui réſultoit des Triangles principaux, dont les trois angles avoient été obſervés , pour ſuivre ceux qui ne leur ſervoient que de vérification ; mais il faut conſidérer que cette baſe eſt plus petite que la premiere de M. Picard , & que celle que nous avons obſervée au bord de la Mer ; que l'inégalité du terrein au milieu d'une campagne qui eſt entrecoupée de chemins , de ſentiers , & pour l'ordinaire de divers foſſés , ne permet pas d'y meſurer une ligne droite avec autant de précifion que fur le chemin de Villejuive à Juvify, & que fur le rivage de la Mer; & qu'enfin la méthode que M. Picard a employée pour réduire cette bafe aux côtés de fes Triangles, n'eft pas de la même exactitude que celle dont il s'eft fervi dans fa premiere bafe, & que nous avons pratiquée dans nos deux bafes mefurées actuellement aux extrémités du Royaume; ces bafes ayant été liées par des Triangles, dont tous les angles ont été obfervés, au lieu que dans la derniere de M. Picard, il a employé trois Triangles, dans deux defquels on n'a obfervé que deux angles, & dans le troifiéme il n'y a eu qu'un angle obfervé; ce que l'on fçait n'être pas de la même précifion, que fi tous les angles de ces Triangles avoient été déterminés par des obfervations immédiates.

Nous avons donc eftimé à propos de nous fervir du côté *LM*, tel qu'il réfultoit de la fuite des Triangles principaux, ainfi qu'il a été déterminé au feptiéme Triangle du chap. 1. de la feconde Partie de cet Ouvrage.

Bien que notre premier deffein eût été de terminer tou- « *Art.7. p. 14.*
tes nos mefures à Sourdon, nous nous trouvâmes néanr- «
moins comme engagés de continuer jufqu'à Amiens, où «
nous avions réfolu d'aller prendre la hauteur du Pôle pour «
vérifier le calcul de Fernel. Nous euffions bien voulu «
avoir affez de tems pour chercher dans les plaines de San- «
terre quelque point propre pour finir cette mefure par deux «
grands Triangles; mais la faifon étoit déja avancée: de «
forte que nous fûmes obligés de nous contenter de ce qui «
fe rencontroit aux environs de Sourdon, où il falloit fé- «
journer pour prendre la hauteur du Pôle. «
«
«
Au Triangle LMR. «
«
LMR   58   21   50 «
MRL   68   52   30 «
LM   6037 *toifes.* «
Donc LR   5510 *toifes 3 pieds.* «
«

Au Triangle NRL.

NRL   115   1   30
RNL   27   50   30
LR   5510 *toifes* 3 *pieds.*
Donc NR   7122 *toifes* 2 *pieds.*

Au Triangle N R T.

NTR   72   25   40
TNR   67   21   40
NR   7122 *toifes* 2 *pieds.*
Donc NT   4822 *toifes* 4 *pieds.*

Enfin au Triangle NTV.

NTV   83   58   40
TNV   70   34   30
NT   4822 *toifes* 4 *pieds.*
Donc NV   11161 *toifes* 4 *pieds.*

Réflexions fur ces derniers Triangles.

La diftance *NV* de Sourdon à Amiens qui réfulte du dernier Triangle fe trouve de 11161 toifes 4 pieds, plus grande de 26 toifes que celle que nous avons déterminée dans le douziéme Triangle de la feconde Partie de cet Ouvrage, à laquelle nous nous arrêtons, tant pour les raifons rapportées ci-deffus, que parce que nos Triangles nous paroiffent préférables à ceux de M. Picard, par le nombre & la grandeur des angles obfervés, auffi-bien que par leur difpofition, qui eft moins fujette à erreur, comme on le peut voir par la comparaifon des deux figures.

M. Picard a cru devoir ajouter à tous ces calculs, la jufte pofition des Tours de Notre-Dame de Paris & de l'Obfervatoire.

Au Triangle

Au Triangle DOS.

DOS	88	16	40
DSO	56	35	0
SDO	45	8	20
DO	9298 *toifes.*		
Donc DS	12795 *toifes.*		
& OS	9073 *toifes.*		

Au Triangle DOZ.

DOZ	82	5	10
DZO	51	34	0
ZDO	46	20	30
DO	9298 *toifes.*		
Donc DZ	11757 *toifes.*		
& OZ	8588 *toifes* 3 *pieds.*		

Art. 8. p. I.

Après avoir mefuré les diftances particulieres entre Malvoifine, Mareuil & Sourdon, & même y avoir ajouté celle d'Amiens, il falloit examiner la pofition de chacune de ces lignes à l'égard de la Méridienne.

Pour cet effet, au mois de Septembre de l'année 1669, nous allâmes fur le Tertre de Mareuil, à l'endroit marqué *G*, d'où l'on voyoit Malvoifine d'un côté, & Clermont de l'autre, & nous mîmes le Quart-de-Cercle garni de fes deux Lunettes à plomb fur fon pied, en forte que la Lunette fixe demeuroit toujours dans le niveau, pendant que le plan de l'inftrument étoit tourné verticalement, & que la Lunette de l'alidade étoit pointée vers l'Etoile polaire.

On fuivit ainfi cette Etoile jufques à fa plus grande digreffion, où elle demeuroit un efpace de tems affez fenfible, fans fortir du filet vertical de la Lunette avec laquelle on l'obfervoit; & alors on laiffa l'inftrument fixe dans fa pofition le refte de la nuit, jufqu'à ce que le jour étant venu, on pût découvrir l'endroit du bord de l'horifon auquel la Lunette fixe fe trouvoit pointée, & déterminer par ce

» moyen le vertical de la plus grande digreſſion de l'Etoile
» polaire ; car on ſçavoit par expérience que quand le Quart-
» de-Cercle étoit dreſſé à plomb, les deux Lunettes demeu-
» roient toujours pointées dans un même vertical.

» Par cette obſervation que l'on réitéra pluſieurs fois, on
» s'aſſûra d'un point éloigné, qui marquoit le vertical de la
» plus grande digreſſion Orientale de l'Etoile polaire, lequel
» vertical faiſoit avec la ligne GI un angle de 4° 55′ vers
» l'Orient : Or le complément de la déclinaiſon de l'Etoile
» polaire étoit alors de 2° 28′ & la hauteur du Pôle au Ter-
» tre de Mareuil, ainſi qu'elle fut enſuite trouvée, eſt de 49°
» 5′ ; & par conſéquent la digreſſion de l'Etoile polaire étoit
» de 3° 46′, il reſtoit donc encore un degré neuf minutes,
» dont la ligne GI décline du Nord vers l'Occident. Et par-
» ce que d'ailleurs les lignes GI, GE, font un angle de 178°
» 25′ vers l'Occident, lequel angle augmenté de la déclinai-
» ſon de la ligne GI, ne fait que 179° 34′, il s'enſuit que
» GE décline de 26 minutes du Midi vers le couchant.

» L'année ſuivante, au mois d'Octobre, on choiſit à Sour-
» don dans la ligne NV, un endroit en pleine campagne, d'où
» l'on découvroit le Clocher de Notre-Dame d'Amiens ; &
» de la maniere que nous venons d'expliquer, on obſerva
» pluſieurs fois que cette ligne NV décline de 18° 55′ du
» Nord vers l'Occident, d'où il fut facile de conclure que
» NI décline de 2° 9′ 10″ du Midi vers l'Orient.

» Ces dernieres obſervations furent faites en un tems au-
» quel l'Etoile polaire ſe trouve dans ſa plus grande digreſ-
» ſion, un peu après le coucher du Soleil, & l'on eut alors
» la commodité de pouvoir achever l'obſervation tout d'un
» tems, ſans être obligé de laiſſer l'inſtrument dans ſa poſi-
» tion ; car c'eſt encore un des avantages des Lunettes d'ap-
» proche, que par leur moyen on peut découvrir les Etoiles
» de la ſeconde grandeur dans la plus grande clarté du cré-
» puſcule, & que celles de la premiere grandeur peuvent
» être obſervées en plein Soleil ; ce qui ſera d'un grand ſe-
» cours dans l'Aſtronomie. Nous en avons fait pluſieurs bel-

les obfervations qui feront données au public.

Si l'on fuppofe maintenant que la ligne Méridienne de Sourdon foit prolongée vers le Nord, jufqu'à ce qu'elle rencontre le paralléle d'Amiens au point β, pour faire le Triangle rectangle *N β V*; l'angle de déclinaifon *V N β* étant de 18° 55′, & l'hypothénufe *N V*, ayant été trouvée de 11161 toifes 4 pieds, il s'enfuit que la diftance Méridienne *N β* entre les paralléles de Sourdon & d'Amiens eft de 10559 toifes 3 pieds, & que l'arc du paralléle *V β*, compris entre Amiens & la Méridienne de Sourdon, eft de 3617 toifes 4 pieds.

Semblablement, fi l'on fuppofe que la même Ligne Méridienne de Sourdon foit prolongée vers le Midi, jufqu'à ce qu'elle rencontre le paralléle de Malvoifine au point α, & que cette Méridienne foit partagée en trois parties par les perpendiculaires *G δ*, *I γ*, qui repréfentent les paralléles de Mareuil & de Sourdon; que de plus on ait tiré les lignes Méridiennes particulieres de ces mêmes lieux; fçavoir *G ε* de Mareuil à Malvoifine, & *I θ* de Clermont à Mareuil.

Au Triangle N γ I rectangle en γ.
$$N I \quad 18907 \ toifes.$$
$$γ N I \quad 2° \ 9′ \ 10″$$
Donc N γ 18893 *toifes 3 pieds.*
& γ I 710 *toifes.*

Au Triangle G I θ rectangle en θ.
$$I G \quad 17564 \ toifes.$$
$$G I θ \quad 1° \ 9′$$
Donc I θ ou γ δ 17560 *toifes 3 pieds.*
& G θ 352 *toifes.*

Au Triangle G E ε, rectangle en ε.
$$G E \quad 31895 \ toifes.$$
$$E G ε \quad 0° \ 26′$$

M m ij

»   *Donc G ε ou δα* 31894 *toises.*

»   *& E ε* 241 *toises* 3 *pieds.*

»   Les trois lignes *N γ, I θ, G ε,* font ensemble la distance
» totale entre les parallèles de Sourdon & de Malvoisine, de
» 68347 toises 3 pieds, à laquelle distance ajoutant celle
» d'entre les parallèles de Sourdon & d'Amiens, qui a été
» trouvée de 10559 toises 3 pieds, on aura la distance entre
» Malvoisine & le parallèle d'Amiens de 78907 toises. Et
» bien qu'en effet les quatre lignes, dont cette distance totale
» est composée, soient comme les côtés d'un Polygone qu'on
» auroit voulu décrire à l'entour de la terre, & que dans la
» rigueur de Géométrie, il soit vrai que le contour d'un tel
» Polygone seroit plus grand que la circonférence de la Terre,
» il y a néanmoins si peu de différence en cette rencontre,
» qu'il seroit inutile d'y avoir égard, puisque l'excès sur cha-
» que degré ne monteroit pas à la valeur de 3 pieds ; de sorte
» qu'on peut considérer toutes ces lignes particulieres dont
» la distance totale *N α* est composée, comme insensiblement
» différentes de la courbure d'un Méridien.

»   Au reste, comme nous avons donné ci-dessus la posi-
» tion des Tours de N. D. de Paris, & de l'Observatoire, il
» nous sera facile d'établir aussi les distances de ces mêmes
» lieux, à l'égard des parallèles de Malvoisine & d'Amiens.

»   Car premiérement, si de *GD,* qui est de 25643 toises,
» on ôte *DS,* ci-dessus trouvé de 12795 toises, il restera
» 12848 toises pour *GS,* qui est la distance entre Mareuil
» & les Tours de Notre-Dame. Cette ligne *GS* fait avec
» *GE,* un angle de 12° 34′ 30″ vers le couchant, & par
» conséquent elle décline aussi vers le couchant de 13° 0′
» 30″. Donc ayant tiré *Sη,* qui soit perpendiculaire à la
» Méridienne de Mareuil, & qui représente un arc du paral-
» lèle des Tours de Notre-Dame, on aura

»   *Au Triangle G η S rectangle en η.*

»   *SG*   12848 *toises.*

»   *η G S*   13   0 30

Donc *G n* 12518 *toifes.*
& *S n* 2892 *toifes.*

Donc fi de *G ε*, qui eft de 31894, on ôte *G n* 12518 toifes, il reftera *n ε* de 19376 toifes pour la diftance entre les parallèles de Notre-Dame & de Malvoifine ; ce qui fe peut encore vérifier par le calcul fuivant.

Au Triangle S D E.

S D E	128	5	30
S D	12795 *toifes.*		
D E	8871 *toifes.*		
Donc *E S*	19556 *toifes.*		
& *D E S*	30	59	30
Mais *D E G*	39	12	30
Donc *S E G*	8	13	0

Mais *EG* décline de 26 minutes du Nord vers l'Orient, donc *ES* décline de 7° 47′ du Nord vers le Couchant ; & parce que la longueur de cette même ligne *E S* eft de 19556 toifes, il s'enfuit que la diftance entre les parallèles de Notre-Dame & de Malvoifine, eft de 19376, comme par le premier calcul.

Enfin au Triangle Z D E.

Z D E	129	18	
Z D	11757 *toifes.*		
D E	8871 *toifes.*		
Donc *E Z*	18685 *toifes.*		
& *D E Z*	29	8	30
Mais *D E Z*	30	59	20
Donc *S E Z*	1	50	30

Ce dernier angle *S E Z* étant ajouté à la déclinaifon de la ligne *ES*, qui a été ci-deffus trouvée de 7° 47′, fera la déclinaifon de *EZ* de 9° 38′. Mais la longueur de cette même ligne *EZ*, eft de 18685 toifes. Donc par réduction la diftance entre les parallèles de Malvoifine & de l'Ob-

M m iij

» fervatoire fera de 18421 toifes, & enfin celle d'entre les
» parallèles de Notre-Dame & de l'Obfervatoire, fera de 955
» toifes 3 pieds.

Art. 10. p.
20. & 21.

» Si la mefure de la Terre demande des obfervations juftes
» & précifes, c'eft principalement pour ce qui concerne les
» différences des Latitudes, parce que l'erreur d'une minute
» feule monte à 951 toifes, qui fe trouvent multipliées fur
» le tout, autant de fois que la diftance mefurée eft contenue
» dans toute la circonférence de la Terre.

» Pour approcher autant qu'il eft poffible de la juftefle
» requife, on fit faire un grand inftrument de fer garni de
» piéces fur le champ, comme le Quart-de-Cercle, & cou-
» vert de cuivre aux endroits néceffaires. Le Limbe qui ne
» contient qu'environ la vingtiéme partie d'une circonférence
» de cercle de dix pieds de rayon, eft divifé par des lignes
» tranfverfales jufqu'en tiers de minutes très-diftinctement.

» Une Lunette longue de 10 pieds fervoit de pinnules à
» cet inftrument. Et parce que dans l'obfcurité de la nuit on
» ne peut voir les filets qui font dans la Lunette, on les
» éclairoit par le bout d'en haut de la Lunette, ou par un
» trou fait à côté.

» Le plomb ou perpendicule étoit enfermé dans un canon
» de fer blanc, qui le mettoit entiérement à couvert du vent,
» outre que l'on a toujours obfervé dans un lieu clos, dont
» le toit étoit percé exprès.

» Pour déterminer avec cet inftrument les différences des
» latitudes de Malvoifine, de Sourdon & d'Amiens, on choi-
» fit l'Etoile appellée le genou de Caffiopée, qui venoit au
» Méridien à 9 ou 10 degrés de diftance du Zénith vers le
» Nord, environ 28' 46'' de tems après l'Etoile polaire.
» Une Etoile plus proche du Zénith auroit été bien plus diffi-
» cile à bien obferver; & fi d'ailleurs elle avoit été enfermée
» entre deux Zéniths, l'erreur de l'inftrument qui n'auroit
» peut-être pas été entiérement découverte, auroit été dou-
» blée dans la diftance apparente des deux Zéniths, parce
» qu'alors il auroit fallu prendre la fomme de deux obferva-

tions ; au lieu que quand une Etoile eſt toujours obſervée «
vers un même côté du Ciel, il n'y a en ce cas que la différence «
des obſervations à prendre, laquelle ne peut manquer d'être «
juſte, pourvû que l'inſtrument ſoit bien centré & bien diviſé, «
quoique les pinnules fuſſent fauſſes. «

Le genou de Caſſiopée augmente annuellement ſa décli- «
naiſon d'environ 20″. Nous euſſions bien voulu pouvoir choi- «
ſir une Etoile qui fût moins changeante, comme eût été la «
luiſante de la Lyre, ou quelqu'une du Cygne ; mais il étoit à «
craindre qu'avant que nous euſſions pû achever nos obſer- «
vations, le Soleil ne ſe fût trop approché de ces Etoiles. «

Nous commencions ordinairement les obſervations du «
Ciel, par celles de la hauteur du Pôle avec le Quart-de- «
Cercle ; & tous les ſoirs, environ deux ou trois heures «
avant que le genou de Caſſiopée fût au Méridien, on pre- «
noit avec le même Quart-de-Cercle, une hauteur de cette «
Etoile, marquant l'inſtant de l'obſervation par le moyen «
d'une Horloge à pendule qui donnoit juſqu'aux demi-ſe- «
condes, & qui étoit réglée ſelon le mouvement journalier «
des Etoiles fixes. On trouvoit enſuite par le calcul à quelle «
heure, & à quel inſtant de la même Horloge le genou de «
Caſſiopée devoit être au Méridien ; & de cette maniere en «
deux ou trois ſoirs, on pointoit exactement le grand inſtru- «
ment dans le plan du Méridien, vers l'endroit où cette «
Etoile devoit paſſer, & puis on l'arrêtoit dans cette poſi- «
tion, parce qu'il eſt difficile de réuſſir autrement, en obſer- «
vant ces ſortes de hauteurs qui paſſent très-vîte. «

Diſtances Méridiennes vers le Nord, obſervées entre le Zénith   «
& le genou de Caſſiopée.   «

En Septembre 1670, à Malvoiſine dans un lieu plus Mé- «
ridional de 18 toiſes que le Pavillon . . 9° 59′ 5″ «
En Septembre & Octobre, à Sourdon dans la «
maiſon Preſbytérale, plus Septentrionale que «
l'Egliſe de 65 toiſes . . . . 8 47 8 «
En Oct. à Amiens dans la maiſon du Roi, plus «
Méridionale que l'Egliſe de 75 toiſes. . . 8 36 10 «

» Chacune de ces obſervations a été tirée d'un grand nom-
» bre d'autres, dont on a pris le milieu, & dont l'entiere va-
» riation n'excédoit pas 5″. On ne s'étonnera pas que l'on
» ait pû venir à cette préciſion, ſi l'on conſidere que ce n'a
» pas été ſans beaucoup de précautions; que d'ailleurs avec
» une Lunette de 10 pieds, on ne doit pas manquer de 2 ſe-
» condes à pointer exactement à une Etoile fixe, & qu'enfin
» ſur l'inſtrument dont on ſe ſervoit, la troiſiéme partie d'une
» minute étoit du moins auſſi grande & auſſi diſtincte, qu'une
» minute du Quart-de-Cercle que l'on avoit employé; de
» maniere que ſi ſur ce Quart-de-Cercle on pouvoit déter-
» miner aſſez exactement un quart de minute, & même juger
» à peu-près de 10 ſecondes; on pouvoit ici faire la même
» choſe d'environ trois ſecondes.
»
»
»   *Différences des Latitudes.*
»   De Malvoiſine à Sourdon   1° 11′ 57″
»   De Malvoiſine à Amiens   1 22 55
»   Le tems qui s'eſt écoulé entre les obſervations, de-
» manderoit que l'on ôtât 1″ à la premiere des différences,
» & qu'à proportion la derniere fût diminuée de 1″½; mais
» pour éviter une préciſion trop affectée, on a négligé cette
» correction.
»
»   Toutes ces obſervations étant ſuppoſées, il ſera facile
» maintenant de conclure la grandeur d'un degré ſur terre.
» Pour cet effet il faut conſidérer qu'à Malvoiſine les obſer-
» vations du Ciel ont été faites à 18 toiſes plus avant vers
» le Midi que le point *E*; qu'au contraire à Sourdon l'on
» étoit à 65 toiſes plus vers le Nord que le point *N*; & que
» par conſéquent il faut ajouter 83 toiſes à la diſtance de
» 68347 toiſes 3 pieds; qui ſe trouve entre les paralléles de
» Malvoiſine & de Sourdon, de maniere que la différence
» de 1° 11′ 57″ obſervée par le Ciel, répond ſur Terre à
» une diſtance Méridienne de 68430 toiſes 3 pieds. On
» peut donc enfin conclure qu'à proportion le degré ſera de
» 57064 toiſes 3 pieds.

Art. 11. p.
22.

Le

Le calcul fait par la diſtance d'Amiens, ne s'éloigne guère du premier : car la diſtance entre le parallele de Notre-Dame d'Amiens & celui du Pavillon de Malvoiſine eſt de 78907 toiſes. Il en faut ôter du côté d'Amiens pour le lieu des obſervations 75 toiſes, & d'ailleurs y ajouter les 18 toiſes de Malvoiſine ; donc toute compenſation faite, il y aura 78850 toiſes pour la différence de 1° 22′ 55″; & à proportion le degré ſera de 57057 toiſes, lequel nombre approche tellement du premier, que nous en avons été ſurpris, d'autant plus que ſi nous avions tenu compte de la correction que nous avons négligée aux différences de latitude, ces deux calculs auroient été encore plus approchans. Il ſe peut faire que ce ſoit un effet du hazard, puiſque nonobſtant toute l'exactitude poſſible, nous ne pouvions répondre de deux ſecondes, & par conſéquent de la valeur d'environ 32 toiſes ſur chaque obſervation : nous pouvons néanmoins dire avec quelque certitude, que nous ne ſommes pas fort éloignés de la vraie meſure du degré, quoique l'on puiſſe venir à une préciſion encore plus grande ; en meſurant avec le même ſoin & avec de ſemblables inſtrumens une diſtance beaucoup plus grande que celle de Malvoiſine & d'Amiens. Nous nous arrêterons cependant au compte rond de 57060 toiſes, pour un degré d'un grand cercle de la Terre.

C'eſt principalement ici qu'il faut employer la meſure tirée des Pendules, que nous avons ſuppoſée (art. 4.) univerſelle, ou du moins invariable, & qui eſt à la toiſe de Paris comme 881 à 864; car ſuivant cette proportion le degré ſera de 55959 toiſes univerſelles, dont chacune contient deux longueurs d'un Pendule à ſecondes de tems moyen ; de ſorte qu'il s'en faut ſeulement 41 de ces mêmes toiſes ſur un degré entier que le nombre de 56000 ne ſoit complet, & que par conſéquent le degré ne ſoit de 28 milles univerſels, tels que nous les avons déterminés. Et afin que les Etrangers puiſſent participer à ce travail, ſans être obligés d'avoir recours à la longueur du Pendule à fecondes, nous donnerons la grandeur du degré, exprimée fuivant les mefures particulieres dont nous avons pû avoir la connoiffance.

Suppofé le pied de Paris de . . . . 1440 parties.
Le pied de Rhein ou de Leyde de. . . 1390
Le pied de Londres de 1350
Le pied de Boulogne de 1686
La braffe de Florence de 2580

Degré d'un grand Cercle de la Terre felon les Mefures de divers Pays.

Toifes du Châtelet de Paris de . . , . . . 57060
Pas de Boulogne de 58481
Verges de Rhein de 12 pieds chacune de . . 29556
Lieues Parifiennes de 2000 toifes de . . . . 28$\frac{1}{4}$
Lieues moyennes de France d'environ 2282 toifes
de 25
Lieues de Marine de 2853 toifes de 20
Milles d'Angleterre de 5000 pieds chacun de . . 73$\frac{7}{200}$
Mille de Florence de 3000 braffes de . . . 63$\frac{7}{10}$

Circonférence de la Terre.

Toifes de Paris de 20541600
Lieues de 25 au degré de 9000
Lieues de Marine de 20 au degré de. . . . 7200

Diamétre de la Terre.

Toifes de Paris de 6538594
Lieues de 25 au degré de . . . . . . 2864$\frac{16}{71}$
Lieues de Marine de . . . . 2291$\frac{59}{71}$

On pourroit dire que comme nous avons mefuré le Globe de la Terre par le fommet des Montagnes, ou par des lieux plus élevés que le refte, il s'enfuit que le degré, tel que nous le venons de déterminer, eft plus grand que celui que nous avions trouvé, en marchant toujours le

long du Rivage de la Mer , par où il semble que la mesure «
devroit être beaucoup moindre. Mais afin de voir où cela «
peut aller, supposons que la ligne de Malvoisine à Sourdon «
soit dans toute sa longueur également éloignée du bord de «
la Mer d'environ 35 lieues, & que conformément aux ex- «
périences qui ont été faites sur la Seine , la pente des Ri- «
vieres qui traversent cette ligne soit d'environ cinq pieds «
pour lieue , cela fera tout au plus 30 toises de pente jusqu'à «
la Mer , & ajoutant environ 50 toises pour la hauteur que «
notre ligne pourroit avoir au-dessus des Rivieres , nous «
trouverons que cette même ligne seroit élevée d'environ «
80 toises au-dessus du niveau de la Mer ; d'où il s'ensuivroit «
qu'un degré sur Mer seroit plus petit d'environ 8 pieds «
que celui que nous avons mesuré sur terre ; ce qui ne doit «
pas être considéré en cette rencontre. «

Il ne sera pas difficile de trouver ensuite les différences «
des hauteurs du Pôle pour tous les lieux dont nous avons «
calculé les distances Méridiennes, puisqu'il n'y a qu'à chan- «
ger ces mêmes distances en minutes & secondes , suivant «
la valeur du degré. «

Différences des hauteurs du Pôle.

	L'Observatoire de Paris ..	19′ 22″
	Notre-Dame de Paris	20 22
Entre Malvoisine &	Mareuil	33 32
	Clermont	52 0
	Sourdon	71 52
	Notre-Dame d'Amiens...	82 58

Entre Notre-Dame de Paris & N. D. d'Amiens 62 36

La hauteur du Pôle à Paris, au Jardin de la Bibliothè- «
que du Roi , par plusieurs observations de l'Etoile polaire «
faites au Solstice d'Hyver , a toujours paru de 48° 53′. Il «
en faut ôter 50″, & l'on aura la hauteur du pôle de Paris «
à l'endroit des Tours de Notre-Dame de 48° 52′ 10″; «
ou si l'on aime mieux désigner Paris par le milieu , entre «

N n ij

les Portes de S. Martin & de S. Jacques, qui se trouve à peu près vers S. Jacques de la Boucherie ; la hauteur du pôle de Paris sera de 48° 52' 20", & nous sommes certains que si les hauteurs du pôle sont fixes, il y aura peu à changer à celle-ci, lorsque dans l'Observatoire on pourra arriver à une plus grande précision. Nous mettons à part les réfractions que l'Etoile polaire pourroit avoir, dont on s'éclaircira avec le tems. La hauteur du Pôle de Notre-Dame de Paris étant supposée, nous établirons les hauteurs du Pôle suivantes, conformément aux différences ci-dessus établies.

Latitudes & hauteurs du Pôle.

Malvoisine	48° 31' 48"
L'Observatoire	48 51 10
Notre-Dame de Paris	48 52 10
Mareuil	49 5 20
Clermont	49 23 48
Sourdon	49 43 40
Notre-Dame d'Amiens . . .	49 54 46

Les différences des Longitudes de ces mêmes lieux demandent un peu plus de calcul que celles des Latitudes ; car après que l'on a trouvé dans un parallele la distance entre les Méridiens de deux lieux, l'on a réduit cette distance à celle qui seroit dans l'Equateur entre les mêmes Méridiens, laquelle on a changée en minutes & secondes d'un grand Cercle ; conformément à la Table ci-dessus. De cette maniere on a trouvé

Sourdon		Amiens . . . . . 5' 54"
Clermont		Sourdon 1 9
Mareuil } plus Oriental que {		Clermont . . . , 0 34
Mareuil		Malvoisine . . 0 20
Mareuil		Paris 4 37

CHAPITRE VII.

Réflexions sur la Mesure de la Terre de M. Picard.

NOUS avons remarqué ci-deſſus, qu'en nous conformant aux Triangles principaux de M. Picard, la grandeur des côtés qui en réſulte, eſt plus petite que celle qu'il a déterminée par d'autres Triangles, & qu'il a employée pour ſa meſure.

Ayant ainſi établi la grandeur de ces côtés, nous les avons réduits à la Méridienne de l'Obſervatoire (Ch. 1. de la ſeconde Partie p. 200.) & nous avons trouvé la diſtance entre les paralleles de l'Obſervatoire & de Sourdon de 49905 toiſes 4 pieds. Cette meſure étant ajoutée à la diſtance, entre les paralleles de l'Obſervatoire & de Malvoiſine, qui a été trouvée au Ch. 7. de la premiere Partie p. 58. de 18420 toiſes, on aura la diſtance entre les paralleles de Sourdon & de Malvoiſine, de 68325 toiſes 4 pieds, plus petite de 21 toiſes 5 pieds que celle que M. Picard avoit déterminée. Y ajoutant 83 toiſes, à cauſe que les obſervations du ciel ont été faites 18 toiſes plus vers le Midi que le Pavillon de Malvoiſine, & 65 toiſes plus vers le Nord que le Clocher de Sourdon, on aura 68408 toiſes 4 pieds, pour la diſtance obſervée au Ciel entre les paralleles de Sourdon & de Malvoiſine.

On a trouvé pareillement au Ch. 1. de la ſeconde Partie, p. 216. la diſtance entre les paralleles de l'Obſervatoire & d'Amiens de 60445 toiſes un pied, qui étant ajoutée à la diſtance entre les paralleles de l'Obſervatoire & de Malvoiſine, qui eſt de 18420 toiſes, donne la diſtance entre les paralleles de Malvoiſine & d'Amiens de 78865 toiſes un pied, plus petite de 42 toiſes que ſuivant M. Picard. Retranchant de cette diſtance 57 toiſes, pour la réduire au lieu où l'on a fait les obſervations des Etoiles, on aura

78808 toifes pour la diftance obfervée au Ciel, entre les paralleles de Malvoifine & d'Amiens.

Il faut confidérer préfentement, que dans les diftances des Etoiles au Zénith obfervées par M. Picard, il paroît qu'il n'a pas tenu compte des réfractions, dont il n'avoit pas encore de connoiffance parfaite, comme il eft aifé de le reconnoître dans la détermination de la hauteur du Pôle de Paris & de l'Obfervatoire, où il dit qu'il met à part les réfractions que l'Etoile polaire pourroit avoir, dont on s'éclaircira avec le tems. Y ayant égard, on trouvera qu'il faut ajouter 10 fecondes à la diftance entre le Zénith & le genou de Caffiopée, obfervée à Malvoifine de 9° 59′ 5″; on ajoutera de même 8″ 47‴ à la diftance de cette même Etoile au Zénith de Sourdon obfervée de 8° 47′ 8″, & 8″ 36‴ à fa diftance au Zénith d'Amiens obfervée de 8° 36′ 10‴, & on aura la diftance véritable de cette Etoile au

Zénith de Malvoifine de . . . . . 9° 59′ 15″ 0‴
Au Zénith de Sourdon de 8 47 16 47
Et au Zénith d'Amiens de, ... 8 36 18 36
On aura donc la différence de latitude
  entre Malvoifine & Sourdon de . . 1 11 58 13
Et entre Malvoifine & Amiens de . . 1 22 56 24

Partageant le nombre des toifes obfervées entre ces intervalles par les différences de latitude, on aura la grandeur du degré d'un Méridien entre les paralleles de Malvoifine & de Sourdon de 57030 toifes, plus petit de 34 toifes que M. Picard ne l'a déterminé; & entre les paralleles de Malvoifine & d'Amiens de 57010 toifes, plus petit de 47 toifes que fuivant M. Picard. Cette derniere détermination du degré qui s'étend plus vers le Nord, eft favorable, à ce que nous avons remarqué au Ch. 4. de la feconde Partie, que la grandeur des degrés d'un Méridien diminue en s'approchant du Pôle, & augmente en s'en éloignant.

On remarquera ici, que la hauteur du Pôle de l'Obfervatoire ayant été déterminée par M. Picard de 48° 51′

10ʺ fi l'on en retranche la réfraction, dont nous avons préfentement des régles affez exactes, & qui à cette hauteur eft de 52 fecondes ; on aura la hauteur du Pôle de l'Obfervatoire de 48° 50′ 18ʺ, à 8 fecondes près de celle qui a été déja déterminée par diverfes obfervations, & que nous obfervons encore préfentement ; ce qui fait voir qu'il n'y a point de variation fenfible dans les hauteurs du Pôle des divers lieux de la Terre, & que fon axe peut être cenfé immobile.

Retranchant pareillement la réfraction des hauteurs du Pôle, rapportées par M. Picard dans fa Mefure de la Terre, on aura les hauteurs fuivantes du Pôle, corrigées en cette maniere.

Latitudes & Hauteurs du Pôle.

Malvoifine	48° 30′ 55ʺ
L'Obfervatoire	48 50 18
Notre-Dame de Paris . . .	48 50 18
Mareuil	49 4 28
Clermont	49 22 57
Sourdon	49 42 50
Notre-Dame d'Amiens . .	49 53 56

CHAPITRE VIII.

Réflexions fur la Mefure de la Terre de Snellius.

DANS le Traité que Snellius a fait pour déterminer la grandeur de la Terre, & qu'il a donné au public en 1617, fous le titre d'Eratofthènes Batavus, cet Auteur, après avoir examiné dans le premier Livre, les diverfes tentatives qui ont été faites par ceux qui l'ont précédé, pour trouver les dimenfions de la Terre, rapporte dans le fecond les obfervations qu'il a faites lui-même en Hollande & en Flandre, pour établir la grandeur des degrés de la circonférence de la Terre.

Il mesura pour cet effet dans une Campagne près de Leyde, une base de 326 perches du Rhein, & $\frac{43}{100}$. La perche contient 12 pieds, & la proportion du pied de Paris au pied du Rhein, dont l'original est à Leyde, mesurée sur les lieux par M. Picard dans son Voyage d'Uranibourg, est exactement comme 1440 à 1392, ce qui donne la longueur de cette base de 631 toises & environ un pied.

Il observa des extrémités de cette base, les angles entre les Tours de Leyde & de Soëterwoude, avec un Quart-de-Cercle de cuivre d'environ deux pieds de rayon, dont le Limbe étoit divisé de deux en deux minutes, de sorte que l'on pouvoit distinguer aisément chaque minute, & il détermina par la Trigonométrie, la distance entre ces deux Tours de 1092 perches & $\frac{33}{100}$ ou 2111 toises 5 pieds.

Il prit cette distance, pour la base & le fondement de tout son ouvrage, & il s'en servit pour établir géométriquement la situation des principales Villes de la Hollande, & de quelques-unes de la Flandre, terminant ses mesures à Alcmaër du côté du Nord, & à Bergopsom du côté du Midi. Ayant tracé une Méridienne à Leyde, il observa que la Tour de Goude en déclinoit de 44° 49′ 48″ vers l'Orient, & connoissant les angles de position entre Goude & les diverses Villes comprises dans ses mesures, il détermina la partie du Méridien, interceptée entre les paralleles d'Alcmaër & de Leyde, de 14214 perches & $\frac{9}{10}$, & entre les paralleles d'Alcmaër & de Bergopsom de 34018 perches & $\frac{2}{10}$.

Il observa ensuite avec un Quart-de-Cercle de cuivre de cinq pieds & demi de rayon, la hauteur du Pôle de ces trois-Villes. Il trouva celle d'Alcmaër de 52° 40′ $\frac{1}{2}$, celle de Leyde de 52° 10′ $\frac{1}{2}$, & celle de Bergopsom de 51° 29′. Ayant retranché 88 toises de la distance entre les paralleles d'Alcmaër & de Bergopsom, à cause de la différence qu'il y avoit entre les lieux où il avoit observé les angles de position, & ceux où il avoit observé la hauteur du du Pôle ; il eût 33930 perches, qui répondent à l'arc du Méridien intercepté entre les parallèles d'Alcmaër & de Bergopsom, qui est de 1° 11' ½, ce qui donne la grandeur du degré de la circonférence de la Terre de 28473 perches.

Ayant pareillement ajouté à 14215 perches, distance entre les parallèles d'Alcmaër & de Leyde, 40 toises pour la réduction des lieux où il avoit observé les angles de position, à ceux où il avoit fait les observations de la hauteur du Pôle ; il eut 14255 toises qui répondent à 30 minutes, différence entre les parallèles d'Alcmaër & de Leyde, ce qui donne la grandeur du degré de 28510 perches. Pour avoir un nombre rond, il prit un milieu entre ces deux déterminations différentes, & établit la grandeur du degré de 28500 perches du Rhein, qui réduites à nos mesures font 55100 toises de Paris.

La Méthode dont s'est servi Snellius est la même que celle que nous avons employée dans la description de la Méridienne. Il paroît néanmoins que la base qu'il a mesurée actuellement, qui n'est que de 631 toises, est fort petite, & qu'il a employé dans la suite de ses Triangles quelques angles fort aigus, & qui n'ont pas été observés immédiatement, ce qui pourroit y avoir causé des erreurs considérables. Mais comme il a vérifié ses mesures par une nouvelle base à peu près de la même grandeur, nous supposerons les observations qu'il a faites des angles de position telles qu'il les rapporte, & nous examinerons quelle est la grandeur du degré, qui résulte de la hauteur du Pôle que j'ai observée en quelques Villes de la Hollande comprises dans ses Triangles.

Pendant mon séjour en Hollande, où j'avois porté un Octans de trois pieds de rayon, qui nous a servi depuis dans le voyage de la Méridienne, & dont la description est rapportée au Ch. 6. de la 1re. Partie, j'observai le 10 Novembre de l'année 1697 à Rotterdam, qui est une des Villes des plus Méridionales de cette Province, la hauteur Méridienne

Suite des Mém. de 1718. O o

apparente de l'Etoile polaire de 54° 16′ 5″. Retranchant la réfraction, qui à cette hauteur, est de 42 secondes, on aura la hauteur véritable de l'Etoile polaire à Rotterdam de 54° 15′ 23″. Etant ensuite allé à Alcmaër, qui est la capitale de la Nort-Hollande, j'y observai la hauteur Méridienne apparente de l'Etoile polaire de 54° 58′ 10″, dont si l'on retranche 41 secondes pour la réfraction, reste la hauteur véritable de l'Etoile polaire à Alcmaër de 54° 57′ 29″.

La différence entre ces hauteurs, qui est de 0° 42′ 6″, est l'arc du Méridien intercepté entre les parallèles d'Alcmaër & de Rotterdam. Il s'agit donc de sçavoir combien il y a de toises comprises dans cet arc du Méridien, pour pouvoir ensuite déterminer la grandeur du degré de la circonférence de la Terre. Voici comme on peut le tirer des observations de Snellius.

Cet Auteur, dans le Chap. 9. du second Livre, détermine la différence entre les parallèles d'Alcmaër & de Leyde de 14214 perches & $\frac{9}{10}$. Il observa de Leyde, que la Tour de Goude déclinoit de la Méridienne de 44° 49′ 48″ vers l'Orient, & dans le 5me. Problème il détermine l'angle observé de Leyde entre Goude & Rotterdam de 43° 36′, dont Goude est plus à l'Orient. On aura donc la déclinaison de la Tour de Rotterdam à l'égard de la Méridienne de Leyde de 1° 13′ 48″ vers l'Orient; & par conséquent la distance entre Leyde & Rotterdam étant connue par le 4me. Problème de 6972 perches $\frac{9}{10}$, on aura l'arc du Méridien, intercepté entre les parallèles de Leyde & de Rotterdam, de 6970 perches, qui étant ajoutées à la distance entre les parallèles d'Alcmaër & de Leyde, déterminée ci-devant de 14214 perches $\frac{9}{10}$, donnent la distance entre les parallèles d'Alcmaër & de Rotterdam de 21185 perches, qui, réduites aux mesures de Paris, font 40958 toises. Le lieu où j'ai observé à Alcmaër, tiré du Plan de cette Ville, est 30 à 40 toises plus Méridional que la Tour de la grande Eglise où Snellius a observé; & le lieu où j'ai fait mes observations à Rotterdam est 30 à 40 toiſes plus Septentrional que la Tour de la grande Egliſe, qui eſt apparemment celle où Snellius a obſervé, ayant remarqué dans mes Journaux qu'elle ſe diſtingue de tous les autres par ſa grande hauteur.

Les lieux de mes obſervations étant donc, le premier plus Méridional, & le ſecond plus Septentrional que ceux où Snellius a obſervé, ajoutant leur différence, on aura 60 toiſes, qu'il faut retrancher de 40958 toiſes, diſtance entre les paralléles d'Alcmaër & de Rotterdam, & on aura 40898 toiſes de Paris, qui répondent à l'arc du Méridien, intercepté entre les paralléles de ces deux Villes, déterminé par les obſervations de 0° 42′ 6″.

Si l'on fait préſentement, comme 42′ 6″ eſt à 60 minutes, ainſi 40898 toiſes eſt à un quatriéme nombre, on aura la grandeur du degré de la circonférence de la Terre de 58287 toiſes, qui excéde de plus de 1200 toiſes celle que nous avons déterminée par les Triangles de la Méridienne, bien-loin de s'accorder à la meſure de Snellius, qui ne la trouve par ſes obſervations que de 28500 perches, ou 55100 toiſes de Paris.

Cette différence m'a paru ſi conſidérable, que j'ai crû devoir examiner les Triangles de Snellius, & les calculer de nouveau ſur les obſervations qui ſont rapportées dans ſon Livre. Ce qui m'y a engagé, ſont quelques erreurs d'impreſſion qui ſautent d'abord aux yeux, & entre autres au Livre ſecond, page 173, où dans le 4ᵐᵉ Problême il détermine la diſtance entre Leyde & Rotterdam de 6972 perches & 3/10, au lieu que dans le 5ᵐᵉ Problême il donne cette même diſtance de 4883 perches & 1/10. Il marque auſſi dans le même Problême l'angle EAF de 39° 53′, & l'angle AFE de 86° 37′, au lieu que par l'inſpection de la Figure on voit qu'il faut lire l'angle AFE de 39° 53′, & l'angle EAF de 86° 27′.

J'ai donc d'abord calculé ſur ſa baſe meſurée actuellement de 326 perches & 43/100, la diſtance entre les Tours de Leyde & de Soëterwoude, qui ſe trouve conforme à

celle qu'il a marquée de 1092 perches & $\frac{33}{100}$; & dans le
Triangle *ABE* formé par Leyde, Soëterwoude & la Haye,
la distance *BE* de Leyde à Soëterwoude étant connue,
aussi bien que les angles observés *AEB*, *ABE*, on trouvera la distance *AE* entre les Tours de la Haye & de Leyde
de 4103 perches & $\frac{3}{10}$, semblable à celle que Snellius a
déterminée. Maintenant dans le Triangle *AEF*, formé par
la Haye, Leyde & Rotterdam, la distance *AE* de la Haye
à Leyde étant connue de 4103 perches & $\frac{3}{10}$; l'angle
AFE, que la Haye & Leyde font à Rotterdam, étant observé de 39° 53′, & l'angle *AEF*, que la Haye & Rotterdam font à Leyde, étant aussi observé de 53° 40′, j'ai trouvé
la distance *AF* entre la Haye & Rotterdam de 5155 perches, & la distance *EF* entre Leyde & Rotterdam de
6387 perches. Snellius, dans le 4me Problême du chap. 8.
Liv. 2. p. 173. donne la distance *AF*, entre la Haye &
Rotterdam de 5616 perches $\frac{8}{10}$, plus grande de 462 perches que celle qui résulte du calcul, & la distance *EF* entre Leyde & Rotterdam, de 6972 perches & $\frac{3}{10}$, plus
grande que celle que l'on vient de déterminer de 585 perches du Rhein, ou 1130 toises de Paris. On voit donc
manifestement qu'il y a quelque erreur dans les angles de
Snellius, ou bien dans son calcul; & qu'on doit trouver
la grandeur du degré bien différente, si l'on suppose la
distance de Leyde à Rotterdam de 6387 perches, telle
qu'on la vient de déterminer. Car la déclinaison de Rotterdam à l'égard de la Méridienne de Leyde, étant suivant
Snellius, de 1° 13′ 48″ vers l'Orient, on aura l'arc du Méridien, intercepté entre les parallèles de Leyde & de Rotterdam de 6385 perches; qui étant ajoutées à la distance
entre les parallèles d'Alcmaër & de Leyde de 14215 perches, donnent la distance entre les parallèles d'Alcmaër
& de Rotterdam de 20600 perches du Rhein, ou 39827
toises de Paris, dont si l'on retranche 60 toises, pour la
réduction des lieux où Snellius a observé à ceux où j'ai
fait mes observations, on aura 39767 toises qui répon-

dent à 0° 42′ 6″, ce qui donne la grandeur du degré de 56675 toiſes.

Cette meſure eſt plus petite d'environ 400 toiſes que celle que nous avons déterminée par les Triangles de la Méridienne, & eſt moyenne entre la grandeur du degré, établie par Snellius de 55100 toiſes, & celle que nous avons trouvée d'abord de 58287 toiſes, en comparant les diſtances qu'il a meſurées, aux obſervations de l'Étoile polaire que j'ai faites à Alemaër & à Rotterdam.

Ces trois déterminations de la grandeur du degré étant ſi différentes entre elles, on a cru devoir continuer l'examen des Triangles de Snellius. Dans le Triangle *AES* du premier Problême, formé par Leyde, la Haye & Goude, dont les trois angles ont été obſervés, & la diſtance *AE*, entre la Haye & Leyde, eſt connue de 4193 $\frac{3}{10}$, on trouve la diſtance entre la Haye & Goude de 5897 perches 8 pieds, & entre Leyde & Goude de 7594 perches 8 pieds, telles qu'il les détermine en effet. Ayant calculé enſuite le Triangle *ESF* du 5ᵐᵉ· Probl. formé par Leyde, Goude & Rotterdam, dont le côté *ES*, diſtance de la Haye à Goude, eſt connu de 5897 perches 8 pieds, & les angles *SEF* & *ESF* ont été obſervés, j'ai trouvé la diſtance entre Leyde & Rotterdam de 6973 perches $\frac{3}{10}$ à une perche près de celle qu'il avoit marquée dans le Problême précédent, hors de ſa place, & la diſtance de Goude à Rotterdam de 4883 perches $\frac{7}{10}$. Snellius, dans le 5ᵐᵉ· Problême, détermine la diſtance de Leyde à Rotterdam, de 4883 perches $\frac{7}{10}$, ce qui fait voir qu'au lieu de Leyde, il faut lire Goude, & que ce n'eſt ici qu'une erreur d'impreſſion. Mais l'on ne ſçait pas comment pouvoir accorder ces deux déterminations différentes de la diſtance *EF* de Leyde à Rotterdam, qui réſultent du calcul des Triangles du 4ᵐᵉ & du 5ᵐᵉ Problême; l'une de 6387 perches, & l'autre de 6973 perches. La première détermination eſt plus immédiate; la ſeconde eſt celle ſur laquelle Snellius a établi ſa meſure, & ſe trouve vérifiée par d'autres Triangles; mais il n'y a aucun angle obfervé à Rotterdam. On peut donc conclure, ou que les obfervations du Triangle *AEF* font fautives, ou bien qu'il s'eft trompé, en prenant un autre lieu pour Rotterdam ; ce qui eft un inconvénient auquel il avoue que l'on peut être fujet, les Obfervateurs prenant quelquefois une Tour voifine à la place de celle que l'on cherche, ce qui l'a obligé d'obferver, autant qu'il lui a été poffible, tous les angles des Triangles. Il remarque à cette occafion un grand nombre de difficultés qui fe font rencontrées dans l'exécution de fon ouvrage, & qui l'auroient entiérement rebuté, s'il n'avoit eu en vûe l'utilité publique, & les foins que l'on s'étoit donné dans les fiécles précédents pour parvenir au même deffein.

Après avoir donné au Public, dans les Mémoires de l'Académie Royale des Sciences de 1702, nos réflexions fur la mefure de la Terre de Snellius. M. Einfenfchmid célébre Mathématicien de Strasbourg, nous écrivit qu'il croyoit que dans le Triangle *AEF* du 4me Problême formé par la Haye, Leyde & Rotterdam, au lieu de la correction que j'y avois faite, en mettant *AFE*, au lieu de *EAF*, il falloit faire la correction dans les degrés, & établir l'angle *EAF* de 89° 53′, en changeant le 3 en 8, & l'angle *AFE* de 36° 27′, en changeant le 8 en 3 ; mais comme, fuivant cette correction, la diftance *EF* de Leyde à Rotterdam, feroit de 5564 perches, au lieu de 5616 perches $\frac{8}{10}$ qu'il a trouvé, & la diftance *EF* de Leyde à Rotterdam de 6906 perches, plus petite de 66 perches ou de 128 toifes qu'il ne l'a établie, cette correction ne paroît pas fuffifante. Il feroit donc à fouhaiter qu'on pût vérifier les Triangles qui fe terminent à Rotterdam, ce qui s'exécuteroit aifément par une perfonne qui feroit fur les lieux, en faifant une ftation fur le haut de la Tour de Rotterdam, & obfervant de-là, les angles de pofition entre la Haye, Leyde, Goude, Dorth & Willemftadt.

Mais afin de ne rien obmettre de ce qui peut fervir d'éclairciffement fur ce fujet, j'examinerai ici ce qui réfulte

des obfervations que j'ai faites à Alcmaër & à la Haye. Je
n'ai pas obfervé à la Haye la hauteur de l'Etoile polaire ;
mais j'y ai pris plufieurs fois des hauteurs Méridiennes du
Soleil, par le moyen defquelles j'ai déterminé la hauteur
du Pôle de cette Ville de 52° 4' 13". La hauteur du Pôle
d'Alcmaër, tirée de l'obfervation de l'Etoile polaire eft de
52° 38' 34". La différence entre les paralléles d'Alcmaër
& de la Haye eft donc de 34' 21". Snellius a obfervé de
Leyde, que la Tour de la Haye déclinoit de la Méridienne
de Leyde de 52° 21' 12" vers l'Occident. La diftance de
Leyde à la Haye étant donc connue de 4103 perches $\frac{2}{10}$,
on aura la diftance entre les paralléles de ces deux Villes de
2505 perches, qui étant ajoûtées à 14215 perches, diftances entre les paralléles d'Alcmaër & de Leyde, donnent
la diftance entre les paralléles d'Alcmaër & de la Haye de
16720 perches, qui répondent à 0° 34' 21", arc du Méridien, intercepté entre les paralléles de ces deux Villes.
Négligeant la différence, qui eft entre les lieux des ftations
de Snellius & ceux où j'ai obfervé, à caufe qu'elle eft peu
fenfible, l'on aura la grandeur du degré de 29205 perches ou 56463 toifes, ce qui donne une détermination
encore plus petite que celle qui réfulte de la diftance de
Leyde à Rotterdam, fuppofée de 6387 perches, telle qu'on
l'avoit trouvée par le calcul du Triangle *AEF* du 4ᵐᵉ Problême.

  La hauteur du Pôle d'Alcmaër, que l'on a employée
dans cette derniere comparaifon, eft fuivant nos obfervations de 52° 38' 34", plus petite de 1' 56" que celle que
Snellius a déterminée ; ce qui fait voir qu'outre les erreurs
qui fe font gliffées dans fes Triangles, il peut y en avoir
auffi quelques-unes dans l'obfervation des Etoiles. Nous
n'avons pas obfervé la hauteur du Pôle de Bergopfom ;
mais fi on la fuppofe de 51° 29', telle que Snellius l'a déterminée, & celle d'Alcmaër de 52° 38' 34", telle que nous
l'avons obfervée, on aura l'arc du Méridien, intercepté entre les paralléles d'Alcmaër & de Bergopfom de 1° 9' 34" ;

qui répondent à 33930 perches, diſtance entre les paralléles de ces deux Villes, ce qui donne la grandeur du degré
de 29264 perches ou 56496 toiſes, un peu plus grande
que par la derniere comparaiſon.

Il paroît par toutes ces conſidérations, qu'on ne peut
faire aucun fondement ſolide ſur la meſure de la Terre de
Snellius, & qu'ainſi il ne faut pas s'étonner, ſi la grandeur
du degré qu'il a établie ſe trouve ſi différente de celle que
nous avons déterminée dans le Voyage de la Méridienne.

CHAPITRE IX.

Réflexions ſur la Meſure de la Terre du P. Riccioli.

APRE's avoir examiné la meſure de la Terre de Snellius, il nous reſte préſentement à conſidérer celle qui
a été établie par le P. Riccioli, & qui eſt rapportée au 5me.
Livre de la Géographie réformée.

M. Picard, dans ſon Traité de la Meſure de la Terre,
ayant remarqué que la grandeur du degré qui réſulte des
obſervations du P. Riccioli étoit beaucoup plus grande que
celle qu'il venoit de déterminer, rapporte diverſes raiſons
qui ont pû rendre défectueuſes les méthodes dont le P. Riccioli s'étoit ſervi pour cette recherche. D'autres Auteurs
conſidérant que la grandeur du degré, déterminée en Hollande par Snellius, étoit plus petite que celle que M. Picard
avoit trouvée aux environs de Paris; & qu'au contraire celle
que le P. Riccioli avoit établie à Bologne, étoit plus grande
que celle de M. Picard, crurent que ces diverſes grandeurs
du degré devoient être attribuées à une inégalité réelle qu'il
y avoit dans les degrés d'un même Méridien, & donnerent
à la Terre la figure d'une ſphère alongée vers les Pôles.

J'ai déja comparé les obſervations de Snellius avec celles que j'avois faites en Hollande, & j'ai fait voir le peu de
fondement qu'on pouvoit faire ſur ſa meſure de la Terre,

y ayant

y ayant des erreurs manifestes dans les Triangles dont il s'est servi. J'ai cru devoir ensuite examiner celle du Pere Riccioli.

Cet Auteur, après avoir déterminé au Chap. 4. du 4me Livre de la Géographie réformée, la situation de divers lieux qui sont aux environs de Bologne & de Modêne, essaye de trouver au Chapitre 27 & 28 du 5me Livre, la distance entre le Zénith de quelques-uns de ces lieux, par l'observation de la hauteur de diverses Etoiles fixes, lorsqu'elles passent par le vertical de deux lieux, dont la distance est connue entr'eux, aussi-bien que leur latitude. Il trouve d'abord, par l'observation de la Lyre, l'intervalle entre le Zénith du Mont de Paterne près de Bologne & de la Tour de Modêne, de 19′ 25″, qui répondent à 20439 pas de Bologne, ce qui donne la grandeur du degré de 63159 de ces pas, qui valent 61478 toises de Paris, supposant la proportion du pas de Bologne à la toise de Paris de 841 à 864, telle que nous l'avons trouvée dans le dernier voyage d'Italie.

M. Picard, dans la réduction qu'il a faite des pas de Bologne aux toises de Paris, suppose que leur rapport est comme 843 à 864, s'étant servi apparemment de la mesure du pied que l'on conserve en divers lieux publics, qui est plus grande que celle qui est exposée dans la Salle des Colléges, dont le P. Riccioli s'est servi, & à laquelle nous avons comparé le pied de Paris.

Le P. Riccioli ayant ensuite observé du Mont de Paterne & de Modêne, la distance du Cygne au Zénith, lorsque cette Etoile passoit par le vertical commun de ces deux lieux, trouve d'une maniere beaucoup plus simple, & qui ne suppose point la latitude des lieux connue, ni la declinaison des Etoiles, la distance entre le Zénith de ces deux lieux, de 19′ 19″, qui répondent à 20439 pas de Bologne, ce qui lui donne la grandeur du degré de 53486 de ces pas, ou de 61797 toises de Paris.

Il trouve aussi de la même maniere, par l'observation de la Lyre, la distance entre le Zénith du Mont Paterne & de Modêne, de 21′ 19″, qui répondent à 20439 pas de Bologne, d'où l'on trouve la grandeur du degré de 57655 pas ou de 56130 toises, ce qui est bien éloigné des deux déterminations précédentes, & l'oblige d'avouer la difficulté qu'il y a, d'arriver par cette Méthode à une grande précision, en s'exprimant dans ces termes : *Unde apparet quam lubrica sit hæc pragmatica de se alioquin simplex.* Il est vrai qu'il remarque que l'observation de la Lyre, faite sur la Tour de Modêne, ne lui paroît pas aussi évidente que l'observation de la queue du Cygne ; mais aussi avoue-t-il un peu auparavant, qu'il se fie davantage à l'observation de la Lyre faite sur le Mont Paterne, qu'à celle de la queue du Cygne. Ainsi il ne paroît pas qu'il ait eu d'autre raison de préférer la grandeur du degré qui résulte de l'observation de la queue du Cygne, à celle qui résulte de la Lyre, si ce n'est qu'elle s'accorde mieux à la premiere détermination, qui, comme on l'a dit ci-devant, suppose la hauteur du Pôle connue, aussi bien que la déclinaison des Etoiles ; ce qui, dans un si petit espace, peut causer de très-grandes erreurs, pour peu qu'il y en ait dans les divers élémens qu'on y emploie.

Le P. Riccioli essaye ensuite de déterminer par la premiere méthode, l'intervalle entre le Zénith du Mont Paterne, & celui de Ferrare, dont la distance a été déterminée au Chap. 5. du 4me Livre de 26947 pas de Bologne. Il observa pour cet effet du Mont de Paterne, la distance de l'épaule précédente de la grande Ourse au Zénith, lorsqu'elle passoit par le vertical commun de ce lieu & de Ferrare, & trouva l'intervalle entre le Zénith de ces deux lieux, de 25′ 23″⅓ ce qui donne la grandeur du degré de 63696 pas de Bologne ou de 62000 toises de Paris. Mais il faut remarquer que le P. Riccioli suppose ici la hauteur du Pôle de Ferrare de 44° 50′ 15″, après avoir averti que les observations les plus exactes donnent cette hauteur, l'une de 44°

DE LA TERRE. Partie II. 299

50', & l'autre de 44° 51' 7"; de sorte qu'il y a une minute
toute entiere de doute dans la hauteur du Pôle de cette
Ville, ce qui peut causer une différence considérable dans
la grandeur du degré, joint aux erreurs qu'il peut y avoir
dans la hauteur du Pôle du Mont de Paterne, & dans la
déclinaison de l'épaule précédente de la grande Ourse, qu'il
tire des Tables de Tycho.

On peut ajouter à cela que la base que le P. Riccioli a
mesurée actuellement, & dont il s'est servi pour déterminer
géométriquement la situation des lieux qui sont aux environs de Bologne, n'est que de 1094 pas 2 pieds & un
quart; qu'il n'y a pas un seul Triangle dont il paroisse qu'il
ait observé les trois angles, & qu'il a employé des angles
fort petits, principalement pour la position de Ferrare, dont
il y en a qui ne sont que d'environ deux degrés; & qui
n'ont pas même été immédiatement observés; ce que l'on
sçait pouvoir causer des erreurs très grandes dans les opérations Géométriques.

Le P. Riccioli ne se contente pas de la mesure de la Terre
qui résulte de ces observations. Il établit dans le Chap. 29.
du 5me Livre, la hauteur perpendiculaire de diverses Tours
ou Montagnes au-dessus de l'horison de la Mer; & après
avoir donné la description d'un grand niveau, dont il s'est
servi pour prendre avec exactitude les angles d'élévation sur
l'horison, ou d'inclinaison au-dessous de l'horison; il pro-
pose dans les Chapitres 31, 32 & 33, diverses méthodes
pour trouver la grandeur de la circonférence de la Terre.

Il observa d'abord du sommet de la Montagne de Paterne, dont la hauteur perpendiculaire sur l'horison de la Mer
étoit connue de 195 pas & demi, l'angle que faisoit le
rayon visuel qui touchoit l'horison de la Mer à l'égard de
l'horison artificiel, qu'il trouva de 35' 28", & il détermina
par ce moyen la grandeur du demi-diametre de la Terre
de 3663959 pas de Bologne; & celle du degré de 63916
pas, ou 62215 toises de Paris. Mais il remarque qu'on

ne doit pas se fier entiérement à cette observation, à cause du danger qu'il y a que la réfraction n'ait un peu élevé le rayon visuel, en diminuant de quelques secondes l'angle observé de 35′ 28″. C'est pourquoi il conclut que l'on peut inférer, que la quantité du demi-diametre, & de la circonférence de la Terre, est un peu plus petite que celle qu'il vient d'établir.

Il essaye donc de déterminer la circonférence de la Terre par une autre méthode, en observant d'une Maison qui est sur le Mont de Paterne, l'angle de l'inclinaison apparente de la Tour de Ferrare, à l'égard de l'horison artificiel. Car connoissant la hauteur du Mont de Paterne & de la Tour de Ferrare au-dessus de l'horison de la Mer, aussi-bien que la distance du Mont de Paterne à la Tour de Ferrare, il trouve Géométriquement la grandeur du degré de 64042 pas de Bologne, ou de 62337 toises de Paris, un peu plus grande que par la premiere détermination.

Il avoue cependant, que dans les méthodes qu'il vient d'employer, il a toujours eu quelque apprehension qu'il n'y ait eu quelque erreur causée par la réfraction, ou par la multiplicité des opérations; c'est pourquoi il entreprend de déterminer la circonférence de la Terre par le moyen de l'intervalle entre le vertical du Mont de Paterne & de la Tour de Modêne, & par les angles d'élévation & d'inclinaison observés de part & d'autre avec un très-grand soin. Ayant fait deux de ces observations sur la Tour de Modêne, & en deux endroits différens du Mont de Paterne, il trouve par la premiere, la grandeur du degré de 63431 pas ou de 61742 toises de Paris, & par la seconde, de 64362 pas ou de 62650 toises de Paris. Quoique cette derniere détermination de la grandeur du degré, soit plus grande que les précédentes qu'il avoit déja soupçonnées être un peu trop grandes, à cause de la réfraction; il ne laisse pas de la préférer aux autres, & de la regarder comme très-évidente, n'étant point, à ce qu'il prétend, sujette à aucune réfraction ; parce que ces opérations ayant été réiterées de part & d'autre plufieurs fois , il n'a jamais remarqué de variation dans l'horifon Phyfique, qu'il n'y avoit point de lacs ou d'amas d'eau entre ces deux lieux , & que les obfervations ont été faites exprès vers le Midi dans les jours féreins , & fur des lieux forts élevés.

Cependant je ne crois pas qu'on puiffe accorder au Pere Riccioli, que fa méthode, quoique fort fimple, parce qu'elle ne fuppofe point d'obfervation du Ciel , ne foit point fùjette à la réfraction ; & fans alléguer les raifons que M. Picard a rapportées dans fa mefure de la Terre, pour montrer qu'on doit entiérement rejetter cette méthode, comme trompeufe & incertaine, il eft aifé de remarquer qu'elle doit donner la valeur du degré encore plus grande que par les méthodes précédentes, parce qu'elle fuppofe deux obfervations faites en deux endroits différens , lefquelles font chacune fujettes à la réfraction , qui éleve le rayon vifuel au-deffus du véritable, même dans les tems les plus féreins , & fur des hauteurs beaucoup plus grandes que celles où le Pere Riccioli a obfervé. On en fera facilement convaincu, fi l'on fait attention à diverfes obfervations faites fur des lieux élevés, & principalement fur les Montagnes du Rouffillon, qu'on a cru devoir rapporter ici.

Le 27 Février de l'année 1701 , étant fur le fommet de la Tour du Fort de S. Elme , qui eft élevé fur la furface de la Mer de 101 toife & demie, nous obfervâmes l'inclinaifon apparente de la Mer de 26' 20''. Suivant cette obfervation, on trouve par la méthode du P. Riccioli, rapportée au Chap. 31 du 5me Livre de fa Géographie réformée , le demi-diamétre de la Terre de 3459565 toifes, & par conféquent la grandeur du degré de 60381 toifes, plus grande de 3280 toifes, que celle que nous avons trouvée par les Triangles de la Méridienne.

Le 12 Mars 1701, nous obfervâmes du pied de la Tour de la Maffane , qui eft élevée fur le niveau de la Mer de

408 toifes & demie, l'inclinaifon apparente de l'horifon
de la Mer de 50′ 20″. Suivant cette obfervation, on trouve
par la même méthode le demi-diametre de la Terre de
3810831 toifes, & la grandeur du degré de 66511 toifes, qui excéde celle qui réfulte de la premiere détermination.

On ne rapporte point ici quelques autres obfervations
faites à Perpignan & à Tautavel, à caufe que la hauteur de
ces lieux fur la furface de la Mer, n'a pas été obfervée avec
la même exactitude que les précédentes ; il fuffira de remarquer qu'elles donnent auffi la mefure de la Terre beaucoup plus grande, que nous ne l'avons déterminée par les
Triangles de la Méridienne ; de forte qu'on peut conclurre qu'il y a toujours quelque réfraction qui éleve les
rayons vifuels, mais qu'elle les éleve tantôt plus, tantôt
moins, avec des variations dont on ignore encore la caufe;
car prefque toutes nos obfervations ont été faites dans un
tems férein, dans lequel, fuivant le P. Riccioli, il n'y a
point de réfraction fenfible.

On peut ajouter à ces obfervations, celles qui ont été
faites par mon Pere fur la Montagne de la Garde près de
Toulon, rapportées dans le Livre des Voyages de l'Académie. Il obferva fur cette Montagne, à différentes hauteurs,
l'inclinaifon apparente de l'horifon artificiel. Il trouva à la
hauteur de 180 toifes 4 pieds, la baffeffe apparente de l'horifon de la Mer de 0° 32′ 30″ : au lieu qu'en fuppofant la
grandeur du degré de 57060 toifes, telle que M. Picard
l'a déterminée, on auroit dû trouver la baffeffe de l'horifon de 36′ 18″, plus grande de 3′ 48″, que fuivant l'obfervation.

Dans les autres ftations plus baffes, il trouva une différence moins confidérable entre l'inclinaifon de l'horifon de
la Mer obfervée, & celle qui étoit calculée, mais avec de
grandes irrégularités, puifqu'à la hauteur de 175 pieds la
réfraction étoit plus fenfible qu'à celle de 535 pieds ; ce qui

fait voir le peu de fondement que l'on peut faire fur la mefure de la Terre établie par les obfervations de la hauteur
ou de l'inclinaifon des rayons vifuels, qui eft cependant celle
que le P. Riccioli a préférée aux autres.

Pour confirmer fes obfervations, il effaye de déterminer
la grandeur du degré, par le moyen de l'intervalle entre les
paralleles de Bologne & de Ferrare, qu'il a trouvé de
20544 pas. Il fuppofe la hauteur du Pôle de Bologne de
44° 30′ 20″, & celle de Ferrare de 44° 49′ 73″, quoiqu'il
avoue qu'on pourroit l'établir de 44° 49′ 50″ ou de 44°
50′, & il trouve la valeur du degré de 64363 ou de 63254
pas de Bologne : mais il paroît que le P. Riccioli n'étoit pas
bien certain de la hauteur du Pôle de Ferrare, puifqu'au
Chapitre 28, il a fuppofé la hauteur du Pôle de cette Ville
de 44° 50′ 15″, ce qui donneroit l'intervalle entre les paralleles de Bologne & de Ferrare de 19′ 55″, & la grandeur du degré de 61894 pas, ou 60242 toifes, beaucoup
plus petite que celle qu'il vient de déterminer.

Le P. Riccioli rapporte, au Chap. 36, pour la confirmation de fes mefures, la longueur de la ligne Méridienne de
S. Petrone, que mon Pere avoit déterminée être la 600 mil-
liéme partie de la circonférence de la Terre, ce qui, felon
lui, donneroit la grandeur du degré de 63157 pas de Bologne, fuppofant fa longueur de 48 pas Romains ; mais
il faut remarquer que cette grandeur du degré avoit été
trouvée par la méthode expofée au Chap. 22, qui eft fort
fimple, en ce qu'elle ne fuppofe que deux obfervations faites fur une même Tour à deux hauteurs différentes, mais
qui eft fujette à la réfraction : d'ailleurs, il y a apparence que
le P. Riccioli n'avoit pas eu la mefure exacte de cette ligne,
dont nous trouvâmes la longueur dans le voyage que nous
fimes en Italie, en 1694 & 1695, de 2500 pouces de
Paris ; ce qui donne la grandeur du degré de 57870 toifes,
beaucoup plus petite que celle qui réfulte des obfervations
du P. Riccioli.

Il ajoute enfin une nouvelle confirmation de la grandeur du degré, tirée d'une obfervation que mon Pere avoit faite à Ferrare, où il obferva en l'année 1660 que la luifante de l'épaule d'Auriga paffoit précifément au Zénith de cette Ville. Il fuppofe la déclinaifon de cette Etoile de 44° 49′ 30″ ou quelques fecondes de plus, telle qu'elle réfulte de ces obfervations. Cette déclinaifon eft égale à la hauteur du pôle de Ferrare, qui eft par conféquent de 44° 49′ 30″; & fuppofant la hauteur du pôle de Bologne de 44° 30′ 20″, l'on a l'arc intercepté entre les paralleles de Bologne & de Ferrare, de 19′ 10″, qui répondent à la diftance entre les paralleles de ces deux Villes, que mon Pere avoit déterminée de 20544 pas de Bologne; ce qui donneroit la grandeur du degré de 64312 pas, ou de 62600 toifes, à peu près de même que celle qui réfulte des autres dimenfions.

Le P. Riccioli ayant fuppofé ici, de même qu'en divers endroits de fes ouvrages, la hauteur du pôle de Bologne de 44° 30′ 20″; j'ai examiné les obfervations dont il s'eft fervi pour l'établir, qui font rapportées au Chapitre 15 du Livre 7 de fa Géographie réformée, & j'ai trouvé, qu'ayant obfervé en l'année 1656 la plus grande diftance de l'Etoile polaire au Zénith, de 48° 2′ 24″, la plus petite de 42° 57′ 18″; & prenant un milieu entre ces obferva-tions, il avoit déterminé la diftance du pôle au Zénith de Bologne, de 45° 29′ 51″, dont le complément 44° 30′ 9″ eft la hauteur du pôle de cette Ville. Il ajoute que l'Eglife de Sainte Lucie, où il avoit obfervé, étoit plus méridionale que la Tour d'Afinelli, de 12 fecondes, ce qui donne la hauteur du pôle de cette Tour de 44° 30′ 21″, à une fe-conde près de celle que mon Pere avoit trouvée, de 44° 30′ 22″ avec un Gnomon de plus de 20 pieds de hauteur, dans la maifon du Marquis Malvafie, qui étoit près de cette Tour. Mais le P. Riccioli ne tient point compte ici de la réfraction, ne croyant point qu'elle fût fenfible à cette hau-teur,

teur, au lieu que si on y a égard, en se servant de la réfraction, qui, suivant les Tables de mon Pere, est d'une minute à la hauteur de 44° ½, on aura la hauteur du Pôle de
Bologne, suivant les observations du P. Riccioli, & de mon
Pere, faites en 1656, de 44° 49′ 20″.

A l'égard de la déclinaison de la Luisante de l'Epaule
d'Auriga, le P. Riccioli l'ayant trouvée par ses observations
de 44° 49′ 30″, Tycho de 44° 52′ 12″, & Hevelius
dans son Catalogue des Etoiles fixes, la marquant de 44°
51′ 32″ pour l'année 1660, qui est celle où mon Pere
l'observa au Zénith de Ferrare ; j'ai cru devoir employer
celle qui résulte des observations de cette Etoile, faites à
Paris avec un instrument de 10 pieds de rayon. Suivant ces
observations réitérées plusieurs fois, nous trouvâmes au mois
de Février 1702, la distance apparente de cette Etoile au
Zénith de l'Observatoire 3° 58′ 35″, à laquelle,
si l'on ajoute quatre secondes pour la réfraction, on aura la
distance véritable de la Luisante de l'Epaule d'Auriga au
Zénith de l'Observatoire de 3° 58′ 39″ vers le Midi, qui
étant retranchée de 48° 50′ 10″, distance de l'Equateur
au Zénith de l'Observatoire, qui est égale à sa hauteur
du Pôle, reste la déclinaison de cette Etoile pour l'année
1702 de 44° 51′ 31″. Retranchant de cette déclinaison
1′ 17″ ½, dont elle a augmenté dans l'espace de 42 ans, on
aura la déclinaison de cette Etoile pour l'année 1660 de
44° 50′ 13″ ½, moyenne entre celles de Riccioli & d'Hevelius.

La hauteur du Pôle de Ferrare, qui, comme on l'a dit
ci-dessus, est égale à la déclinaison de cette Etoile en
l'année 1660, sera donc de 44° 50′ 13″ ½, dont si l'on retranche la hauteur du Pôle de Bologne, déterminée ci-dessus
de 44° 29′ 21″, on aura l'arc intercepté entre les paralléles de Bologne & de Ferrare de 20′ 52″ ½, qui répondent
à 20544 pas, ce qui donne la grandeur du degré de
59049 pas de Bologne, ou de 57477 toises de Paris, plus

grande feulement d'environ 400 toifes, que celle que nous avons trouvée.

Il eft donc évident, que fi l'on corrige les obfervations du P. Riccioli par les Elémens néceffaires, on aura la mefure de la Terre beaucoup plus petite que celle qu'il a établie, & qu'elle s'approchera davantage de celle que nous avons déterminée par les Triangles de la Méridienne.

F I N.

www.ingramcontent.com/pod-product-compliance
Lightning Source LLC
Chambersburg PA
CBHW050204030726
47505CB00005B/1510